KB050560

각성! 북경각

각정 6
북경각

초판 1쇄 인쇄일 2015년 9월 21일 | **초판 1쇄 발행일** 2015년 9월 23일

지은이 전남규 | **펴낸이** 곽중열 | **담당편집 팀장** 이범수
편집부 신연제 이윤아 김호성 김은경

펴낸곳 (주)조은세상 | 출판등록 제 2002-23호
주소 경기도 연천군 미산면 청정로 1355
TEL 편집부 02)587-2966 | FAX 02)587-2922
e-mail bukdu@comics21c.co.kr

ⓒ전남규 2015
ISBN 979-11-5832-286-1 | ISBN 979-11-5832-089-8(set) | 값 8,000원

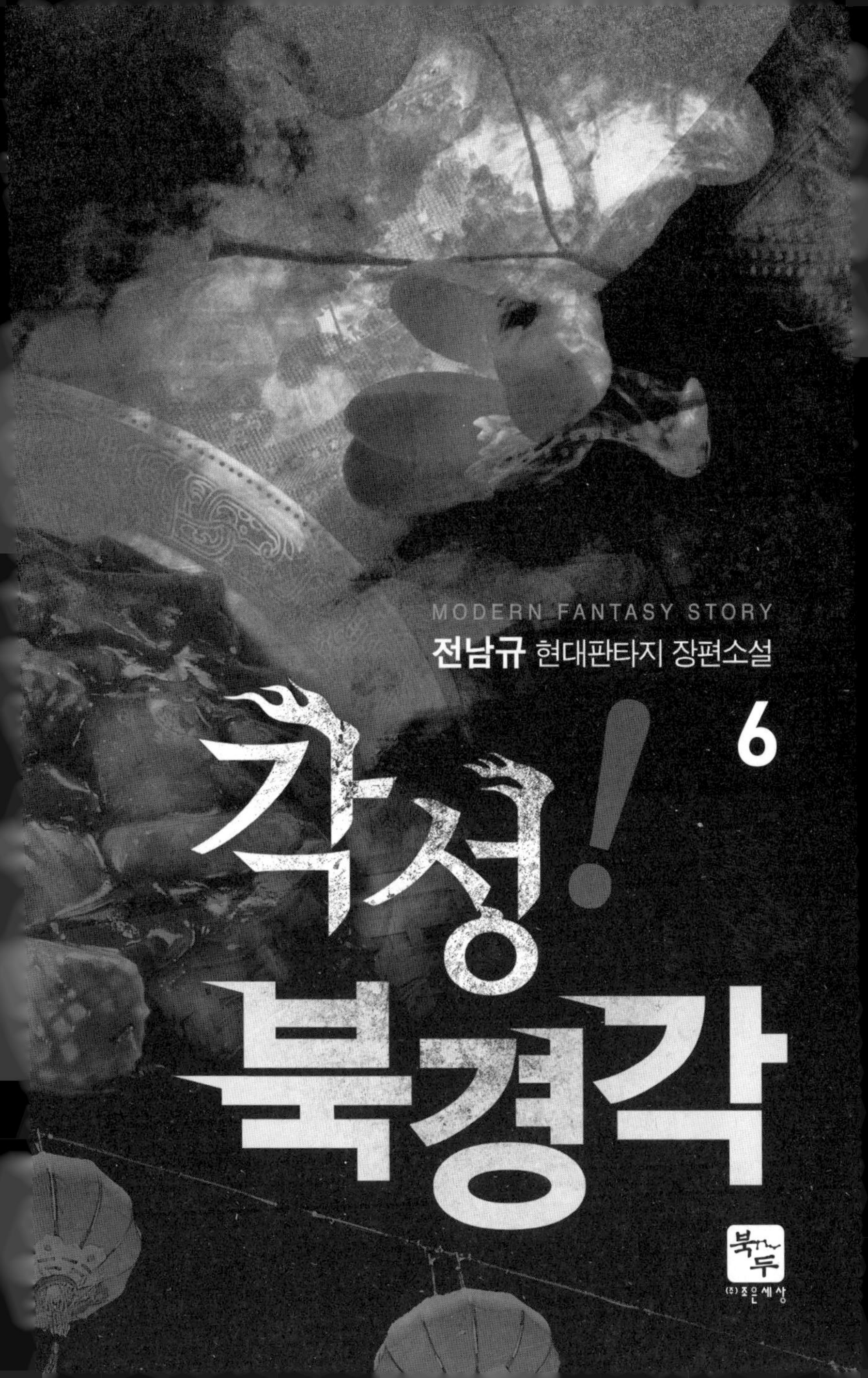
MODERN FANTASY STORY
전남규 현대판타지 장편소설
6
각성! 북경각
북두
(주)조은세상

CONTENTS

MODERN FANTASY STORY

29. 시간은 돌릴 수 없다(2)
··· 7

30. 몰아치려거든 질풍같이
··· 63

31. 하늘을 담아내다
··· 127

32. 꼴이 조금 우습구나
··· 213

33. 가자, 옷부터 입고
··· 261

34. 우와, 나 비행기 처음 타봐(1)
··· 329

29. 시간은 돌릴 수 없다 (2)
MODERN FANTASY STORY

각성!
북경각

29. 시간은 돌릴 수 없다 (2)

북경각

MODERN FANTASY STORY

순진한 미소를 지어대는 서은의 모습을 떠올리다보니 탄식이 절로 나오는 상황이었다.

결혼이라, 아직 생각해본 적이 없어 당황스럽게 여겨질 뿐이었지, 크나큰 악조건은 아니었다. 그러나 적어도 타의에 의한 결혼을 할 생각은 없었다.

설사 언젠가 서은과 결혼을 한다 하게 된다더라도, 자신과 서은의 의견이 맞물렸을 때의 이야기다. 어쨌든 좋은 집 마다하고 나와서 고생하며 지내는 서은의 입장이 명백하게 이해가 되었다. 언젠가 장인이 될지도 모른다지만, 최 회장이 얼마나 가부장적인 사람인지가 명백히 드러나는 대목이었다.

딸을 걸고 게임을 한다? 비록 내가 정의의 사도쯤 되는 것은 아니라 입에 담지는 않더라도 아닌 걸 아니라고 생각할 수는 있는 노릇 아니겠는가? 쿠거는 뭐가 그렇게 재미있는지 연신 실실거리고 있었다.

어쨌든 수가 틀려서 최 회장이 말한 조건들을 다 충족시켜주어야 한다 한들 그리 나쁘지는 않았다. 뭐 물론 업장을 정리하고 유니언컴퍼니를 등에 업고 날뛰는 것이야 그렇다 치더라도, 갑작스레 결혼생활을 시작할 생각은 없었다. 빠져나갈 쥐구멍이야 그때 가서 생각을 해도 되는 노릇이기도 했고, 애초에 회장의 조건을 충족시켜주어야할 리가 없다고 판단했다. 그러니까, 즉 경묵은 이미 쿠거를 믿기로 결심한 것이다.

'이 정도 조건이면 수락할만한 것 같군.'

어쨌든 최 회장이 자신을 지극히 마음에 들어 하고 있다는 사실쯤은 알 수 있었다.

조건을 밝힘으로써 경묵을 얼마나 흠모하는지 스스로 커밍아웃한 것이나 다름이 없었으니 말이다.

"좋습니다, 수락하겠습니다."

이내 쿠거가 경묵의 지시에 따라 제안을 흔쾌히 수락해 보였다.

최 회장 역시 만족스러운 듯 웃음을 지어보였고, 상윤은 알 수 없다는 표정으로 최 회장의 표정을 슬쩍슬쩍 살폈다. 제법 오랜 시간을 함께 보냈음에도 불구하고 대체 무슨 생각을 하고 있는 양반인지 알 수가 없었다.

주문한 식사가 테이블 위에 차려지고, 세 사람은 식사를 하는 동안에는 업무 외적인 이야기들을 주고받기 시작했다. 최 회장은 아무래도 경묵의 과거에 대해서 궁금한 것인 많은 듯 했다.

"요리에 대해서는 정규적인 교육을 받지 못했다고 들었네."

"아, 예. 안타깝게도 그렇습니다."

"요리를 시작한 계기 자체도 특별하더군."

"예, 은인을 만난 셈이죠."

최 회장은 상 위에 올려진 냅킨으로 입 꼬리를 슬쩍 닦아보이고는 전과는 다른 사뭇 날카로운 눈빛으로 경묵을 바라보며 물었다.

"혹시 아버지께서는 어떤 일을 하시는지 물어도 되겠는가? 아, 어떤 일을 하셨었는지에 대해 묻는다는 표현이 더욱 바람직하겠군."

최 회장은 자신이 알고 있는 경묵에 대한 정보들을 질문을 통해 진위여부를 판별해내고 있는 듯 보였다. 열악한 환경에서 제대로 된 교육을 받지 못했다는 정보에 반하게도, 경묵은 너무 뛰어난 언변과 화술은 물론이고, 사업가로서의 재치와 함께 자신의 전공분야인 요리에도 뛰어난 두각을 보이기도 했다.

모름지기 최 회장이 알고 있는 각성의 힘이라 함은 대부분이 신체적인 능력의 상승이었기에 이런 경묵의 모습을 막연하게 천재성으로 여기고 있었다.

경묵은 유한 미소를 지어보이며 최 회장에게 되물었다.

"아버지에 대해서는 어떤 연유로 묻는 것인지에 대해 먼저 질문을 드려보아도 되겠습니까?"

다소 날카로운 눈빛에 주춤한 최 회장이 이번에는 사람 좋은 미소를 지어보이며 말을 이었다.

"허허, 사위로 우리 집에 발을 들이지도 모르지 않는가? 그쪽 집안 이력에 대해 묻는 것도 이상한 일은 아니지."

반대로 생각해보면, 최 회장이 서은을 담보로 제안을 한 것이 얼마나 편견 없이 능력만을 중요시 하는 인물인지를 알리는 것이기도 했다. 어쨌든 평범한 사람이었다면 제정신으로 할 수 있는 제안은 아니었다. 아니, 술기운이든 약기운이든 제 정신이 아니더라도 쉽사리 할 수 있는 이야기도 아니었다. 경묵의 밑바닥 시절을 모르는 것도 아닐뿐더러 자기 딸과의 혼담을 담보로 배팅이라니, 만약 능력 없는 모습을 보이면 어떻게 내쳐질지도 훤히 보였다.

더군다나 최 회장이 이런 질문을 던지는 이유는 경묵의 사업가로서의 재능이 오롯이 아버지로부터 물려받은 것은 아닐까하는 의문을 지녔기 때문이었다. 비운의 중소기

업 사장쯤으로 여겼다. 그러니까 지금껏 사업을 하며 수
없이 만나보았던, 재능은 지녔지만 운이 없는 비운의 중
소기업 사장들. 그러나 경묵에게서 돌아온 대답은 어처구
니가 없을 지경이었다.

"승부사였습니다. 경마장에서 가족의 운명을 걸고 게
임하기를 즐기는 승부사요."

"그렇군."

벌집을 건드린 꼴이라 생각했는지, 최 회장이 무던하게
말을 마쳐보이자 오히려 경묵이 달래듯 말을 해보였다.

"괜찮습니다. 얼마 살지는 않았다지만 반평생을 없는
사람이라 여겼으니까요."

쿠거는 경묵의 지시대로 자신을 연기하고 있습니다. 쿠
거의 놀라운 연기력 덕분이었는지, 최 회장은 이미 경묵
에게 잔뜩 매료된 듯 보였다.

"좋은 마음가짐이야. 시대정신에 위배되고, 능력 없는
사람들은 도태되기 마련이지. 잔정은 쌍팔 년도에나 먹히
던 거야."

능력이 없는 사람은 도태된다? 최 회장의 마음가짐이
확연히 드러나는 대목이었다. 쿠거는 실소를 한 번 흘려
보인 후에 본격적인 일 이야기를 꺼내기 시작했다.

"이제, 식사도 마쳤고 대략적인 구두 계약이 끝났으니
일 이야기를 나누는 것이 어떨지요?"

"그래, 그러도록 하지."

상윤이 웨이터를 부르자, 테이블 위에 놓인 접시들을 빠르게 치워주었다.

디저트로 푸딩이 올라왔고, 쿠거는 장난치듯 탱글탱글한 푸딩을 티스푼으로 톡톡 두드려댔다.

제법 널찍한 접시 위에 조막만한 푸딩 하나가 올려져있는 모습이 제법 그럴싸해보였다.

그런 모습을 지켜보던 상윤은 웨이터가 건네어준 잘 엮어진 A4용지 몇 장을 받아 들어서는 경묵에게 건넸다.

첫 장에는 음식의 예상 모습이 몇 개 그려져 있었다. 그리고 그 사진을 본 쿠거가 입에 짙은 미소를 지어보이자 경묵이 물었다.

'아는 음식인가?'

[긴가민가했는데 이제야 확신이 서는군. 이계 흡혈새우로 조리했을 가능성이 크다.]

쿠거는 연신 흡족한 미소를 띤 채로 천천히 A4용지를 살피기 시작했다.

"음, 묽은 소스에서 단맛과 짭조름한 맛이 동시에 났다?"

"예, 그렇답니다. 도드라지는 특징으로는 별 모양으로 큼지막하게 썰어진 버섯이 들어있다고 하고요."

쿠거가 밝은 목소리로 대답해보였다.

"그건 이른바 스타머쉬룸 이라고 하는 이계의 식재료로 군요. 이계의 평범한 식재료중 하나이지요."

이내 최만기와 상윤의 입가에 짙은 미소가 떠올랐다. 그도 그럴 것이, 버섯을 별 모양으로 썰어내기 위해 고군분투 했던 평범한 요리사들과는 애초에 시작부터가 달랐다.

쿠거는 훑어본 서류를 잘 정리해서는 테이블 한 편에 올려둔 후에 상윤에게 물었다.

"이 요리를 대접해주었다는 중년부부가 살던 중국 민가가 위치했던 곳의 지명이 정확히 무엇입니까?"

다소 뜬금없는 질문에 두 사람이 의외라는 표정을 지어보였고, 상윤이 떨떠름하게 뱉어낸 대답과 동시에 질문을 던져보였다.

"강소성 인근의 연운항입니다. 도시와도 상관이 있습니까?"

"이계의 식재료를 사용했다고는 하지만, 그렇다고 하여 조리법 역시 이계의 조리법이라는 보장은 없지요. 중국요리가 크게 네 가지로 나뉘어있다는 사실은 알고 계시지요?"

예상보다 흥미로운 대답이 이어지자, 상윤은 고개를 끄덕여보였다.

쿠거는 경묵의 상식을 빌려 말을 이어나가기 시작했다.

"식재료도 이계의 것을 사용하였으니, 조리법도 그랬을지 모르지만 어쩌면 이계의 조리법을 사용하지 않았을지도 모르지요. 그러니 여러 가능성을 제시해보는 것입니다. 영향을 받았음직한 조리법을 우선 모두 추려내 보자는 것이지요."

최만기와 상윤의 입가에 언뜻 보기에도 확신이 살짝 녹아든 미소가 지어졌다.

어쨌든 이제 쿠거가 제 실력을 발휘할 시간이었다.

⊛

호텔 내에 위치한 레스토랑을 빠져나오고 나서야 경묵은 쿠거의 강림을 해제했다. 발끝부터 머리꼭대기까지를 훑고 지나가는 기분 나쁜 전율과 동시에 다시금 몸을 자의로 움직일 수 있게 되었다.

그런데 데려다주겠다는 최만기와 상윤의 만류에도 불구하고, 혼자 가겠다며 나선 것이 화근이었는지, 정장 차림으로 호텔 로비를 지나쳐 빠져나오는 동안에만 무려 세 명의 여성이 경묵에게 말을 붙여왔다.

"친해지고 싶군요."

"호텔 바에서 한 잔 대접하고 싶은데 혹시 지금 시간이 있으신가요?"

"오늘 밤에 시간되시나요? 곤란하시다면 주말이라도 좋습니다."

제법 아름다운 여성들임이 분명했지만, 경묵은 유한 미소를 지어보이며 일일이 거절해보이고는 빠져나왔다. 짧은 대화를 나누는 잠깐 사이에 훑어보아도 서은과 비교하다보니 단점만이 눈에 들어온 터였다. 뭐, 단점이 보이지 않았다고 하더라도 결과는 크게 달라질 것이 없었다.

아마 진즉 강림을 해제하지 않았더라면 능글맞은 웃음을 지어보이며 제의를 수락했을 쿠거의 모습이 눈에 훤히 보이는 듯 했다.

경묵은 걸음을 재촉하며 호텔을 나선 후에, 앞에 즐비한 택시 한 대를 잡았다.

택시 뒷좌석에 몸을 구겨 넣고 나니 그제야 비로소 긴장이 풀리는 듯 했다. 이로서 모든 단서들을 손에 얻은 셈이었다.

'3일이라…….'

경묵이 탄 택시가 멈춰 선 곳은 집이 아니라 북경각이었다. 가게의 잠금을 해제하고 안으로 들어선 경묵은 괜히 한 번 안을 둘러본 후에 주방 불을 켜고 안으로 들어섰다.

벽에 걸려있던 국자 중 손에 잡히는 것을 하나 집어들고는 쿠거와 교감하기 위해 작게 되뇌었다.

"쿠거."

[오, 그래. 기다리고 있었지. 한참 떠들고 와서 그런 것
인지 괜스레 더 외롭더라고.]

경묵은 한 번 피식하고 웃음을 지어보인 후에 쿠거에게
되물었다.

"그래, 짐작이 가는 요리는 있고?"

[있다마다. 들어간 향신료까지 정확히 알 수 있겠더군.
그런데, 조리법은 이계의 조리법이 아닌 듯하다.]

의외의 대답이 돌아오자 경묵이 불안을 잠식시키지 못
한 채로 되물었다.

"그럼?"

[글쎄, 그 지방에 전해져 내려오는 고유의 조리법이라
면 네가 더 잘 알지 않나?]

경묵 역시 중국 요리에 대해 밝은 것은 아닌지라 한참
동안 아랫입술을 씹어대며 깊은 생각에 잠겨있었다. 이내
경묵은 생각을 시원히 정리하지 못한 채 형대욱이나 남광
민, 혹은 스승 전병우에게 조언을 구하기로 결심한 한 채,
쿠거에게 말했다.

"우선은 필요한 식재료를 읊어줄 수 있겠어?"

다시금 국자가 엷게 진동하며 경묵의 귓가에 쿠거의 목
소리가 잔잔히 울려 퍼졌다.

[그래, 그런데 문제가 하나 더 있는 것 같군.]

문제라는 말에 경묵이 민감하게 반응하며 되물었다.

"무슨 문제 말이야?"

[생각을 해보니 이곳이 이계가 아닌데 이계의 식재료를 어떻게 구할 수 있을지 하는 의문이 들더군. 혹시 해답을 알고 있나?]

경묵 역시 생각지 못했던 부분이었는지, 짧게 탄식을 해보였다. 식재료를 구할 수 있다한들, 어찌 구할 수 있을지에 대해서는 전혀 염두해 둔 바가 없었다. 이 문제는 아트리온 측과 상의를 거쳐야 할 것 같다는 생각이 들었다. 이렇게 생각을 해보니 최 회장에게 자신만만하게 던진 3일이라는 시간이 결코 길게 느껴지지는 않았다.

'하, 이거 정말 돌아버리겠군.'

이내 경묵이 짐짓 심각한 표정으로 말했다.

"그래, 우선은 식재료에 대해서 먼저 일러주겠나."

앞서 말했던 스타 머쉬룸과 흡혈새우는 물론, 몇 가지 향신료를 더 읊어주었다.

씁쓸함과 단맛을 동시에 내는 열대 식인초의 잎과, 마나원액에서 추출해낸 소금인 '마나염'과함께, 말이 많은 만드라고라등 하나같이 독특한 이름을 지니고 있는 것들이었다. 필요한 식재료를 읊던 중 중간에 짤막하게 등장한 이계들소 살은 경묵에게 있어서만큼은 굉장히 반가운 이름이었다. 우선 쿠거가 불러준 식재료들을 받아 적은 경묵이 북경각 주방 선반에 기대어 몇 번 숨을 내쉬고는 머리칼을 위로 쓸어 올려 보였다.

일단 경묵은 급한 걸음으로 누군가에게 전화를 걸며 다시 주방을 나서기 시작했다.

잠시 동안 켜져 있던 북경각 주방의 불이 꺼졌다.

"예, 스승님. 혹시 지금 잠시 뵐 수 있을까요?"

❀

형대욱의 집 거실에 세 사람이 모여 앉아있었다.

전병우와 형대욱, 그리고 임경묵까지.

중화요리계의 별을 꿈꾸는 요리사라면 동경하는 세 사람이 한 자리에 모여 있는 꼴이었다.

"그래, 무슨 일로 이 시간에 전화를 다한 것이냐? 실없는 이유로 연락을 하지는 않았을 테고……."

전병우가 말끝을 흐려보이자, 이내 경묵이 어렵사리 이야기를 꺼내기 시작했다.

"다름이 아니라 혹시 강소성에 전해지는 조리법에 대해 풍문으로라도 들으신 것이 있는지를 여쭈어보고자 걸음했습니다."

"강소성의 전통 조리법이 궁금하다 이거지?"

경묵이 강소성의 조리법에 대해 묻자, 형대욱이 웃음을

한 번 지어보이고는 되물었다.

"경묵이 너, 최만기 회장한테 제의를 받았구나?"

"어? 아니, 셰프님. 어찌 아셨습니까?"

"어찌 알기는, 나도 그 수수께끼를 풀려다가 실패했거든."

씁쓸하게 말을 끝내 보인 형대욱이 입맛을 다져보이고는 입가에 웃음을 머금은 채 말을 이었다.

"그래도 잘 찾아오긴 했다. 그 고상하신 입맛의 소유자께서 말씀하시기를 내가 그래도 그나마 근접했다고 하더라고. 들어간 식재료나 향신료는 완전 딴판인 것 같은데 이런 방식으로 볶아낸 것은 맞는 것 같다고 하더군. 나도 그 작자들 때문에 골머리 좀 썩었었지."

전병우와 경묵의 시선이 동시에 형대욱에게로 향했다.

"아니, 그럼 그 요리의 조리법에 대해서는 알고 있으시다는 말씀이십니까?"

"그게 무슨 말이야? 최만기 회장? 유니언컴퍼니의 최만기 회장 말이야?"

형대욱은 전병우의 물음에는 답하지 않은 채, 경묵의 물음에 답해주었다.

"그거, 강소성 전통요리 태창육송(太倉肉松)이잖아. 실수 때문에 만들어진 요리로 유명한 돼지고기 요리 말이야. 부끄러운 이야기지만 조리법 안다고 우습게 봤다가 제대로 미끄러졌지."

경묵의 입가에 미소가 떠오르는 동시에 형대욱의 얼굴이 잔뜩 일그러졌다.

짝-!

이내 전병우가 대욱의 등짝을 후려쳐보이고는 말했다.

"야, 이 놈들아! 왜 나만 따돌리는 거야? 나도 알려줘! 최만기 회장이 왜?!"

전병우가 그러거나 말거나, 경묵의 입가에 지어진 미소는 떠날 줄을 몰랐다.

형대욱 역시 혀를 한 번 내밀어보이고는 넓은 거실에서 갑작스레 전병우와 추격전을 벌이기 시작했다. 전병우는 손에 잡히는 대로, 유리 재떨이를 들고는 형대욱의 뒤를 ◎기 시작했다.

"야, 이 놈아! 거기 서라! 이 놈이 매를 버는구나!"

"아니, 그걸로 한 대 치기라도 하실 요량입니까? 우선 놓고 말씀하십시오! 그럼 달게 벌 받도록 하겠습니다."

"씨알도 안 먹힌다, 이 놈아! 게 서라!"

"그걸 내려 놓으셔야 서든 말든 하지요!"

두 사람의 모습을 지켜보던 경묵이 피식하고 웃음을 지어보였다. 생각보다 너무 쉽게 크나큰 문제 하나가 풀려버린 것이다.

'태창육송(太倉肉松)이라…….'

경묵은 득의의 미소를 한 번 지어보인 후에, 다시금 깊은 생각에 빠졌다. 그리고, 두 사람의 추격전은 생각보다 오래도록 지속되었다.

⊕

다음 날 아침, 침대에 누워 멍하니 천장을 바라보던 경묵은 말 그대로 사색에 잠겨있었다.

마치 천장에 무언가라도 있는 듯 인상을 잔뜩 쓴 채 째려보기도 하고, 허탈한 웃음을 지어보이기도 했다. 그 모습이 마치 조울증 환자처럼 보일 지경이었다.

'이래서 도박이 무서운 거라니까?'

누워서 멍하니 천장만 바라보고 있다 보니, 쿠거 녀석의 호언장담을 믿고 최 회장의 미끼를 너무 덥석 문 것은 아닌가 싶은 걱정이 일기 시작했다. 녀석의 자신감 때문인지 실패의 경우는 거의 염두에 두고 있지 않았다. 아니 사실 거의가 아니라 한 번도 실패할 거라고 여긴 적이 없었던 것 같기도 하다. 제기랄, 쿠거 녀석. 그렇게 자신에 가득차서 날 믿으라더니 지금 꼴이 이게 뭐냐고. 뭐, 물론 녀석이 아예 도움이 안된 것은 아니다. 아니지, 핵심적인 도움을 준 것이 사실이기도 했다. 그런데 들어간 이계의 식재료를 줄줄이 읊어낸다 한들 그게 무슨 소용이냐고.

그 식재료들을 구할 수 있는 방법이 없는데!

"하……."

경묵은 저도 모르게 탄식을 한 번 흘린 후에, 머리를 마구 헝클어트려 보였다.

어쨌든 이렇게 누워서 멍하니 천장을 바라본다고 해서 천장이 대답을 해줄 리가 만무했다.

어제 저녁식사 자리에서 경묵과 쿠거가 최 회장에게 호언장담을 하며 약속해보인 기일은 3일.

호텔에서 저녁식사를 한 지 어느덧 12시간이나 지났으니 남은 제한시간은 고작해야 60시간 정도. 어쨌든 이 60시간에 가게 28개가 달려있다. 더군다나 세 달치의 인건비까지 일괄적으로 지급을 약속했으니, 72시간을 기준으로 따져보았을 때, 시급으로 따졌을 때에 수천만 원 이상의 고액 아르바이트라고도 할 수 있었다.

시급이 수천만 원이다?

이렇게 생각해보니 괜스레 기분이 좋아져 피식하고 웃음이 나왔다.

이 정도 정신노동에 시급 수천만 원이라면 소위 말하는 꿀 아르바이트인 듯 했다.

생각을 선회시키듯 양 뺨을 제 손으로 몇 번 두드린 후에, 고개를 세차게 저어보였다.

'그래, 임경묵. 긍정적으로 생각하자. 긍정적으로.'

어쨌든 시간은 아직도 60시간이나 남아있었고 12시간

만에 모든 단서들을 추려내는데 성공했다. 필요한 식재료를 모두 알아낸 것은 물론, 어제 저녁 적극적으로 조사한 결과 요리의 정체가 '태창육송'이라는 사실까지 밝혀내는데 성공했다.

스승 전병우의 말에 따르면 태창육송 이라는 요리 자체가 강소성 출신의 한 요리사의 실수에서 파생된 요리라고 했다.

각색된 것이 아닐까 싶을 만큼 뻔하고도 뻔한 이야기이기는 했다만, 돼지고기를 가마에 삶던 요리사가 실수로 잠깐 졸게 되었고 잠에서 깬 요리사가 허둥지둥 대며 탄 부분을 도려내고 타지 않은 속살만을 이용하여 볶아낸 요리가 태창육송이라고 한다.

탄생 비화만으로도 조리법에 대해서 어느 정도 유추가 가능할 정도였다.

야들야들하게 익은 돼지고기를 달짝지근하고 간장 내가 물씬 풍기는 묽은 소스에 볶아낸 요리. 아니나 다를까 조리법은 경묵의 예상대로였다.

'그래, 재료만 구한다면 가게 28개는 물론 석 달 치 인건비를 공으로 얻을 수 있는 상황이다. 속 편히 생각하자, 그게 건강에 좋지.'

이내 기운차게 침대에서 몸을 일으켜 보인 경묵이 갑작스레 일은 갈증 탓에 부엌을 향해 터벅터벅 걷기 시작했다.

머릿속은 여전히 어떻게 식재료를 구할지에 대한 생각으로 가득 차 있었다. 이내 냉장고를 열어본 경묵의 표정이 일순 일그러졌다.

"뭐야, 왜 물이 없어?"

아무래도 할머니께서는 회춘 이후로 제 2의 젊음(?)을 잔뜩 즐기고 계신 듯 했다. 오늘은 연인이라 할 수 있는 제국이 아저씨와 함께 꽃 박람회에 가셨다. 경묵은 고갯짓을 한 번 해보이고는 아쉬운 듯 입맛을 다져 보이며 냉장고 문을 닫았다.

10분 이상을 걸어가야 있는 편의점까지 가기에는 너무 귀찮고, 그렇다고 갈증을 참아내자니 고역인 상황이었다. 수돗물이라도 마셔야 하나?

그 때, 문득 상점 창에서 봤던 생필품들이 떠올랐다. 정말이지 만물상점을 방불케 하는 상점 창, 일명 블랙마켓. 여성용 화장품인 BB크림도 파는 곳인데 설마 생수나 간단한 음료, 뭐 콜라가 없을 리 없다는 생각이 들었다. 그리고 그와 동시에 두둑하게 쌓여있는 GEM이 떠올랐다. 생수나 음료수가 해봐야 얼마나 하겠어?

'상점.'

이내 경묵이 속으로 작게 읊조려 보이기가 무섭게 눈앞에 익숙한 상점 창이 나타났다.

정말이지 없는 것 빼고 다 있다는 말은 상점 창을 위해 존재하는 말인 듯 했다.

매번 창을 열 때 마다 처음에 정렬되어있는 물품들의 목록이 변경되는데, 오늘 첫 화면에 정렬되어있는 물품은 전동면도기부터 괴수 '서큐버스'가 신었던 스타킹까지였다.

어라? 서큐버스가 신었던 스타킹이라고? 경묵은 저도 모르게 서큐버스가 신었던 스타킹의 옵션을 한 번 살펴보았다. 구매 의욕이 있었던 것은 아니고, 남자라면 누구나 지니고 있을 정도의 단순한 호기심이었다. 웹 서핑을 하다가 갑자기 성인용품 쇼핑몰 팝업이 뜨면, 스크롤을 한 번 내려 볼 정도의 호기심.

띵-!

경쾌한 안내 음과 함께 [서큐버스가 신었던 스타킹]의 상세설명 창이 나타났다.

––––––––––––––––––––––––––––––

[서큐버스가 신었던 스타킹]

이계의 상급 괴수, 몽마 서큐버스가 신었던 스타킹입니다.

아무런 효과도 지니고 있지 않습니다.

가격 : 500GEM

––––––––––––––––––––––––––––––

정말 아무런 효과도 없는 아이템이 500GEM이나 한다.

27

이윽고 한참동안 [서큐버스가 신었던 스타킹]의 상세 설명이 마치 자신의 원수라도 되는 듯, 맹렬한 기세로 째려보던 경묵이 탄식을 뱉음과 동시에 입가에 옅은 미소를 지어보였다.

"아!"

상세설명에 명시되어 있는 대로 '서큐버스'는 이계의 마수다. 이계의 마수가 신었던 스타킹도 상점에서 팔고 있는 실정인데, 이계의 식재료라고 해서 팔지 않을 리가 없다는 생각이 들었다.

'검색, 스타 머쉬룸!'

이윽고 경묵이 검색기능을 이용하여 가장 기억에 남는 스타 머쉬룸을 검색해 보았다.

아랫입술을 잘근잘근 씹어대는 모습에서 간절함이 역력히 드러나고 있었다.

제발, 제발 하고 마음속으로 되뇌기도 잠시, 경쾌한 알림 음과 함께 나타난 상태창.

띵—!

[검색을 완료하였습니다!]

[총 1개의 상품이 검색되었습니다.]

————————————————

[스타 머쉬룸]

식용으로 사용이 가능하며, 식감이 매우 뛰어난 별 모양

버섯입니다. 주로 이계의 초원지대에 나무에서 자라납니다. 먹으면 몸에 쌓여있던 피로가 풀리는 효과가 있습니다.

등급 : 일반

가격 : 150GEM

————————————————

상세 설명을 한 번 훑어본 경묵이 큰 소리로 환호성을 내질렀다.

"있다! 있어! 구매!"

경묵은 정말 한 치의 망설임도 없이, 곧장 [스타 머쉬룸]을 구입했다. 이윽고 경묵은 조리에 필요한 다른 식재료들도 하나하나씩 찾아보기 시작했다.

[마나염]부터 시작해서, [말하는 만드라고라]와 [식인초의 잎], [이계 돈육] 등등…….

쿠거가 말해준 모든 식재료를 구매하는데 소비한 총 GEM이 1000GEM에도 미치지 않았다.

경묵은 일전에 한 번 상점에서 식재료를 구입해본 경험이 있었다.

다름이 아니라 한강공용주차장에서 푸드 트럭이 처음으로 영업개시를 하던 날, 준비가 되어있지 않은 상황에서 갑작스레 영업을 시작하게 된 탓에 가지고 있던 GEM을 탈탈 털어 테이블과 의자, 브루스타(휴대용 버너)는 물론 식재료들까지 구입을 했었다.

그때 구입했던 식재료들 역시 굉장히 저렴한 가격이었다지만, 단지 현계의 식재료이기 때문이라고만 생각하고 있었다. 그러나 이계의 식재료 역시 마찬가지로 굉장히 저렴한 가격대를 형성하고 있었다.

다른 각성요리사들의 경우 이계 식재료의 정확한 명칭을 모르기에 검색을 통해 구입을 하는 데는 무리가 있었다. 이대로라면 이계 음식에 대한 지식이 빠삭한 쿠거의 도움을 받을 수 있는 경묵은 직접 딘전에 가서 식재료를 구해오는 수고를 겪지 않더라도, 이계의 식재료를 구입하여 사용할 수 있을지도 모르는 노릇이었다.

'기회가 되면 쿠거에게 이계 요리에 대해서도 조금 배워야겠는데?'

경묵은 인벤토리 안에 가득 들어선 식재료들을 마치 제 자식을 바라보는 것만 같은 흐뭇한 표정으로 바라보았다. 그리고는 미니 팬을 꺼내 손에 꽉 쥐고는 간드러지는 목소리로 쿠거를 불러보았다.

"이 봐, 쿠거."

아나나 다를까, 경묵이 쿠거를 불러 보이기가 무섭게 미니 팬이 부르르 떨리기 시작했다.

평소에는 기분 나쁘게만 느껴지던 이 진동이 바로 쿠거가 반응하고 있다는 증거였다. 그러나 적어도 오늘 만큼은 이 찌릿함이 묘하게 만족스러웠다.

[오, 웬일로 먼저 찾아주는 거야? 또 뭐 궁금한 게 있는 건가?]

표면상으로는 용건이 무엇인지를 묻고 있는 듯 보였지만, 목소리에는 반가움이 짙게 녹아들어 있었다. 이내 경묵은 무던한 투로 답했다.

"모든 식재료의 준비를 마쳤어. 이제 레시피를 알려 줘."

쿠거와의 계약을 통해 얻은 [강림] 스킬을 사용한 것이 불과 어제 저녁의 일이다. 강림 해제를 마친 시점에서 약 3일간은 다시 사용할 수 없다는 패널티를 고려해본다면 어제 저녁 [강림]스킬을 사용한 것이 지금은 오히려 독이 된 듯 했다.

애석하게도 경묵은 그 날의 식사에서 3일이라는 기한이 붙을 줄도 예상치 못했을 뿐더러, 막히는 부분 없이 이계 요리에 대한 부분을 풀어나가기 위해서는 스킬을 사용하는 것이 불가피했다. 이내 쿠거는 살짝 웃음기가 떠오른 목소리로 대답해보였다.

[그래, 그래. 기다렸다. 내가 너에게 무언가를 알려주는 것은 처음이로군.]

앞서 말했듯 최 회장과 약속된 기일까지 남은 시간은 고작해야 이틀 남짓.

남은 이틀 안에 이계 식재료들의 손질 방법은 물론, 조리 방법까지 모두 완벽하게 익혀야 한다. 물론 결과적으로 중요한 것은 조리된 음식의 맛 이었다.

식재료 조달 문제까지 완벽하게 해결했으니 가게 28개와 석 달 치 인건비가 눈앞에 있는 상황이었다. 입가에 득의의 미소를 지어보이기를 잠시, 다소 갑작스럽다지만 지금 쿠거는 어떤 표정을 짓고 있을지가 궁금했다.

❀

이틀 뒤, 경묵과 최 회장이 약속한 3일의 마지막 날 저녁 시간. 청담동의 한 주택 앞에 선 경묵이 다소 비장한 표정으로 눈앞에 놓인 철문을 올려다보았다. 철문 너머로는 널찍한 정원이 언뜻언뜻 보이는 듯 했다. 이곳이 서은의 본집, 즉 최만기 회장의 자택이었다. 우리나라, 한반도에 이런 곳이 있었나 싶은 의문이 들 정도로 궁전 같은 집임이 분명했다.

이내 초인종을 누르기 전, 경묵이 쉼 호흡을 한 번 해보였다.

"후아—"

떨려서? 절대 아니었다.

내 뱉은 숨소리가 허공에서 흩어지기도 전에, 경묵의 손가락이 초인종을 꾹 눌렀다.

띵동-!

이윽고 보안회사 직원쯤 되어 보이는 이가 경묵에게 물어보았다.

– 어떻게 오셨습니까?

경묵은 인터폰에 달린 카메라 렌즈를 한껏 여유 있는 표정으로 바라보며 이가 훤히 드러나는 미소를 한 번 지어보이고는 말했다.

"숙부님의 젊은 날의 맛을 내 줄 요리사가 왔다고 회장님께 전해주시겠습니까?"

철컹-! 끼기기기긱-

얼마 지나지 않아 굳게 닫혀있던 철문이 요란한 굉음을 내보이며 천천히 열리기 시작했고, 경묵은 천천히 철문 안의 정원으로 걸음을 옮기기 시작했다.

인고의 시간이었던 지난 이틀간의 노력과, 그 노력의 결과를 토대로 최 회장에게서 승리의 짜릿함은 물론, 28개의 업장을 한 번에 거머쥘 시간이 온 것이라고 생각하고 있었다.

'아무래도 제가 이긴 것 같습니다.'

경묵이 준비한 요리는 단지 이계의 식재료를 활용한 태창육송이 아니었다.

이계 최고의 요리사라 칭송받는 '폰 데 쿠거밀스'와 스승 '전병우'가 함께 만들어낸 역대 급 요리였다.

피식하고 웃음을 지어보인 경묵이 콧노래를 부르며 천천히 걸음을 옮기기 시작했다.

경묵은 문 앞으로 자신을 데리러 나온 상윤과 조우했다.

"오셨습니까?"

"아, 예. 어쩌다보니 늦었습니다."

오늘이 딱 3일 째 되는 날 저녁이었으니, 간당간당 시험(?) 시작 시간을 맞춘 것이나 매한가지였다. 경묵의 부드러운 대답에 상윤이 손사래를 쳐보이고는 말을 이어나가기 시작했다.

"아닙니다, 애초에 경묵씨가 회장님께 제시한 3일이라는 시간이 촉박한 시간이었지요. 그래도 기한을 맞추시다니, 정말 대단하십니다. 준비는 어찌 잘 마무리하셨습니까?"

"불과 한두 시간 전쯤에 준비를 딱 마무리 했습니다."

경묵이 건넨 말 그대로 레시피가 완벽하게 완성된 것은 딱 한두 시간 전쯤이었다.

쿠거에게 이계 식재료의 제대로 된 사용법과 기본적인 태창육송의 조리법을 전수받는 데에는 불과 몇 시간도 걸리지 않았다. 하루라는 여유시간이 생기자 욕심이 생긴 것인지, 경묵은 한 가지 요리를 더 준비하기로 마음먹었다. 그리고 그렇게 준비하게 된 두 번째 요리의 준비가 끝난 것이 딱 두 시간 전이었다.

두 번째 요리를 떠올린 경묵이 입가에 옅은 득의의 미소를 지어보이고는 상윤에게 다시금 말을 건넸다.

"정말 궁전 같은 집입니다."

"저도 처음 이곳에 걸음 했을 때 정말 놀람을 감추지 못했었지요."

경묵은 사글사글한 미소를 지어보이며 자신의 곁에 선 상윤을 따라 차가 다닐 수 있도록 잘 포장된 길 위를 걷기 시작했다. 널찍하게 펼쳐진 정원에는 색에 맞추어 잘 분류된 생화는 물론이고, 잉어가 헤엄치고 있는 못까지 있었다.

정원은 뭐랄까? 최 회장이 경묵과 함께한 저녁자리에서 보인 친근한 모습에 반하게 대기업 회장이라는 명색이 돋보이는 부분이었다. 이런 집을 떠나 구로동의 허름한 빌라에서 생활하고 있는 서은을 생각하다보니 절로 한숨이 나왔다. 부녀지간에 대체 어떤 비화가 있었던 것일까?

들어서서 확인한 내부 모습은 더욱 가관이었다.

현관을 따라 한참 이어진 복도에는 의미를 알 수 없는 난해한 그림들이 걸려 있었고, 저택에 근무하는 직원들의 수만 하더라도 경묵이 현재 암암리에 운영 중인 경묵푸드

컴퍼니의 총 직원 수보다도 더 많은 것 같다는 생각이 들었다.

복도를 따라 걷다가 문을 열고 들어서니, 널찍한 거실이 한 눈에 들어왔다.

최 회장은 쇼파에 앉아 있다가 인기척에 고개를 돌려 우두커니 서 있는 경묵을 바라보고는 웃음을 한 번 지어 보였다.

"왔군."

경묵 역시 미소로 화답을 해 보인 후에, 의도적으로 거실 안을 한 번 둘러보았다.

거실 안에도 딱 보기에도 값이 제법 나갈 것 같은 장식품들이 가득했다. 단연 장식품들만의 이야기가 아니라 가구들 또한 마찬가지였다. 제 자리에 서서 경묵을 바라보며 말을 건넨 최 회장의 희끗희끗한 머리칼이 고급 샹들리에에서 뿜어져 나온 빛을 머금어 광택을 내고 있었다.

경묵은 그런 최 회장의 눈을 자신에 가득 찬 눈으로 바라보며, 반은 농담 삼아 반은 인사치레 삼은 말을 익살스러운 투로 건넸다.

"예, 그간 잘 지내셨습니까?"

"그래, 잘 지냈지. 정말 삼 일 만에 올 줄은 몰랐군. 영락없이 딸 결혼식 덕분에 국수 한 접시 얻어먹나 했어. 어때? 준비는 다 되었고?"

최 회장 역시 익살스레 경묵의 인사에 답해보였다. 이런 농담을 주고받을 때만 본다면 대기업 회장이라고는 상상하지 못할 정도로 친근하게 느껴지곤 했다. 다시금 환한 미소를 지어보인 경묵이 자신에 가득 찬 목소리로 답했다.

"예, 물론입니다."

"그래, 다행이군. 그래도 안심하기엔 이르네. 중요한 것은 결과 아니겠는가?"

"지당하신 말씀이십니다. 중요한 것은 결과이지요."

힘이 넘치는 경묵의 말을 들은 최 회장은 대답대신 한 번 피식하고 웃음을 지어보였다.

대화를 나누는 두 사람을 우두커니 선 채로 힐끔힐끔 보고 있던 상윤이 지금의 정적을 기회삼아 어렵사리 말을 꺼냈다.

"경묵씨, 조리실에 편히 조리하실 수 있는 환경을 마련해 두었습니다."

"아, 조리실도 따로 마련되어 있습니까?"

"예, 그렇습니다. 기존에는 저택 식구들의 식사를 조리하는 조리실입니다만, 웬만한 식당보다 깔끔하고 잘 설계되어 있으니 큰 불편은 없으실 것입니다. 혹 도움이 필요하시다면 조리실에 있는 직원들에게 말씀하십시오. 미리 일러두었습니다."

조리실은 물론, 요리사들 몇 명 까지 있다는 상윤의 말을 들은 경묵은 저도 모르게 짧게 감탄해보일 수밖에 없었다. 경묵은 양 팔의 소매를 걷어 올리고는, 최 회장을 바라보며 한껏 정중한 투로 말해보였다.

"그럼, 긴 말할 필요 없이 당장 패를 확인해보겠습니다. 회장님과 저 중 누가 승자인지를 판가름내줄 제 패 말입니다." "그래, 우스운 이야기지만 숙부님 뿐 아니라 나 역시도 자네의 승리를 더욱 간절히 염원하고 있네."

다시금 두 사람의 눈빛이 허공에서 맞닿음과 동시에 갑자기 장내에 정적이 녹아나기를 잠시, 상윤의 밝은 목소리가 울렸다.

"자, 가시죠. 이쪽으로 오시면 됩니다."

상윤의 말을 들은 경묵은 허리를 살짝 굽혀 최 회장에게 인사를 해보이고는 상윤의 뒤를 따라 걸음을 옮기기 시작했다. 상윤을 뒤 따라 걷는 경묵의 뒷모습을 바라보던 최 회장이 옅은 미소를 지어보였다.

❁

상윤이 말했던 대로, 저택의 조리실은 웬만한 식당보다 시설이 좋은 듯 했다. 그도 그럴 것이 경묵은 지금껏 이런 주방에서 일해 본 이력이 단 한 번도 없었다.

"와······."

흰색 타일로 처리된 주방 벽면에서는 광이 일었고, 화구 뒤편 벽에 기름때는 고사하고 작은 이물질조차 묻어있지 않았다. 과거 경묵이 일하던 북경각 주방과는 극명하게 차이가 나는 부분이었다. 뭐, 파리가 꼬일 일도 없어 보인다지만 파리가 꼬인다 한들 미끄러지기라도 할 듯 보였다. 단연 청결만이 아니라, 시설 역시 놀랍기는 마찬가지였다. 외관이 몹시 깔끔한 양문 개방형 냉장고와 때 하나 없이 은색 빛을 머금은 화구. 더군다나 화구에서 뿜어져 나온 불의 온도가 전자계기판에 표시되는 듯 했다.

경묵은 분주히 고개를 돌리며 안광을 머금은 초롱초롱한 눈빛으로 주방 안을 살펴보기 시작했다. 말 그대로 이곳은 꿈의 주방이 분명했다.

오븐만 하더라도 몇 대가 있는지 셀 수 없을 정도였고, 조리용 칼 역시 칼 걸이에 종류별로 진열되어 있었다. 뿐만 아니라 온갖 종류의 조리도구가 지금 조리실에 처음 들어선 경묵 역시 능숙하게 찾아내어 사용할 수 있을 만큼 깔끔하게 진열되어 있었다.

흰색 톤의 인테리어가 요리사로서 요리를 하고 싶은 의욕을 배가시켜주고 있는 듯 했다.

말을 하지는 않았지만, 조리실 환경에 감탄을 금치 못하고 있다는 사실이 경묵의 표정위에 고스란히 나타났다.

상윤은 그런 경묵의 모습을 바라보며 살짝 웃어 보인 후에 말했다.

"참고로 회장님께서는 본인의 저택에 굉장히 자부심이 있으십니다. 조리실은 물론이고 저택 내외부의 모든 것에 대해서 칭찬을 아끼지 않는다면 굉장히 좋아하실 것이 분명합니다."

"그렇군요. 의도적으로 칭찬할 필요 없는 정말 최고의 주방입니다. 살면서 이런 주방을 본 적이 없을 정도에요."

최만기의 조리실이 경묵을 자극하고 있었다. 후에는 경묵 역시 자신의 직원들을 이런 주방에서 일하게 해주고 싶다는 생각이 든 것이다. 의욕을 배가시켜주는 훌륭한 곳임에는 의심의 여지가 없을 정도였다. 상윤은 안경을 한 번 치켜 올려 보이고는 다시금 입을 뗐다.

"제가 여태껏 봐온 회장님의 모습들로 짐작컨대, 경묵 씨가 성공리에 일을 마치셨을 때 회장님께서 제공해주실 28개의 업장 역시 이와 같은 시설로 설비될 것이 분명합니다."

"더욱 의욕이 샘솟는군요."

상윤은 고개를 몇 번 끄덕거려보이고는 답했다.

"아마 아니더라도, 이와 비슷한 수준으로 설비해주실 것이 분명합니다. 한 번 쓰실 때에는 제대로 쓰시는 편이 거든요. 어쨌든 저는 이제 나가서 기다리도록 하겠습니다. 실례가 안 된다면 조리실 직원들이 경묵씨의 조리 과정을 지켜봐도 괜찮을런지요?"

경묵은 그제야 멀찍이 떨어진 곳에서 조리복 차림으로 자신과 상윤의 눈치를 살피고 섰던 요리사 몇을 발견했다. 경묵은 밝은 미소를 한 번 지어보이고는 답했다.

"아, 예. 물론입니다. 문제없습니다."

"감사합니다. 이 분들 역시 모두 국내외의 작고 큰 대회에서 수상 이력이 있는 요리사들인데, 경묵씨의 조리 과정을 직접 지켜보고 싶다고 하더라고요. 요리사들 사이에서 경묵씨는 이미 스타 셰프 급 명성을 자랑하고 계신다고 들었습니다."

경묵은 멋쩍은 듯 뒤통수를 긁어 보인 후에 입을 뗐다.

"부끄럽습니다. 아직 그 정도는 아닙니다만 어쨌든 옆에 계시는 것이라면 전혀 문제될 것 없습니다."

상윤이 방긋 웃어 보인 후에, 뒤에 섰던 요리사들에게 손짓을 해보이자, 일제히 분주한 걸음으로 다가서서는 경묵에게 살짝 고개를 숙여 보이며 인사를 건넸다.

"반갑습니다. 총괄 조리장을 맡고 있는 이호룡입니다."

"영광입니다. 저택 식구들 디저트를 담당하는 김지훈입니다."

"꼭 한 번 뵙고 싶었습니다. 저택 조리실 막내 김지언입니다."

경묵 역시 정중한 태도로 그들의 인사에 화답을 해보였다.

"저 역시 좋은 시간을 갖게 되어 영광입니다. 제가 아직 부족한 것이 많습니다. 지적 해주시면 감사하겠습니다."

이들은 경묵의 그러한 처신을 그저 겸손이라고 생각하고 있었다. 이미 요리계에서 경묵에 대한 평판이 그렇게 굳혀져버린 것이다. 불과 한 두달쯤 전만 하더라도 일개 오디션 참가자 중 한 명일뿐이었던 경묵은 어느새 스타급 셰프들과 같은 반열에 나란히 서 있었다.

상윤이 나간 후에, 경묵은 세 요리사들과 짧게나마 대화를 나누었다.

그날의 저택 식단에 알맞게 세 명 내지 네 명의 요리사가 출근을 하고, 오늘은 마침 중식 팀이 출근을 한 것이라고 했다.

"그렇군요. 저택 일은 어떻습니까?"

경묵이 물어 보이기가 무섭게 자신을 중식 팀의 총괄 주방장이라 소개한 이호룡이 줄줄이 자신들의 사정을 읊어대기 시작했다.

"굉장히 수월합니다. 월급이 보장이 되는 것은 당연지사에, 평범한 식당 주방에 비해 확연히 적은 인원의 식사를 준비하는 것이 고작이니까요. 최고급 식재료만을 사용할 수 있다는 점도 굉장히 만족스러운 부분이고요. 다만,

회장님께서 식사를 하시는 날이면 입이 바짝바짝 마릅니다. 굉장한 미식가시거든요."

나름 밝은 표정으로 떠드는 것을 보니 근무조건 역시 나쁘지는 않은 듯 했다.

그런데 경묵의 눈에는 자신을 주방 막내라 소개한 김지언의 어두운 표정이 계속해서 눈에 들어왔다. 외소한 몸집의 그는 무언가 주눅이 들어있는 모습을 보이고만 있었다.

그의 태도 하나만으로 선배들이랍시고 들들 볶아댔을 이호룡과 김지훈의 모습이 눈에 훤히 보이는 듯 했다. 그때 경묵은 쿠거와의 계약을 통해 얻게 되었던 스킬이자, 다른 요리사의 조리 능력치를 살펴볼 수 있는 스킬 [절대자의 안목] 스킬을 문득 떠올랐다.

이윽고 호기심을 죽이지 못한 채로 자신 앞에 쭈뼛거리며 선 요리사 셋의 능력치를 찬찬히 살펴보기 시작했다.

'절대자의 안목.'

스킬을 사용함과 동시에 세 요리사들의 머리 위에 이름과 함께 각기 다른 글자가 나타났다.

이호룡 / 김지훈 / 김지언

LV. 43 / LV. 46 / LV. 49

자세히는 모르더라도 이 'LV'이라는 것이 나타내는 것이 조리 능력치인 듯 보였다. 세 사람 모두 강화된 조리도구를 손에 쥐지 않은 정혁과 비슷한 조리 능력치를 겸비하고 있는 듯 보였는데, 의외의 사실은 김지언의 조리 능력치가 가장 높다는 것이었다. 자신을 막내라고 소개하기도 했지만, 자꾸 그에게로 눈이 가는 데에는 다른 이유가 하나 더 있었다.

아무리 나이를 높게 가늠해보아도 채 스무 살이 되지 않았을 것 같은 앳되어 보이는 얼굴이 그 이유였다. 어떤 사정이 있는 줄은 모르겠지만, 막내 타이틀로 밑 작업을 하기에는 아까운 재목임이 분명했다.

뭐, 아쉽기야 하다지만 당장 도움을 줄 수 있는 방법도 없는 노릇이었다.

경묵은 인벤토리 안에서 천천히 식재료를 골라내어 꺼내기 시작했다.

보존력 최강을 자부하는 최고의 냉장고인 경묵의 인벤토리에서, 품질 최강은 물론 극강의 식감을 자랑하는 이계의 식재료들이 하나씩 쏟아져 나오기 시작했다. 곁에 선 세 사람은 입을 다물지 못한 채, 그 모습을 지켜보기 시작했다. 전에 TV를 통해 한 번 본 적이 있었다지만 직접 두 눈으로 보니 더욱 더 신기하게만 느껴진 탓이었다.

이윽고 조리대 위에 놓인 [말하는 만드라고라]가 앙증맞은 투로 경묵에게 말했다.

"으아! 무서워! 으아!"

세 사람이 두 눈을 크게 떠보이며 경묵에게 물었다.

"이… 이게 대체 무엇입니까?"

"이계의 식재료 중 하나인 말하는 만드라고라에요. 저도 처음에는 마음이 약해져서 어쩔 도리를 몰랐는데, 알고 보니 순 엄살이라고 하더라고요."

탁ㅡ!

이내 무심하게 말해보인 경묵의 중화 칼이 말하는 만드라고라를 곧장 두 동강 내어버렸다.

도마 위에 꽂힌 칼에서 잠시 손을 떼어 보인 경묵이 환한 미소를 지어보인 후에 말을 이었다.

"흙의 정령들이 장난을 치는 것이라 합니다. 말하는 만드라고라는 이계에서 거의 유일하게 정령과 교감할 수 있는 식물이고요."

경묵은 표정을 잔뜩 구긴 채로 두 동강난 만드라고라에서 눈을 떼지 못하는 세 사람에게 쿠거로부터 들었던 설명을 그대로 해주었다. 사실인지는 모르지만, 그렇게 생각하는 것이 아무래도 심신건강에 좋을 것 같다 여기고 있었다. 그게 아니고서야 화동이 못지않게 귀여운 목소리로 말하는 저 귀여운 삼을 도대체 무슨 수로 두 동강 내겠는가?

경묵은 이계돼지고기를 먼저 삶기 시작했고, 마나염으로 고기를 삶을 물의 밑간을 마쳤다. 마나 그 자체에서 추출해낸 소금인 마나염이 푸른빛을 내는 탓에, 물의 색이 푸르게 변했다.

또한 식인초의 잎은 잘게 빻아서 작은 접시 안에 미리 담아두었고, 큼지막한 스타 머쉬룸을 꺼내어 별 모양의 생김새가 더욱 부각되도록 잘 손질을 해 두었다. 이계의 식재료가 하나씩 제 모양을 찾아갈 때마다, 세 사람은 경묵의 능숙한 손짓에 놀람을 금치 못하고 있었다.

경묵은 자신에게 쏟아지는 부담스러운 눈빛을 만끽하며 천천히 조리를 이어나가기 시작했다.

경묵은 오롯이 이계의 식재료를 손질하는데서 그치는 것이 아니라, 그 식재료들을 대체할 수 있는 현계의 식재료들 역시 천천히 손질을 해나가기 시작했다.

그런 모습이 한 번 의문을 자아내었고, 한참을 푹 삶아낸 고기를 건져낸 후에 두 덩이로 나눈 뒤 각기 다른 팬에 볶아내기 시작한 모습이 다시 한 번 의문을 자아내었다.

이내 호기심을 삼켜내지 못한 이호롱이 경묵에게 물었다.

"그런데 어찌 두 덩이로 나누어 조리를 하십니까? 더군다나 식재료들로 따로 준비가 된 듯 보입니다만……."

경묵은 천연덕스러운 표정을 한 번 지어보인 후에 이호롱의 물음에 답해보였다.

"아, 실은 제가 준비한 요리가 두 개거든요."

"예?"

갑작스레 튀어나온 경묵의 말에 세 사람의 표정이 심히 일그러졌다.

심지어 여태껏 수많은 도전자를 봐왔던 이호룡은 속으로 경묵의 실패를 점치고 있었다.

'모르긴 몰라도 실패가 뻔히 보이는군. 하나에 집중해도 모자를 판국에 두 개?'

김지훈과 김지언 역시 의아하다는 표정으로 조리에 열중한 경묵의 모습을 빤히 바라보았다.

본래 오랜 조리시간을 자랑하는 태창육송임에도 불구하고, 그리 오랜 시간이 않아 두 접시의 태창육송이 완성되었다. 세 사람 모두 경묵의 실패를 확신하고 있었다.

⚜

저택 부엌에 마련된 식탁 상석에 최만기의 숙부가 앉아 있었다.

쳐진 살에 묻혀있는 부리부리한 눈에서 소싯적의 모습이 언뜻언뜻 엿보이는 듯 했고, 최만기는 바로 옆에 앉아 의심가득한 눈초리로 경묵이 내어놓은 두 접시의 태창육송을 바라보았다.

최만기는 의구심이 가득해 보이는 표정을 한 채로 앉아 있었지만, 쉽사리 입을 떼지 않았다.

그의 숙부는 눈을 가늘게 뜬 채로 태창육송을 면밀히 살펴보기 시작했다.

"외관만으로 보자면 명백히 합격이라고 할 수 있을 정도로군. 정말 그 때 맛본 음식의 모습과 완벽히 일치해."

"감사합니다."

경묵이 고개를 살짝 숙여보이고는 정중한 투로 말해보이자, 최만기의 숙부라는 자가 이마에 한껏 주름을 더 잡아 보인 후에 조심스레 입을 뗐다.

"아닐세, 이렇게 애써주었으니 내가 감사해야겠지. 이왕이면 맛을 본 후에 자네에게 더욱 감사할 수 있다면 좋겠군."

그는 말을 마침과 동시에 수저를 손에 쥐어 들어올렸다.

그 때, 경묵이 만류하듯 손바닥을 들어 보이며 다급하게 말했다.

"아, 잠깐! 혹시 왼쪽 접시부터 드시지 않겠습니까?"

"왼쪽 접시 말인가? 두 개가 다른 요리인가?"

숙부는 그제야 어째서 두 접시나 되는 요리를 내놓은 것인지에 대한 의문이 일은 것인지 다시금 들어 올린 수저를 내려놓으며 조심스레 물어보았다.

"오호, 두 개가 다른 요리다? 두 가지 가능성을 염두에 둔 것인가?"

"아닙니다."

"그럼……?"

이내 경묵이 자신에 가득 차다 못해 확신이 잔뜩 담긴 목소리로 말해보였다.

"왼쪽 접시에 담아낸 요리는 과거의 맛이고, 오른쪽 접시에 담아낸 요리는 현재의 맛이라고 할 수 있겠네요."

다소 생뚱맞은 경묵의 대답 탓에 모두의 표정이 살짝 일그러졌다. 최만기의 뒤편에 서있던 상윤은 물론이고, 음식을 맛볼 이 자리의 주인공 숙부는 물론, 이 광경을 엿보던 저택 직원에 경묵이 심사받는 장면을 보기 위해 뒤에 섰던 요리사 세 명까지.

모두 하나같이 의구심 가득한 표정으로 경묵을 바라보았고, 숙부는 이내 미간의 주름을 가득 잡은 채로 경묵에게 물었다.

"결국, 자네 말은 두 가지 음식을 준비했다는 말이로군."

"예, 그렇습니다."

"하나에 집중하는 것만 못한 결과를 낳는 무지한 행동 아닌가? 기분 나쁘게는 듣지 말게. 내가 자네에게 걸었던 기대가 너무 커서 그래. 만기 녀석도 마찬가지고 상윤이까지 자네가 뭐라도 되는 사람처럼 떠들어댔거든."

최만기는 숙부의 날카로운 시선에 몸 둘 바를 모른 채 불안해하는 모습을 보였다. 그것만으로도 두 사람의 관계가 언뜻 머릿속에 그려지는 것만 같았다. 경묵은 한 번 옅은 미소를 지어보인 후에 다소 날카로운 목소리로 말했다.

"우선 드셔보십시오. 요리사로서 말로 하는 변명보다는 요리로 하는 해명이 하고 싶습니다."

숙부는 코웃음을 쳐 보인 후에 경묵을 쏘아보며 말했다.

"자네 지금 태도가 부디 내가 맛을 본 후에도 이어지기를 바라네."

이내 숙부의 숟가락이 다시금 왼쪽 접시로 향하기 시작했다. 경묵 역시 장내의 딱딱한 분위기덕분에 일은 긴장감을 완연히 떨치지 못한 채, 침을 한 번 삼켜보였다.

❀

경묵이 두 가지 요리를 준비한 데에는 이유가 있었다.

두 가지 요리를 준비한 이유는 다름 아닌 전병우의 의견이었다.

어제저녁, 경묵이 북경각 주방에서 태창육송 조리 연습

에 여념이 없던 때에 갑작스레 스승 전병우가 걸음을 한 것이다.

"그래, 준비는 잘 되어 가느냐?"

"예, 이제 막 준비를 마친 참입니다."

"그래?"

한 번 되물어 보인 전병우는 고개를 살짝 돌려서는 한 편에 잔뜩 쌓여있는 태창육송이 담긴 접시들을 바라보았다. 입을 작게 오므려 '오' 하는 소리를 한 번 내보인 전병우는 아직 열기가 식지 않아 모락모락 김이 일고 있는 태창육송의 고기 한 점을 집어 입 안에 넣고는 오물오물 씹어대기 시작했다. 경묵은 그런 전병우의 반응을 살피는 데에 여념이 없었다. 1초가 1분처럼만 느껴지던 기다림의 시간은 전병우의 목젖이 한 번 크게 일렁인 후에야 멎어들었다.

"음, 맛은 뛰어난데 사실 나는 조금 아쉽구나."

"예? 그게 무슨 말씀이십니까?"

다소 갑작스러운 발언임이 분명했기에, 경묵이 놀람을 감추지 못한 채로 되물어보였다.

"잘 생각을 해 보거라. 그 최만기 회장 숙부라는 작자가 과연 그 맛이 그리운 걸까?"

"예……? 그 맛이 그리워서 이처럼 혈안이 되어 찾는 것 아니겠습니까?"

51

"아니지, 아니야. 아무리 생각을 해봐도 그게 아니라는 게야."

이내 전병우는 한 번 쓴 젓가락을 개수대 안에 대충 던져 넣어 보인 후에야 다시금 말을 이어나가기 시작했다.

"그 작자는 말이지, 아마 그 때의 자신을 그리워하는 겔게다. 그 음식을 맛보던 순간의 자신 말이야."

확신이 담긴 전병우의 목소리가 한 차례 주방에 울려퍼진 후에, 일순 경묵의 동공에 옅은 흔들림이 있었다.

"혀는 거짓을 고하지 않으니, 아마 합격점은 받을 수 있을지 모르겠다만 그 작자가 황혼의 문턱에서 느끼고 있는 상실감을 채우기에는 아무래도 무리가 있는 듯 보이는구나."

"상실감 말입니까?"

경묵이 되물어보이자, 전병우는 더욱 자신에 가득 찬 목소리로 말했다.

"그래, 상실감. 아무리 날고 기는 요리사라 한들 시간은 되돌릴 수 없지 않느냐? 아니, 요리사가 아니라 날고 기는 마술사가와도 안 되는 일이지. 아니지, 아니야. 마술사가 왠 말이야 마법사가 와야지. 그러니 설사 합격점을 얻지 못한다한들 상심할 필요 없다. 상심하려거든 '그 이유를 왜 내가 마법사가 아니지?' 로 삼아야겠지."

일순 주방 안이 정적에 휩싸였으나, 경묵은 그저 우두커니 서서 전병우의 다음 말을 기다리고 있었다.

"얼추 비슷한 맛만으로는 만족하지 못하는 게야. 사실, 추억하는 것이 전부라면 비슷한 맛만으로도 충분히 추억할 수 있는 게지. 비슷한 맛만으로는 그 상실감이 메워지지 않으니 더욱 더 유사한 맛을 찾기 위해 고군분투 하는 겔 게다. 자, 그래서 정말 일치하는 맛을 다시 본다 한들 젊은 시절이 돌아오느냐? 그건 또 아니겠지."

이내 경묵이 동조하듯 고개를 끄덕여보이고는 되물었다.

"그럼 어찌하면 좋겠습니까?"

"뭘 어째? 이대로 가져다 놓으면 그 숙부라는 작자가 맛 좀 본 다음에 기분 꼴리는 대로 알아서 척척 말하겠지."

전병우는 퉁명스러운 투로 말해보이고는 태창육송이 담긴 접시를 살짝 들어 올려서는 눈으로 한 번 더 살펴보기 시작했다.

"사실 지금 이번 일이 업장 28개가 달려있는 중대한 문제라고는 하나, 그 28개의 업장 또한 제 힘으로 이루지 못할 자신이 없는 것은 아닙니다."

"네 똥 굵다, 이놈아. 그래서 뭐?"

말이야 이죽거리는 투로 했다지만, 표정에는 짙은 만족감이 어려 있었다. 경묵은 보면 볼수록, 그리고 가까워지면 가까워질수록 더 빨아들이는 고유한 매력이 있었다.

"뭐, 물론 달콤한 이야기이기는 하나 업장 28개에 연연하지는 않습니다. 그런데 말입니다, 다른 건 잘 모르더라도 요리사로서 본분에는 다하고 싶습니다."

"요리사의 본분이라……. 그래서 어쩌겠다고? 맛으로 지난 시간을 되짚어보는 손님이 홀에 앉아있으니 아쉬운 대로 타임머신 개발에 몰두하기라도 하겠다는 게야?"

경묵은 한 번 실없는 웃음을 지어보인 후에, 말을 이었다.

"스승님 말씀대로 시간을 돌릴 수는 없지요."

"그렇지."

"허나 추억할 수는 있지 않습니까?"

"그건 또 무슨 뚱딴지같은 말이냐?"

경묵은 입가에 환한 미소를 지어보이고는 말했다.

"스승님 말씀대로 맛으로 기억을 되짚는 손님이 눈앞에 있는데 요리사로서 쉬쉬하고만 있을 수는 없는 노릇이겠지요. 타임머신을 개발을 시작하지는 않더라도 두고두고 추억할 수 있는 음식을 만들어드려야 성에 차겠습니다."

이윽고 주방 안에 전병우의 호쾌한 웃음소리가 한 차례 울려 퍼졌다.

"약속한 기한이 언제까지라고 했지?"

"내일 저녁입니다."

"충분할게다. 메뉴를 하나 더 만들어. 네 놈 말대로 그 작자가 두고두고 추억할 수 있는 음식 말이다."

이내 경묵의 눈에 안광이 어렸다. 그러나 확신은 서지 않는 것인지 옅은 불안이 서린 목소리로 되물었다.

"예? 그런데 내일 저녁까지 그렇게 뛰어난 맛을 지닌 요리를 창조해낼 수 있을까요?"

"네 놈이 남들은 몇 년이 걸려도 제대로 하지 못하는 용 수면을 완벽히 하는 데에 걸린 시간이 얼만지 정확히 아 느냐?"

"아니요, 정확히는 모르겠습니다."

이윽고 전병우가 밝은 웃음을 한 번 지어보인 후에 답 해보였다.

"채 세 시간이 걸리지 않아서 해냈다. 남들의 몇 년이 네 놈 시계로는 세 시간이라는 소리야. 그런 놈이 뭘 그리 걱정해? 네 놈 방식으로 하나 만들어. 지금을 추억할 수 있는 요리로다가 한 접시 크게 담아내서, 또 한 술 크게 뜨고 탄복할 수 있는 맛을 내보이란 말이다."

이윽고 전병우의 말을 들은 경묵의 입가에 환한 미소가 번졌다.

"좋습니다, 해보겠습니다."

이내 왼쪽 접시에 담긴 태창육송을 한 술 크게 뜬 수저가 숙부의 입으로 향했다. 다들 숨죽인 채로 그의 표정을 반응을 살피기 시작했다. 최만기는 땀으로 흥건해진 손을 바지춤에 슥슥 비벼 닦으며 숙부의 눈치를 보는데 여념이 없었다. 쇠 수저의 차가움이 아랫입술에 살짝 어린 직후, 경묵이 조리한 태창육송의 맛이 입 안에 펼쳐지기 시작했다. 이윽고 숙부는 눈을 감은 채로 그 맛을 음미하기 시작했다. 경묵 역시 긴장의 끈을 놓지 않은 채로 그의 표정을 살피고 있었다. 도무지 생각을 읽을 수 없는 무표정한 얼굴로 혀 곳곳의 감각에 집중하고 있는 듯 보였다.

그 때, 맛에 집중하고 있던 숙부가 손을 살짝 들어 올린 덕분에 다시금 분산되어있던 시선이 그에게로 쏠렸다.

"좋아. 합격이군."

그 말을 들은 최만기가 기쁨의 환호를 내질렀다.

"이야! 그래! 이럴 줄 알았어!"

이로서 경묵과의 내기에서는 졌다지만, 숙부의 자본을 토대로 하여 회사의 기반을 다잡을 수 있는 기회가 생긴 것이다. 상윤 역시 입가에 짙은 미소를 지어보인 채로 숙부를 지켜보고 있었다. 그러나 숙부는 기분이 썩 좋은 것처럼 보이지는 않았다.

탁—

다음 술을 뜨지 않고 숙부가 수저를 세게 내려놓은 것
이 그 증거였다.

옆에 놓인 냅킨으로 입가를 한 번 닦아내 보인 숙부가
짐짓 씁쓸한 표정으로 말을 이어나가기 시작했다.

"고생했네, 또 축하하고. 자네는 정말 훌륭한 요리사일
세."

경묵은 기다렸다는 듯 숙부의 말에 답해보였다.

"감사합니다, 그런데 혹 지금 매워지지 않는 상실감을
느끼고 계십니까?"

"허허, 그래. 맞아. 맛은 분명히 맞아떨어지는데 말이
야. 좀처럼 그때 기분을 누릴 수는 없는 것 같군. 지금은
상상하지도 못한 현재를 살고 있는데 말이야, 분명 정점
에 선 이들이 공통적으로 느끼는 외로움이 있어. 내 보기
에 자네도 머지않아 그 외로움을 만끽할 수 있을 걸세. 더
이상 밟고 올라설 계단이 없으니, 이미 올라선 계단 아래
쪽이 그리운 거야."

경묵은 한 번 옅은 미소를 지어보이고는 말을 이었다.

"그래서 준비한 것이 두 번째 음식입니다."

이내 숙부의 눈썹이 한 번 꿈틀거렸다. 눈앞에 선 젊은
요리사의 등 뒤로 보이지 않는 무언가가 있다는 생각이
들 정도의 위압감이 뿜어져 나오고 있었다. 그래서 두 번

째 요리를 준비해 두었다? 이미 정점에 오른 자의 외로움을 느껴보기라도 한 것이 아니라면 하지 못했을 생각이 분명했다.

"내 반응을 미리 짐작했다는 겐가?"

"만약 두 번째 음식을 맛보신 순간이 언젠가 추억할 과거가 된다면 제 짐작이 맞아 떨어지는 것이겠지요."

"허허, 자네가 뛰어난 책략가인지 아닌지를 알아보려면 우선 맛을 한 번 봐야겠군."

이내 다시금 들어 올린 숙부의 수저가 이번에는 오른쪽 접시를 향해 나아갔다.

향은 처음 맛본 왼쪽 접시의 태창육송과 유사했다. 그러나 그렇게 꿈에 그리던 왼쪽 접시에 담긴 태창육송을 맛보던 때에도 무표정을 유지하던 숙부가 놀람을 금치 못한 표정을 지어보이기 시작한 것은 오른쪽접시의 음식이 입 안에 담긴 순간부터였다.

의도적으로 투박하게 썰어낸 재료들의 거끌거끌한 식감은 감점요소가 분명했다. 그러나 그 단점을 농도 짙은 소스가 표면을 감싸줌으로서 만회하고 있었다. 분명 왼쪽 접시의 태창육송을 조리한 식재료들의 식감이 더욱 뛰어나다. 그러나 오른쪽 접시에 담긴 태창육송에 들어간 식재료들은 하나같이 평범했고, 투박했다. 그리고 그렇기 때문에 고기의 맛이 더욱 부각되었다.

한참을 삶아낸 탓에 야들야들해진 고기 표면을 다시금 볶아낸 덕분에 표면은 바삭함을 머금고 있었다. 간장의 짭조름한 맛은 단 맛과 먹기 좋게 어우러졌고, 육즙에는 풍미가 깃들어있었다.

언뜻 느껴지는 불의 향기는 물론이고, 오밀조밀 퍼지는 버섯의 부드러운 식감이 덜 익혀져 아직까지는 아삭한 야채들의 투박함을 감싸주는 등, 어우러진 모든 것들이 서로의 식감을 배가시키는 묘한 매력을 지니고 있었다.

"허……."

숙부는 좀처럼 말을 잇지 못한 채로, 수저를 분주히 움직여 오른쪽 접시에 담긴 태창육송을 입 안으로 나르고 있었다. 그런 숙부를 바라보던 경묵이 조심스레 입을 뗐다.

"지금 이 순간도 단 1초만 지나가면 과거가 됩니다. 비록 시간을 되돌릴 수는 없다지만, 과거보다 더 훌륭한 미래를 만들어낼 수는 있겠지요. 이제 오를 계단이 없어서 고민이시라면, 먹을 밥이 없어 걱정이던 과거를 떠올리시면 됩니다. 사업차 방문하신 중국 민가에서 얻어먹은 것이 태창육송이라 들었습니다. 그 때의 심정을 떠올려보시면 지금 누리고 있는 것들의 가치가 배가되지 않겠습니까?"

숙부는 그제야 수저를 내려놓고는 길게 탄식을 내뱉어 보였다.

"아……."

최만기는 크게 놀란 듯 휘둥그레진 눈으로 경묵을 바라보고 있었다. 요리 실력은 물론, 사업가로서의 자질과 함께 뛰어난 안목을 지닌 아이. 눈앞에 선 앳되어 보이는 얼굴의 젊은 요리사는 도저히 가늠할 수 없는 아이였다.

숙부는 입가에 묻은 태창육송의 소스를 닦아내지도 않은 채로 경묵에게 물었다.

"자네 이름이 뭐라고 했지?"

"임경묵입니다."

"자네 나이가 몇인가?"

"스물 둘입니다."

갑작스레 이어진 호구조사였음에도 불구하고 아랑곳하지 않은 채 대답해보였다.

이내 숙부가 놀람을 감추지 못한 표정으로 말을 이었다.

"스물 둘이라……. 허허, 믿기지 않는군. 자네를 뛰어난 책략가라고 인정하지."

"감사합니다."

"아닐세, 머지않아 정점에 설 것 같군. 이렇게 큰 신세를 졌으니 이제 내가 도움을 주어야겠지?"

갑작스레 이어진 숙부의 말에 모두의 시선이 다시금 집중되었다.

경묵은 당황한 기색을 숨기지 못한 채, 아니 당황한 기색을 숨기지 않은 채로 말을 이었다.

"아닙니다, 저는 이미 28개의 업장을 지급받기로 한 상황입니다. 괜찮습니다."

"이미 알고 있네. 그런데 너무 적은 보상이라는 생각이 드는군."

경묵은 숨죽인 채로 숙부의 다음말을 기다렸다.

"자네 덕분에 밟고 올라서야할 계단이 더 생긴 것 같군. 우문현답이야, 우문현답. 지나간 시간으로 돌아갈 수 없다면 자네 말대로 추억할 수 있는 행복한 현재를 살아야겠지. 어쨌든 이제 자네와 함께 계단을 올라볼 생각이네."

"그게 무슨 말씀이십니까?"

숙부는 입가에 짙은 미소를 지어보인 후에 말했다.

"외식업을 한 번 점령해봐야겠어. 자본을 대주도록하지."

"예?"

"자네가 원하는 곳 어디에라도 원하는 규모로 가게를 내 줄 수 있어. 수익 배분도 걱정할 것 없네. 내가 투자한 원금 회수가 될 동안만 5:5로 나누도록 하지. 그 다음부터는 오롯이 자네 몫 일세 어떤가?"

가히 파격적인 제안에 모두가 놀란 듯 눈만 껌뻑댈 뿐, 아무도 쉽사리 말을 꺼내지 못하고 있었다. 경묵 역시 마찬가지였다.

'이거 시급 천만 원짜리 아르바이트가 아니었는데?'

숙부가 밥값으로 건넨 것은 놀랍게도 백지수표였다.

※

"시간은 추억할 수 없다. 그러나 미래에 추억할 수 있는 행복한 현재를 살아갈 순 있다."

전병우가 두 번째 요리를 개발하는데 여념이 없던 경묵에게 건넨 말이었다.

30. 몰아치려거든 질풍같이
MODERN FANTASY STORY

각성!
북경각

각성!

북경각

MODERN FANTASY STORY

경묵이 최만기의 숙부, 최태룡의 개인 서재 중앙의 협탁에 마주앉아 있었다.

이미 제법 늦은 시간이었음에도 불구하고 졸음이 오기는커녕 피가 빨리 도는 탓에 귓가에 심장소리가 울릴 지경이었다.

원금 회수가 될 때 까지만 수익을 배분하고, 그 후에는 모든 가게의 관리 권한은 물론이고 소유권 자체를 경묵에게 양도해주겠다? 최태룡이 경묵에게 제시한 조건은 말 그대로 백지수표와 동일한 무조건적인 투자였다. 밑져야 본전이 아니라, 잘 되어야 본전 회수가 되는 투자였다.

무던한 표정으로 경묵의 맞은편에 앉은 최태룡 역시 경묵 덕분에 간만에 열의를 느낀 탓인지, 두근거리는 가슴을 좀처럼 진정시키지 못하고 있는 상태였다.

　"자네가 분명히 알아두어야 할 한 가지 사실이 있어."

　"예, 무엇입니까?"

　"자네는 오늘 잠자는 사자의 코털을 건드린 게야."

　최태룡이 무던하게 말해보였음에도 불구하고 말 한 마디, 한 마디에서 굉장한 위압감이 느껴지고 있었다. 경묵은 한 번 환히 웃어보이고는 답해 보였다.

　"그래서 어찌, 깨어나셨습니까?"

　"그래, 덕분에 중국 민가에 밥솥 한 통 들고 가서 발품 팔던 27살의 최태룡이가 깨어났지. 뭐든 마음먹은 사업이라면 정점에 이르렀던 최태룡이 말이야. 이제 자네를 선두로 세워 외식사업을 시작해보려고 하네. 자네 내가 유니언컴퍼니의 계열사들을 처음 설립해나가던 때의 별명이 무엇인줄 아는가?"

　경묵은 의아하다는 듯 한번 고개를 갸웃거린 후에 물었다.

　"아니요, 잘 모르겠습니다."

　"황금 손이었어. 온갖 방법으로 돈을 끌어 모았지. 마음에 드는 사업이 있으면 무조건 계열사를 설립했고, 설립하는 족족 쾌거를 이룩하곤 했지. 만기에게 경영권을 넘기기 전부터는 개인자산으로 될 성 싶은 주식들을 사들이기 시작했지. 덕분에 나는 지금 자네는 물론이고 코흘리개도 알고 있을 규모 있는 거의 모든 기업들의 주요주주야. 덕분에 자네와 마주앉아 이야기를 나누고 있는 지금도 손 안 대고 코를 풀고 있는 셈이네."

그래, 분명 경묵이 북경각의 주방에서 일을 하던 적 한차례 뉴스에서 최태룡 일가에 대한 언급이 되었던 바 있었다. 유니언컴퍼니 일가에서 무려 2명이 포브스 자산 집계 200위권 안에 들었다는 뉴스가 세간을 떠들썩하게 만들었었지.

"각자에게 쉬운 일이 있는 법이야. 누군가에겐 게으름을 피우는 게 가장 쉬운 일일수도 있겠지, 마찬가지로 나한테는 돈을 버는 게 가장 쉬운 일이라고 할 수 있겠군. 스노우볼 이라는 용어가 있어. 눈덩이는 굴릴수록 커진다는 이야기야. 우리나라는 진즉에 개미들이 살아남는 시대가 막을 내렸어. 상속형 재벌들이 판을 치는 세상이고, 젊은 소상공인들은 대기업 횡포에 피가 마르는 시대가 온 거지."

너무 적나라한 묘사에 감정이 조금 상한 것인지, 한 쪽 눈썹을 유난히 치켜 올려 보인 경묵이 최태룡에게 되물어 보였다.

"그래서 언제 대기업의 횡포에 나가떨어질지 모르는 젊은 소상공인인 제게 작은 눈덩이 하나를 선물해주시겠다는 겁니까?"

살짝 상한 감정이 제대로 엿보이는 질문 탓에 최태룡이 코웃음을 한 번 쳐보였다.

　기분이 나빠서? 아니었다.

　오롯이 경묵의 젊은 패기가 너무도 마음에 든다는 이유에서 우러난 웃음이었다. 경묵이 이렇게 솔직할 수 있는 이유는 굳이 유니언컴퍼니 일가 자본에 의지할 필요가 없다고 생각했기 때문이었다. 시간이 조금 더 걸리더라도 모두 오롯이 본인의 힘으로 일구어낼 수 있는 일들이라고 생각하고 있었다. 엘리베이터를 타면 기분이 좋기야 하겠지만, 굳이 허리를 굽혀 보이면서 까지 엘리베이터를 타고 싶은 마음은 없었다. 젊음이라는 두 다리가 버젓이 달려있으니 말이다.

　흥미롭다는 듯, 한 손으로 연신 턱을 쓰다듬으며 경묵을 바라보던 최태룡은 마치 그 깊은 속내를 읽어내기라도 한 것인지 조금 더 유한 어조로 말을 이어나가기 시작했다.

　"대답 대신, 내 하나 묻도록 하겠네. 자네는 식당에서 웨이터의 서비스에 만족하면 어떤 행동을 취하겠는가?"

　잠시 고민하던 경묵이 가볍게 대답해보였다.

　"글쎄요? 아직 그래본 적은 없다지만 팁을 주지 않을까요?"

　"그래, 맞아. 자네 말마따나 팁을 손에 쥐어주겠지? 그런데 나는 불과 한 시간쯤 전에 자네의 고객으로 테이블에 앉아 있었어. 그리고 자네의 음식과 서비스에 만족했네."

궤변이었다. 어떤 미친놈이 팁으로 백지수표를 쥐어준다는 것인가? 경묵이 이렇다 할 말을 꺼내기도 전에 최태룡이 말을 이어나가기 시작했다.

"아, 물론 이건 비유일 뿐일세. 자넨 웨이터도 아니고 내가 자네에게 투자하는 금액은 팁도 아니네. 돈이 썩어나도 웨이터에게 백지수표를 팁으로 주지는 않으니 말일세. 그럼 이제 한 층 더 솔직하게 말하도록 하지. 자네는 왜 캔버스 위에 고작 점 하나 찍어둔 그림이 수백억 원에 거래되곤 하는지 아는가?"

경묵은 피식하고 웃음을 지어보인 후에 답해보았다.

"탈세가 주된 의도 아닐까요?"

"허허, 그래. 그럴 수도 있겠지. 그런데 나는 조금 다르게 생각하네."

"어떻게 말입니까?"

"불순한 의도가 섞이지 않았다는 가정 하에는 그 그림의 가치를 수백억 원이라고 생각하는 이가 있기 때문이겠지."

이내 경묵의 입 끝에 어렴풋이 맴돌던 미소가 짙어지기 시작했다. 최태룡은 그제야 만족스럽다는 듯 고개를 한 번 끄덕여보이고는 답했다.

"내가 자네에게 건넨 백지수표 급의 투자 제의는 내 멋대로 앞으로 자네 인생이 나아갈 방향을 제시한 대가야. 나는 자네를 최고의 오너 셰프는 물론이고, 외식사업가로 만들 걸세. 그리고 나는 앞서 말했듯이 황금 손이라는 칭호까지 얻었던 사업가야."

경묵은 이해가 가지 않는다는 듯 다시 되물어보였다.

"황금 손…… 그런데 어째서 저에게 투자를 하시겠다는 겁니까? 제게는 너무 감사하고 달콤한 제안이기야 합니다. 그런데 투자 자금이 회수 될 때 까지만 수익을 5:5로 분배하고 자금이 회수 되는대로 소유권마저 제게 넘겨주신다면, 잘 해봐야 본전인 장사 아닙니까?"

쉽사리 걷어지지 않는 경묵의 의심 탓에 짜증이 날 법도 했지만, 최태룡은 한껏 밝은 표정으로 손뼉을 한 번 쳐보이고는 답했다.

"맞네. 이번 투자를 단지 경제적으로만 생각해 본다면 잘 해봐야 본전이지. 내가 지금 갖고 싶은 것은 돈이 아니야. 이제 더 필요 없거든."

돈은 이제 더 필요 없다고? 그럼 무엇이 필요하기에 이렇게 거액의 투자 금을 지불하려는 것인가? 들으면 들을수록 가슴이 찜찜해 질 만큼이나 아리송한 제안이 분명했다.

"예?"

최태룡은 몸을 더욱 더 앞으로 기울여 보이고는, 진솔한 이야기를 담아내기 시작했다.

"돈이라면 쌓여있고, 자네와 이야기를 나누고 있는 지금도 쌓이고 있지. 내가 갖고 싶은 것은 다시 한 번 내 안목을 이용하여 거머쥘 명예일세. 내 전기에 자네와 나의 일화가 한 줄 기록되는 것이지. 자네는 맨주먹으로 황금 도시 엘도라도를 사들일 만큼의 부를 얻은 명실상부 최고의 사업가로 남는 거고, 나는 그런 자네의 안목을 알아보고 자본을 대준 투자자로서 남는 거지. 그렇다면 서로에게 좋은 그림 아니겠는가? 말했듯이 나는 황금 손이야. 손댄 족족 쾌거를 이룩해낸 황금 손."

다소 격양된 어조로 말을 이어나가던 최태룡이 잠시 숨을 고르며 머리칼을 한 번 쓸어 올려 보였다.

세월이 내려앉아 늘어진 피부에 잠식되어있는 그의 눈.

그런 그의 눈에서 뿜어져 나오는 눈빛은 서늘하게 날이 갈린 칼처럼 보일 지경이었다.

"긴 말할 필요 없이, 솔직히 말하도록 하지. 내가 자네에게 약속한 투자 금액은 내가 본 자네의 가치야. 백지수표. 얼마를 투자하더라도 좋으니 자네와 뜻을 함께하고 싶군."

이내 경묵의 입가에 짙은 미소가 떠올랐다.

"내가 그랬지? 자네가 잠자는 사자의 코털을 건드렸다고? 아마 내가 죽거나, 자네가 최고에 이르기 전까지 우리가 멈출 일은 없을 걸세. 내가 너무 오랜만에 흥분한 탓에 자네에게 너무 부담스러운 제안을 한 것 같군. 선택은 자네 몫이야. 자네의 결정을 돕기 위해 한 두 마디만 더 덧붙여 보아도 되겠는가?"

경묵이 고개를 끄덕여보이고는 답했다.

"물론입니다, 말씀하십시오."

"그래. 자네가 보기에 지금 내가 산송장처럼 보이는가?"

"예?"

갑작스러운 질문에 경묵이 놀라 되물어보이자 최태룡은 어깻짓을 한 번 해보이고는 부드럽기 그지없는 목소리로 말을 이어나가기 시작했다.

"지금 자네 앞에 마주앉아있는 이 최태룡이 인생 다 산 사람처럼 보이냐는 뜻일세."

인생 다 산 사람? 터무니없었다. 지금 눈앞에 앉아있는 최태룡은 뛰어난 책략가이자, 자본가였고, 이미 한 번 정점에 오른 바 있는 사업가였다.

젊음을 즐기라는 말을 허비하라는 말로 해석하고 제 엉덩이보다 카드를 더 자주 긁는 젊은이들보다 억만 배는 더 꿈으로 가득 차 있었고, 눈에는 총기가 잔뜩 어려 있다

못해 흘러내리고 있었다.

경묵은 이내 고개를 한 번 저어보이고는 확신 가득한 목소리로 답해보였다.

"아니요. 절대 아니라고 생각합니다."

"뭐, 물론 죽음을 준비하는 게 올바른 나이인 것이야 부정할 수 없는 사실이지. 그런데 사실 나는 이 쭈글쭈글한 몸뚱이만 관 짝에 눕혀 놓지 않았다 뿐이지, 완전히 죽은 사람이나 다름없이 살고 있었네. 아침에 거울을 볼 때면 하루도 빠짐없이 그런 생각을 하고 했지. 나는 그저 산송장이라고 말이야."

이내 경묵이 도무지 이해가 되지 않는다는 듯 미간에 주름을 살짝 잡아 보이며 되물었다.

"적어도 지금은 결코 그렇게 보이지 않습니다."

"그래, 이게 다 자네 덕분일세."

"그게 무슨 말씀이십니까?"

경묵이 화들짝 놀라 되물어보이자, 이내 최태룡이 경묵의 두터운 양 손을 맞잡아 보였다.

"자네가 다시금 사업가 최태룡의 심장을 뛰게 했고, 혈색을 되찾게 해주었네. 내가 앓던 병은 어떤 의사도 고칠 수 없던 병이나 다름없었고, 자네는 그런 내 지병을 고쳐주었네. 꿈꾸는 것을 멈춘 사람은 죽은 사람이나 다름없지 않은가? 그리고 반 죽어있던 이빨 빠진 호랑이, 최태룡이 자네 덕분에 다시 꿈을 꾸기 시작한 거야. 살아난 거지! 되살아났다고!"

최태룡이 보기에 자신의 앞에 마주앉은 경묵은 명성이 드높은 요리사이기 보다는, 또 뛰어난 사업가이기 보다는, 말 그대로 생명의 은인이었다. 최태룡은 흥분을 좀처럼 잠재우지 못한 채, 격양된 어조로 말을 이어나가기 시작했다.

"돈…… 그래, 돈이 아무리 많으면 무엇 하는가? 죽을 때 가져갈 수 있는 것도 아니고, 내 생명의 은인인 자네에게 오롯이 투자하도록 하겠네. 자네는 그걸 무기삼아 더 신명나게 뛰놀아보면 그만인 게야. 자네는 억만금을 줘도 살 수 없는 재목이고, 내 생명의 은인이야. 나는 자네에게 보답을 함과 동시에 자네의 밝은 미래를 구입하고 싶은 것뿐이네. 더 이상의 설명과 명분이 필요한가?"

경묵은 대답 대신, 환한 미소를 머금은 얼굴로 고갯짓을 한 번 해보였다

"자, 그럼 이제 본격적으로 일 이야기를 한 번 시작해보도록 하지. 무엇이 필요한가?"

최태룡이 가죽 쇼파에서 일어서자, 한참을 짓눌려있던 쇼파가 원래의 형을 되찾으며 기괴한 소리로 울부짖어 보였다. 최태룡은 진열장에서 양주병을 하나 꺼내들었다.

경묵은 그런 최태룡을 뚫어져라 쳐다보다가 조심스레

입을 뗐다.

"지금 제게 필요한 것은 시간입니다. 본격적으로 시작함에 앞서 마쳐야 할 일이 두 가지 있습니다."

오너셰프 코리아의 결승과 함께 세계 대회를 목전에 두고 있는 상황이다 보니, 섣불리 다른 일을 시작하기에는 아직 시기상조임이 분명하다고 판단한 것이었다. 이윽고 최태룡이 호기심 가득한 목소리로 물어보았다.

"마쳐야 하는 일이라…… 그게 무엇인가?"

"하나는 현재 촬영 중인 TV프로그램 오너 셰프 코리아의 결승이고, 또 하나는 세계 중식 요리 대회입니다. 이미 출전 등록을 해놓은 상황이니 마무리를 지은 후가 본격적으로 시작하는 시기가 될 것 같습니다."

최태룡은 떨떠름한 표정으로 마지못해 고개를 한 번 끄덕여보이고는 말했다.

"그래, 그런데 조바심이 나는 것은 사실이네. 마정석으로 이미 몇 번이고 건강을 되돌린 상황인지라 남은 시간이 얼마 없다는 생각이 드는군."

"목전에 두고 있는 두 가지 일 모두, 근시일내에 정리될 일들입니다. 죄송합니다만 조금만 기다려주셨으면 합니다."

'마정석'과 '강화석'을 합성하여 만들어낼 수 있는 '마정 강화석'.

그 '마정 강화석'과 경묵의 강화사로서의 힘을 이용한다면 분명히 최태룡의 건강을 되찾을 수 있다. 그러나 경묵은 굳이 지금 그 패를 드러내지 않기로 마음먹고 우선은 간단히 안심 시키는 데에서 그쳐보였다. 다른 의도가 있었던 것은 아니고, 약발이 조금 떨어질 때에 꺼내들 매콤한 소스를 한 개쯤은 남겨두는 것이 나을 것 같다고 판단한 것이었다.

　이내 진열장 안에 있던 스트레이트 잔 두 개를 꺼내들어 협탁 위에 올려둔 최태룡이 잔 안에 술을 따라 넣으며 말했다.

　"우선, 내 도움이 필요한 일이 있으면 부담 갖지 말고 말하도록 하게."

　"어떤 일이든 말입니까?"

　경묵이 한 번 되물어보이자, 최태룡이 대답대신 온화한 미소와 함께 고개를 한 번 끄덕여보였다. 별건 아니라지만 말을 듣자마자 불현 듯 떠오른 부탁사항이 하나 있었던 터라, 최태룡의 화력도 한 번 확인을 해볼 겸 해서 곧장 말을 꺼냈다.

　"혹, 최만기 회장님의 사람을 빼내어 제게 주실 수 있으시겠습니까?"

　"아, 만기 수행비서 상윤이 녀석 말하는 게지? 그 놈이라면 조금 곤란하겠는데. 그 놈은 아무래도 만기가 거두어서 기른 놈이다 보니까 돈 따라 움직이는 놈이 아니……."

경묵이 고갯짓으로 최태룡의 말을 잘라보이고는 말했다.

"아닙니다."

"그럼? 상윤이 말고 또 봐둔 녀석이 있다는 건가?"

"예, 다름이 아니라 저택 조리실에 '김지언'이라는 요리사가 있습니다. 도움을 받아서라도 꼭 거두어 제 밑에 두고 싶은 요리사입니다."

"그래. 알았네."

최태룡이 너무도 무던하게 대답을 한 탓에 경묵이 한차례 헛웃음을 지어보였다.

"아…… 정말 감사합니다."

물론, 저도 모르게 실소를 흘린 것은 단연 경묵만의 이야기가 아니었다. 그도 그럴 것이 처음 한 부탁이라는 것이 저택 조리실의 주방 직원을 빼내달라는 이야기라니, 최태룡의 입장에서는 램프의 요정 지니를 불러놓고 담배 심부름을 시키는 것만큼 허무한 부탁이었다.

"앞으로 필요한 일이 있을 때면 지금처럼 부탁하면 돼. 안 되면 떼를 쓰든 돈을 쓰든 해결할 수 있는 방편을 백방으로 알아볼 테니까."

"이렇게까지 생각해주시니 정말 감사할 다름입니다."

고개를 한 번 끄덕여 보인 최태룡은 곧장 자신의 탁상에 놓인 수화기의 버튼 하나를 꾹 눌러보였다. 버튼을 누르기가 무섭게, 문 밖에서 노크소리가 들려왔다.

똑똑—

"들어와."

최태룡이 근엄한 목소리로 말해보이자, 조심스레 열린 문 너머에서 반듯한 정장 차림의 사내 한 명이 팔 한쪽에 서류를 낀 채로 천천히 걸어 들어왔다.

"부르셨습니까?"

"그래, 자네 조리실 중식 팀의 '김지언' 이라고 아는가?"

"아, 예. 알고 있습니다."

"그 친구 내일부터 인사이동이야. 당장 김지언이 대체할 요리사 한 명 알아보고, 내일 출근하면 한 명 붙여서 이 친구한테 데려다주라고 해."

일순 사내의 시선이 숨죽인 채로 두 사람의 대화를 지켜보고 있던 경묵을 빠르게 한 번 훑고 지나갔다. 사내는 고개를 한 번 숙여 보인 후에, 지극히 상투적인 어투로 대답해보였다.

"예, 알겠습니다."

"그래, 나가 봐."

사내는 다시금 정중히 허리를 굽혀 인사를 한 번 해보

인 후에, 조심스레 문을 열고 방 밖으로 나섰다. 말 한 마디로 단 몇 초 만에 상황이 이렇게 깔끔히 정리되었다. 경묵은 다시금 저도 모르게 실소를 흘리지 않을 수 없었다.

최태룡은 그런 경묵은 전혀 아랑곳하지 않은 채로 다시금 자신의 잔에 술을 따라낸 후에, 반대 손으로 경묵 몫의 스트레이트 잔을 들이밀어 보였다. 술잔을 받아든 경묵의 입가에 득의의 미소가 떠올랐다. 최태룡이 잔을 흔들어 보이자, 두 사람의 잔이 허공에서 한 차례 맞닿았다.

짱─!

경쾌한 음이 한 차례 울려 퍼지자, 최태룡이 환한 미소를 지어보이며 말했다.

"어쨌든 이로서 우리는 한 배를 타게 된 걸세."

"물론입니다, 회장님."

이내 두 사람의 목젖이 한차례 일렁인 직후, 경묵의 표정이 극심하게 일그러졌다. 술이 지금 몸 안 어디쯤에 위치한 것인지를 알 수 있을 만큼 맹렬한 열기를 뿜고 있는 독한 술이었다. 이런 걸 표정 하나 안변하고 꿀꺽꿀꺽 마셔대다니, 정말 여러 방면으로 대단한 양반이다 싶은 생각이 들었다. 최태룡은 잔뜩 일그러진 경묵의 표정을 재미있다는 듯 지켜보다가 다시금 천천히 입을 뗐다.

"우선, 만기가 자네에게 약속한 업장이 총 28개에, 듣기로는 공장도 하나 세워준다고 들었는데 맞는 이야기인가?"

경묵은 여전히 잔뜩 찡그린 얼굴로 고개를 한 번 끄덕여보이고는 힘겹게 말을 이어나가기 시작했다.

"아, 예. 그렇습니다."

숨을 들이 쉬기가 부담스럽게 느껴질 만큼이나 술이 안고 있던 뜨거움이 오래도록 가시지 않았다. 이윽고 최태룡이 다시금 자신의 잔에 술을 따라 보이며 입을 뗐다.

"그래, 나야 마음이 급하다지만 자네 말대로 우선은 앞에 놓인 일들부터 정리를 하는 것이 옳은 처사겠지. 그래서 우리의 계획을 유보할 기간은 얼마나 필요한 것인가?"

방금 최태룡이 경묵에게 건넨 질문은 이미 여러 번 고민을 거쳤던 사안인 덕분에, 일말의 고민조차 없이 답할 수 있었다.

"세계 대회 일정을 마치고 귀국하는 대로 곧장 본격적으로 일을 감행한다고 가정해보면, 두 달 반이면 될 것 같습니다."

"두 달 반이라…… 그래, 좋아. 그 정도면 내 기다리도록 하지. 아마 이번이 자네 20대의 마지막 휴식이 될 수도 있어. 그러니 세 달로 해두는 것이 어떻겠는가? 모르긴 모르더라도 숨 고를 시간 정도는 있어야 하지 않겠는가?"

세 달이라, 예상했던 것보다 한참 넉넉한 시간이었다.

더군다나 20대의 마지막 휴식이 될지도 모른다는 최태룡의 말이 자꾸만 귓가에 아른거리는 탓에, 곧장 제안을 수락해 보일 수밖에 없었다.

"알겠습니다."

"그래, 우선은 마음 편히 남은 일들 먼저 진행하도록 하고, 다 마친 후에 보름정도는 푹 쉬다가 오도록 하게. 그리고 귀국 후 보름간 휴식을 취한 다음에도 기본적인 교육을 가질 시간을 조금 가지는 게 날 것 같다는 생각이 드는군. 자네가 비록 사업에 자질이 있다고는 하나, 어느 정도 기본적인 사항들에 대해서는 공부를 해야 하지 않겠나?"

공부라는 말을 들은 경묵의 표정이 일순 싸늘하게 굳었다가 풀어졌다. 제기랄, 혹시 경영과 관련된 스킬 북은 없는 건가? 마음 같아서는 당장 상점 창을 열어서 살펴보고 싶은 마음이 굴뚝같았지만, 잠시 참아두기로 했다.

두 사람의 대화는 아침 해가 모습을 살짝 드러내기 직전까지 이어졌다. 그리고 경묵은 지금 최태룡이 선물로 준 고급 승용차의 뒷좌석에 있었다. 아니지, 이걸 승용차라고 해야 하나? '슈퍼카'라는 이름이 걸 맞는 이탈리아산 고급 승용차였다.

"댁이 어디십니까?"

"영등포구 문래 2동 1439-3 번지요……."

⚘

사업에 관한 이야기도 조금 오간 후였고, 최태룡의 성공 일화의 극히 일부를 듣기도 했다. 경묵에 대해서 이것저것 묻기도 했고, 이런저런 이야기들을 나누며 시간을 나누다가 내일 영업을 핑계로 이제 슬슬 일어나보겠다고 말한 후에 쇼파에서 몸을 일으키자, 최태룡이 자신의 탁상 앞에 서서는 손짓을 해보였다.

"이리 와보게."

경묵이 최태룡의 곁에 서자, 최태룡이 탁상에 딸린 서랍 중 맨 아래 칸의 서랍을 열어보였다.

놀랍게도 서랍 맨 아래 칸에는 외제차들의 차 키가 보기 좋게 가득 정렬되어 있었다.

처음 보는 로고가 새겨진 차키부터 시작해서, 명성이 자자한 차종도 몇몇 눈에 들어왔다. 정말이지 입이 쩍하고 벌어질 지경이었다.

이윽고 최태룡은 취기가 오른 것인지 살짝 붉어진 얼굴로 말을 이어가기 시작했다.

"앞으로 이곳저곳 오갈 일이 많을 텐데, 차 한 대는 있

82   각성 6
     북경각

어야 하지 않겠는가?"

"아, 예 그렇긴 한데……."

"그래, 그렇기는 하니 마음에 드는 녀석으로 한 대 골라서 가져가도록 하게."

경묵은 쉽사리 답을 하지 못하고 우물쭈물 거렸다.

물론 백지수표 급의 제안을 받기야 했다지만, 갑작스레 선뜻 거액의 차를 주겠다니 어안이 벙벙하기도 했고, 한편으로는 미치도록 부담스럽기도 했다.

꿀꺽-

경묵이 침을 한 번 삼켜내 보인 후에 조심스레 입을 뗐다.

"저는 괜찮습니다. 부담스럽기도 하고, 타고 다닐만한 차가 한 대 있기도 하고요."

"부담스럽다? 자네 지금 뭐하자는 건가?"

말을 뱉어내는 최태룡의 표정이 어찌나 살벌하고, 목소리가 어찌나 근엄한지 경묵은 석상마냥 우두커니 서서 다음 말을 기다리는 것 외에 할 수 있는 것이 아무것도 없었다.

최태룡은 혀를 몇 번 차보이고는 다시금 말을 이어나가기 시작했다.

"한 배를 탔다고 생각한 것을 늙은이의 망상으로 만들어 보일 생각인건가? 고작 이게 부담스러워서 마다한다면 도대체 앞으로 치를 거사들은 어떻게 처리할 생각인가? 더군다나 중요한 자리에 나갈 때 택시를 타고 갈 겐가? 버스를 타고 갈 겐가? 아니면 자네 트럭을 타고 갈 겐가?"

한 차례 최태룡의 쓴 소리가 쏟아지자, 경묵은 빠르게 눈동자를 굴려, 가장 싼 가격의 차종을 찾기 위해 갖은 애를 썼다. 그런데 이렇게 많은 차키 중 친숙한 국산차의 로고 하나를 찾을 수가 없었다.

"아니, 회장님 이렇게 많고 많은 차키 중에 어찌 유니언 자동차에서 생산하는 키가 한 개도 없는 것 입니까?"

"허허, 아니 자네가 일마치고 집에 가서 저녁으로 짜장면을 시켜 먹지는 않는 것과 일맥상통 하는 것이라 생각하면 되는 것 아닌가?"

경묵은 이내 처음 보는 로고가 새겨진 차 키 하나를 골라 집었다.

그리고 직후 이어진 최태룡의 한 마디가 경묵의 불안을 증폭시켰다.

"역시 차보는 눈이 있군."

후에 알게 된 사실이지만 경묵이 고른 차종은 이탈리아에서 제조된 차량이었고, 그 가격만 하더라도 푸드 트럭 수 십대를 살 수 있는 가격을 지닌 고가의 슈퍼카였다.

최태룡은 타들어가는 경묵의 속은 아는지 모르는지, 눈을 게슴츠레하게 뜬 채로 검지로 경묵의 얼굴을 가리켜

보이며 물었다.

"자네 혹시 직접 운전하는 것을 더 좋아하지 않나?"

"아, 예. 그렇습니다."

딱히 운전하는 것을 좋아하는 것은 아니었고, 애석하게
도 정혁의 운전면허가 2종 면허인 탓에 트럭운전을 본인
이 할 수밖에 없어서 매번 운전을 경묵이 하는 것 외에는
별다른 도리가 없었다. 그러나 정황상 긍정하는 것이 더
나을 것 같다고 판단하여 한 대답이었는데도 불구하고 최
태룡은 마치 동창이라도 만난 듯 손을 건네어 악수를 청
해보이고는 말을 이어나가기 시작했다.

"그래, 내 그럴 줄 알았어. 오늘은 술도 한 잔 했으니 사
람을 한 명 붙여주겠네."

"아, 예 감사합니다."

"그래, 차 준비될 동안 잠시 앉아있어."

쾅과가가가가가광광 -!

마치 폭음과 유사하다는 생각이 들 정도로 우렁차게 울
려대는 배기음 탓에 경묵이 눈살을 살짝 찌푸려보였다.
이거 잘은 모르더라도 조수석이나 뒷자리에 앉은 사람이
잠들어서 열 받을 일은 없는 차인 듯 했다. 운전석에 앉은

저택 직원은 뭐가 그리 신나는지 들릴 듯 말 듯 콧노래를 부르며 핸들을 이리저리로 돌려댔다.

그 모습을 바라보며 고개를 한 번 내저어 보인 경묵이 다시금 고개를 돌려 창밖을 바라보았다. 휑한 새벽 도로를 너무 빠른 속도로 달려 나가는 탓에 풍경을 살피기가 어려울 지경이었다. 이내 한숨을 한 번 내쉬어 보인 경묵이 지그시 눈을 감았다.

'이렇게 빠르게 달려 나가는 게 과연 옳은 걸까?'

무언가를 놓치고 있는 것은 아닐까 싶은 생각에 일순 머릿속에 휘몰아친 찜찜함도 잠시, 취기 탓이었는지 안락한 시트 탓이었는지 경묵은 금세 깊은 잠에 빠졌다.

⚽

김지언은 올해로 갓 스물이 되었다.

아는 사람들 사이에서는 꿈의 직장이나 다름없다고 소문이 나있던 최만기의 저택에 요리사로 채용이 된 것은 열아홉 살 봄이었다. 온갖 반대를 무릎 쓰고 학업을 중도에 포기하고 중국 유학길에 올랐고, 현지에서 개최된 작은 규모의 대회에서 한 차례 입상을 한 바 있었다.

해봤자 작은 규모의 대회이기도 했고, 특별상 정도의 작은 상이었지만 세상을 다 가질 만큼이나 기뻤다.

이후 한국으로 귀국하고 난 후 반신반의 하는 심정으로 최만기 저택 조리실 면접을 보게 되었다.

하늘의 뜻이었을까?

200:1의 경쟁률을 뚫고 합격을 손에 거머쥐기까지 했었다.

현지 식당에서 일하던 시절과 비교했을 때, 현저히 짧은 근무시간과 현저히 낮은 업무강도에 확연히 차이 나는 높은 월급까지. 부자는 망해도 3대가 먹고 산다는 말이 있지 않던가? 김지언은 이제 앞으로 이곳에 뼈를 묻겠다고 결심을 했던 바 있었다.

그런데 막상 꿈에 그리던 곳에 발을 들이고 나니 생각지도 못한 사항들이 김지언을 괴롭게 했다. 다름 아닌 선배들의 텃세였다. 주방이라는 곳이 워낙 텃세가 심하고, 쓸데없는 위계질서가 굳건히 자리를 잡고 있는 곳이다 보니 그러려니 넘기고 참아내기로 결심했다.

'그래, 시간이 조금 지나고 친해지면 그런 일도 없겠지.'

그러나 그것은 김지언의 철저한 오산이었다.

마치 김지언이 당장이라도 그만두기를 바라는 사람들 마냥 미친 듯이 물어뜯고, 일부로 힘든 일만 골라 시키고, 지시할 일이 없으면 쓸데없는 일들을 시키곤 했다. 울컥하는 마음에 그만둘까 싶다가도 몇 번이고 그런 마음을 스스로 달래 왔다. 너무 일찍 유학길에 오른 탓에 이런저런 고민을 털어놓을 친구도 없었고, 힘든 여건 속에서 자신의 유학 뒷바라지를 해주신 부모님께 앓는 소리를 하고 싶지도 않았다.

마음 같아서는 당장에라도 그만두고 싶었지만, 결국에는 '오래 가는 놈이 이긴다.' 라는 생각으로 이를 악물고 악착같이 버텨왔다.

그런데 지금 이게 무슨 상황인 것인지 알 도리가 없었다.

'내가 어떻게 버텨왔는데⋯⋯.'

화가 치솟고, 근본이 무엇인지도 모를 감정 탓에 눈가에 맺힌 눈물이 금방이라도 똑 하고 떨어질 것만 같았다. 다름이 아니라, 어김없이 저택에 출근을 해서 주방에 들어가기가 무섭게, 최만기회장의 수행비서인 상윤이 지언에게 건넨 말 한 마디 때문이었다.

"저, 지언씨. 전 회장님께서 찾으십니다."

근무를 시작하고 한 번 본적도 없던 전 회장이 갑자기 자신을 찾을 이유가 무엇인지를 짐작하며 무거운 발걸음을 옮기기 시작했다. 이놈의 집구석은 왜 이렇게 넓은지 걸어도 걸어도 끝이 없었고, 발을 뗄 때마다 머릿속은 점점 더 복잡해지기만 했다.

똑똑―!

최태룡 전 회장의 개인 서재 문 앞에 선 지언이 떨리는 마음으로 문을 두드렸을 때, 안에서 특유의 근엄한 목소리가 들려왔다.

"들어와."

김지언은 마치 경찰서에 자수하러 온 범죄자처럼 조심스레, 그리고 의기소침한 채 안으로 천천히 들어섰다.

"찾으셨다고 들었습니다……."

"그래, 찾았지."

최태룡이 수화기에 버튼 하나를 꾹 누르기가 무섭게, 다른 저택 보안요원 한 명이 방 안으로 들어섰다. 김지언은 계속해서 바삐 머리를 굴려대며 지금 도대체 어떻게 돌아가고 있는 상황인지를 파악하기 위해 부단히 노력하기 시작했다.

"저, 어쩐 일로……."

최태룡은 입가에 보인 적 없던 환한 미소를 지어보이고는 입을 뗐다.

"그간 수고했다."

"예?"

아, 이렇게 허무하게 끝나는구나. 여기서 버티다보면 다른 기회가 찾아올 줄로만 알고 열심히, 또 악착같이 버텨왔다. 이렇게 허무하게 끝날 줄 알았더라면 차라리 속 시원하게 주방장한테 욕이라도 한 바가지 퍼부어주는…….

"인사이동이다."

"?!"

김지언은 지금 머릿속에 일은 혼란을 감추지 못한 채로 최태룡 전 회장을 뚫어져라 쳐다보며 부르르 떨리는 입술로 물었다.

"예…? 그게 무슨……?"

"내일 부터는 저택 말고, 임경묵이 업장으로 출근하면 된다."

임경묵? 내가 아는 오너셰프 코리아의 천재 요리사 임경묵? 어제 저택에 들러 요리를 했던 임경묵을 말하는 건가? 김지언이 마치 망치로 뒤통수를 몇 대 얻어맞기라도 한 듯 멍한 표정으로 제 자리에 망부석이라도 되는 양 서 있었다. 아무런 말도 하지 못하는 것은 물론, 손가락 하나 까닥할 정신도 없었다.

이내 세차게 고갯짓을 해보이고는 생각을 선회시킨 김지언이 손을 들어 올려서는 자신의 볼을 세게 꼬집어보았다. 볼에 찾아오는 얼얼한 통증에 절로 인상을 찡그려 보인 김지언이, 볼을 쥔 손에서 힘을 빼지 않은 채로 제 자리에 무릎을 꿇은 채 주저앉았다.

탄식보다 먼저 나온 것은 감사인사였다.

"감사합니다! 감사합니다! 감사합니다!"

최태룡은 그런 김지언을 바라보며 옅은 미소를 지어보

였고, 옆에 선 보안요원은 몸 둘 바를 몰라 주춤거렸다. 김지언이 뱉어내던 감사인사는 금세 곡소리로 바뀌었고, 여전히 볼에 느끼는 얼얼한 통증을 느끼고 싶은 것인지, 볼을 쥔 손에는 힘이 잔뜩 들어가 있는 상태였다.

임경묵, 김지언에게 한 줄기 빛 같은 이름이었다.

'임경묵.'

이번 오너 셰프 코리아에서 혜성처럼 나타난 신인, 그리고 천재 요리사였다.

이능과 요리에 대한 재능을 겸비한 그를 직접 보았을 때, 지언은 숨 쉬는 것을 잊기라도 한 듯 입을 쩍 벌린 채로 바라볼 수밖에 없었다. 군데군데 밀가루 얼룩이 묻은 조리복 가슴팍에는 여섯 명의 스타 셰프들을 상징하는 뱃지가 달려있었다. 그 자체만으로도 조리실 주방장이 무공훈장이랍시고 자랑하던 쪼그마한 화상흉터들과는 비교를 불허하는 위압감을 뿜고 있었다.

아니, 애초에 풍기는 분위기 자체가 다른 요리사들과는 남달랐다.

지언은 중국 현지에서 유학생활을 하던 당시, 기회가 닿아 이런저런 유명한 요리사들을 여럿 만나본 경험이 있었다. 지언이 입상을 했던 대회에서도 그랬고 북경에서 제법 유명한 중식당에서 일을 했을 때, 쉐프로 있던 요리사 '왕먀오'만 하더라도 세계대회 입상 이력이 있는 유명 요리사였다. 그 역시 한 분야의 최고로서 입지를 굳힌 이로서 뿜어내는 위압감이라는 게 있기야 했다만, 경묵과 견줄 바는 되지 못했다.

우선 빼어난 외모는 빼놓더라도, 가만히 서있는 모습에서도 위압감이 들 지경이었다.

그가 조리실의 위생 상태를 점검하듯 날카로운 눈빛으로 이곳저곳을 훑어볼 때에는 무거운 긴장을 느낄 수밖에 없었고, 이내 몇 마디 말을 나누며 지어보인 웃음에서는 여유를 엿볼 수 있었다.

조리를 할 때에는 그 위압감이 극에 치달았다 해도 과언이 아니었다.

여러 사람이 근처에 서서 노골적으로 지켜보고 있음에도 불구하고, 의식을 하기는커녕 무아지경에 빠져 군더더기 없는 실용적인 동선으로 환상적인 요리를 선보였다.

등장과 함께 세간을 떠들썩하게 한 천재 요리사에 대한 타 요리사들의 평가는 대부분 우호적이지 못했다. 그의 거품이라거나, 전형적인 연예인형 셰프로서의 수순을 밟고 있다던가 하는 평가가 대부분이었다지만 적어도 김지언은 그렇게 생각하지 않았다. 그러나 의구심을 떨쳐 낼 수는 없는 노릇이었다.

어째서 주방장도 아니고, 선배 요리사도 아니고 한낱 주방 막내인 자신을 불러들이려는 것일까? 하다못해 일을 하는 모습을 보이기라도 했다면 어느 정도는 이해를 할 수도 있겠는데, 뒤에 서서 기웃거리며 조리 과정을 지켜본 것이 전부이니 통 이해할 수 없는 노릇이었다.

그도 그럴 것이 주방 막내라면 비교적 충원이 어려운 인력이 아니었다. 더군다나 임경묵 정도의 셰프가 주방 막내를 구한다?

여름철 꺼내놓은 음식에 초파리 꼬이듯 많은 사람들이 모여들 것이야 불 보듯 뻔한 일이었다.

그리고 지금, 김지언의 맞은편에 앉은 사람이 도무지 속을 읽을 수 없는 '천재 요리사' 경묵이었다.

푸드 트럭 앞에 자리를 깔아두고 영업을 한다는 소문은 익히 들어 알고 있었다.

"음, 중국에서 수상 경력이 있다고 들었는데?"

"아, 예. 상해에서 열린 아마추어 컨벤션에서 입상을 했던 적이 있습니다."

그 때 식당 주방 칸에서 홀로 영업 준비를 하느라 분주하던 정혁이 말했다.

"이야, 대단하네. 이제 우리 팀에도 수상자가 생긴 거야?"

"것 참, 형 그런 얘기 좀 하지 마요. 우리 너무 없어 보이잖아요."

"야, 사람이 키가 커 보이고 싶다고 까치발 들고 다니면 키가 커지냐? 발목만 아프지."

경묵은 혀를 차며 고개를 몇 번 내저어보이고는 지언에게 말했다.

"어쨌든 수상경력 있는 요리사가 들어온 건 네가 처음이네."

"아, 그렇습니까?"

"그래, 이제 네가 우리 주방 에이스다. 최태룡 회장님께 사정은 들었고?"

사정? 사정을 듣기는커녕 인사이동이라는 말과 함께 연행되듯 끌려온 곳이 이곳이었다. 지언은 고개를 한 번 내저어보이고는 답했다.

"아니요, 그냥 인사이동이라는 말씀만……."

"음, 인사이동이라…… 인사이동이라기보다는 이직이 옳은 표현일 것 같은데, 아무래도 네가 거부감을 느낄까 봐 그렇게 말씀하신 것 같다. 이제 너만 동의하면 너는 '경묵푸드컴퍼니' 소속 요리사가 되는 거야."

경묵푸드컴퍼니? 부연 설명 없이 듣기에도 식품회사인 듯 느껴지기야 했는데, 어째 수순이 조금 뒤바뀐 듯 했다. 보통 업장이 커지다보면 커진 업장들을 체계적으로 관리하기 위해 설립하는 것이 식품회사이다. 지언이 보기에 한강에 돗자리 깔고 장사하는 경묵의 노점은 식품회사를 설립하기에는 시기상조인 듯 보였다. 지언의 표정이 미묘해지자, 경묵이 유한 웃음을 한 번 지어보이고는 말했다.

"원치 않는다면 저택 조리실에서 다시 근무할 수 있도록 조치를 취해줄 테니, 걱정 말고 편히 말해보도록 해봐."

지언은 한 차례 고민에 휩싸였다. 조금 냉정하게 판단을 해야 하는 부분인 것 같았다. 물론 존경하는 경묵의 밑에서 일을 한다는 사실이야 더할 나위 없이 좋은 일이라지만, 푸드 트럭의 주방 칸을 한 번 바라보니 풍풍한 요리사와 경묵에 자신까지 올라서서 조리를 하기에는 다소 무리가 있어 보였다. 경묵은 쉽사리 대답을 하지 못하는 지언의 시선이 주방 칸으로 향하는 것을 확인하고는 마치 생각을 읽기라도 한 것인지 다시금 질문을 건넸다.

"만약 네가 우리와 뜻을 함께하게 된다는 가정을 했을 때의 이야기지만, 당분간은 어쩔 수 없이 푸드 트럭 위에서 일해야 될 거야. 나도 회장님 저택의 조리실을 이미 한 번 본 바가 있으니 어떻게 강요를 하지는 못하겠다. 그런데 이제 오픈을 앞둔 매장의 개수가 29개야. 29개 매장의 주방장들 역시 국내외에서 알아주는 요리사들로 라인업을 한 번 짜볼 생각이고 말이야."

한 치의 거짓도 없는 이야기였다. 최만기가 약속한 업장의 수가 28개, 그리고 기존에 경묵 명의로 매입해둔 북경각까지 합친다면 그 수가 딱 스물아홉이었다. 지언은 토끼처럼 눈을 동그랗게 떠 보이고는 되물었다.

"스물아홉 개요?"

"그래, 그 중에 스물여덟 개는 던전 앞에 세워질 거고."

저택 직원들에게 최만기 회장이 경묵에게 내건 조건이 업장을 내주겠다는 조건이라는 소문이야 이미 몇 번 들은 바 있지만, 그 숫자가 무려 스물여덟 개나 되는 줄은 전혀 모르고 있었다.

하기야, 던전 앞의 건물이며 땅이며 값이 수직으로 곤두박질 쳤다는 이야기는 들었다. 싼 게 비지떡이라고 질보다 양으로 승부하려는 것인가? 하는 의문이 들었다.

그런 지언의 속은 아닌지 모르는지 경묵은 여전히 유한 미소를 지어보인 채 살짝 격양된 목소리로 다시금 말을 이어나가기 시작했다.

"매장 숫자는 앞으로도 기하급수적으로 늘어날 게 분명해. 우리는 준비가 되는 대로 가맹점주들을 모집하고, 자체적으로 운영할 직영매장의 숫자도 늘려나갈 거니까 말이야. 우리는 국내 최고의 중식 브랜드를 만들어 보일 거야. 물론 단연 중식에만 한정되지는 않겠지만, 첫 번째 목표는 그거라는 거지."

경묵이 마치 모험을 떠나기 전, 동료를 모으는 애니메이션의 주인공 마냥 밝은 목소리로 자신의 포부를 밝혀 보였다. 괜스레 가슴이 설레는 이야기이긴 했지만, 정작 지언이 듣고 싶은 이야기는 아니었다. 지금 지언이 우선적으로 따져보아야 할 것은 두 가지였다.

첫 번째, 미래를 준비할 수 있는가?

경묵에게, 혹은 경묵과 버금가는 주방장의 밑에서 요리를 배울 수 있는 지 없는지가 중요했다. 그런데 지금 경묵이 말한 바에 의하면 아무래도 경묵에게 직접 요리를 배우는 데에는 다소 무리가 있는 듯 보였다. 한 식당에서 함께 일을 한다면 정말 더할 나위 없이 매력적인 제안이겠지만, 착각인줄은 모르더라도 경묵은 요리보다는 사업에 더 힘을 쏟기로 결심한 듯 보였다.

두 번째 조건은 '그렇다면 현재는 보장이 되는가?' 였다.

그러니까, 최만기의 저택 조리실이 솔직히 따지고 본다면 배울 것이 있는 곳은 아니었다.

뭐…… 세상의 배울 것이 없는 곳은 없고, 배울 마음이 없는 사람이 있다는 말도 있기야 하다지만, 아무리 생각을 해보아도 저택 조리실에서 건질 것이라고는 나중에 내 밑으로 누군가가 들어왔을 때 나는 저들처럼 하지 말아야지 하는 다짐뿐이었다.

다만 현재는 보장이 되고 있었다. 무슨 뜻이냐면, 지언은 지금 나이에 벌기에는 다소 무리가 있는 금액을 보수로 받으며 일반적인 식당보다 훨씬 적은 시간을 근무하고 있었다.

덕분에 일을 마치고는 부모님이 운영하시는 식당 일을 조금이나마 도울 수도 있었고, 지언의 중국 유학 때문에 부모님께서 지게 된 빚들도 거의 다 갚을 수 있었다.

'월 400만원.'

지언이 지금 유니언컴퍼니 일가 저택의 조리실에서 근무하며 받고 있는 월급이었다.

물론, 단연 돈 때문에 일을 하는 것은 아니었기에 월급이 만족스럽지 못하더라도 경묵에게 틈틈이 요리를 배울 수 있는 환경이 조성되어 있기라도 한다면 한 치의 망설임도 없이 근무를 할 것이다.

그러나 지금 경묵이 해준 말만으로는 판단을 내리기에 조금 무리가 있었다.

말했듯 한 주방에서 일을 하는 것이면 모를까, 경묵이 설립한 회사에 소속된 식당에서 일을 한다는 것은 아무런 메리트가 없는 일이었다.

그럼 월급이라도 보장이 되어야 하는데, 경묵이 너무 두루뭉술하게만 상황을 설명하는 탓에 쉽사리 결정을 내리지 못하던 지언이 천천히 입을 떼 보였다.

"저, 셰프님."

셰프님이라는 말을 들은 경묵의 얼굴이 눈에 띄게 붉어졌다.

"응……? 응."

"다름 아니라, 급여라든지 근무 환경에 대해서 설명을 해주셨으면 해서요."

이내 경묵이 머쓱하게 한 번 웃어 보이며 뒤통수를 긁어보였다. 훈훈한 얼굴로 환히 웃어 보이니 보기에는 참 좋았다.

"내가 너무 의욕이 앞섰네. 그런데 지언아 궁금하지 않아?"

"네? 어떤 점이요?"

"내가 왜 조리실에 있던 요리사 세 명 중에 너한테만 이렇게 스카웃 제의를 했는지 말이야. 주방 막내야 맘먹으면 구할 수 있고, 솔직하게 이야기해보자면 너보다 유능한 요리사들이 지천에 널려 있잖아. 그런데 내가 왜 회장님께 부탁을 해가며 까지 너를 데려왔는지 궁금하지 않냐는 거지."

계속 가슴속에 품고 있던 의문이기야 했다. 지언은 고개를 한 번 끄덕여보이고는, 기어들어가는 목소리로 말해보였다.

"실은 저도 그게 궁금했어요."

막상 하고 싶던 이야기가 거론되자, 괜히 가슴이 콩콩거리기 시작했다. 본래 중국 유학을 가기 전까지만 해도 그렇게 소극적인 성격은 아니었는데, 현지 요리사들의 따돌림과 더불어 귀국 후에도 한참을 짓눌려있었던 터라 어느 순간부터 쉽사리 자신의 의견을 밝히지 못하는 소극적인 성격을 갖게 되었다.

이윽고 경묵이 다시금 힘찬 목소리로 말을 이어나가기 시작했다.

"나는 지금 주방보조를 구하는 게 아니야."

"예? 그럼요?"

주방 보조를 구하는 게 아니라고? 이로서 지언은 경묵의 생각을 짐작하기를 포기했다.

도무지 속을 알 수 없음은 물론이고, 마주 앉아서 이야기를 나누고 있음에도 불구하고 좀처럼 생각을 읽기가 쉽지 않았다.

경묵의 다음 말을 기다리는 것 외에 별다르게 할 수 있는 것이 없었던 터라, 괜스레 힘이 들어간 두 주먹을 무릎 위에 올려둔 채로 경묵의 입을 하염없이 바라보고 있었다.

"신규 오픈 매장의 주방장을 구하고 있는 거야."

일순 경묵의 말을 들은 지언의 눈이 커졌다.

지언이 놀라 되물었다.

"주방장이요? 저는 말씀드렸듯 조리실에서도 막내로

있었고……."

"막내가 벼슬이야? 잘하면 대장 노릇도 해야지. 그렇죠, 형?"

경묵이 장난기 가득 섞인 목소리로 주방 칸에서 열심히 목이버섯을 손질하고 있던 정혁에게 물어보았다.

일순 발끈한 듯 보이는 정혁이 모기버섯을 몇 개 집어 경묵에게 집어 던지며 외쳤다.

"네가 그러니까, 애가 지금 망설이고 있는 거야!"

조리실 주방과는 사뭇 다른 분위기에 놀란 지언이 한 번 배시시 웃어보였다. 모르긴 몰라도 여기서 일하면 마음고생을 하거나 하는 일은 없을 것 같다는 확신이 들었다.

주방장? 매력적인 조건이긴 한데, 자신이 없었다.

자신은 아직 그 정도 실력도 갖추지 못하였을 뿐더러 경험 역시 현저히 적었다. 이내 잔뜩 의기소침한 듯 보이는 지언이 힘겹게 입을 떼고는 말해보았다.

"아, 그런 뜻이 아니라…… 실은 자신이 없어요. 아직 실력도 그렇고, 경험도 그렇고 저는 아직 그 정도 직책을 맡기에는 부족한 것 같아요."

"너한테 독이 될지도 모른다고 생각해서 말하지 않은 게 하나 있는데, 지금 이렇게 의기소침한 모습을 보아하니 말해주는 게 더 나을 것 같네. 지언아."

경묵이 지언의 이름을 불러 보인 후에, 지언의 눈을 뚫어져라 바라보았다. 잠시 움찔거리던 지언이 다시금 살짝 기죽은 목소리로 답했다.

"네?"

"내가 각성자라는 건 알고 있지?"

"네."

"그럼, 각성자들이 각기 다른 능력을 가지고 있다는 사실은 알고 있지?"

지언이 대답대신 고개를 한 번 끄덕여보이자, 경묵이 다시금 말을 이어나가기 시작했다.

"내 능력 중 하나는 수치화 되어있는 다른 요리사의 요리 실력을 엿볼 수 있는 거야. 그리고 저택 조리실에 갔을 때, 너를 포함해서 조리실 사람들 모두의 조리 능력치를 본 적이 있어. 자, 그럼 다시 한 번 물어볼게. 내가 왜 그 셋 중에 하필이면 너만을 여기로 불러들인 걸까?"

경묵의 말을 들은 지언의 표정이 크게 흔들렸다.

"설마……."

"그래, 뭐 돌려 말할 필요도 없지. 내가 너를 불러들인 이유는 그냥, 네 조리 능력치가 가장 높았기 때문이야."

지언이 한 번 코웃음을 쳐 보이고는 되물었다.

"혹시, 그 능력 조금 고장 나거나 한 건 아니죠? 아니면, 가끔 오작동을 한다거나……."

"그 잘난 조리실 선배들이 '드래곤볼'에 나오는 사이어 인도 아니고 조리 능력치를 숨기고 있거나 하진 않았을 거 아냐? 오작동도 아니고, 고장도 아니야."

장난기 가득한 말을 들은 지언의 얼굴에 웃음꽃이 피었다. 경묵은 그런 지언을 바라보며 한 번 씽긋 웃어 보인 후에 곧장 말을 이었다.

"네 월급에 대해서도 들은 바 있어. 우선 월 450만원의 급여를 약속해 줄게. 그리고 주방장을 맡게 된 후에는 매장 매출의 일부를 인센티브로 지급해주도록 하지. 그 점에 대해서는 추후에 다시 조율을 해보는 걸로 하고. 어때?"

"아, 좋습니다. 좋아요. 일 하고 싶습니다. 일 할게요."

지언이 다급하게 경묵의 말에 대답을 해보였다. 우선 이로서 지언이 감안하고 있던 두 번째 조건인 '현재에 대한 보장'은 충족되었다. 이것만으로도 경묵의 밑에서 일을 할 이유가 명백해진 셈이었지만, 경묵이 제시한 다음 조건은 가히 파격적이라 할 수 있었다.

"아직은 인력 충원이 제대로 되지 않기도 했고, 내가 벌여놓은 일이 너무 많아서 시간적으로 여유가 없어서 이렇다하게 정확한 날짜와 시간을 집어주기는 어렵다지만……. 어쨌든 나는 너를 우리 회사의 메인 셰프 중 하나로 키워볼 생각이야."

메인 셰프? 키운다고? 그 말인 즉 손수 가르침을 선사하겠다는 뜻으로 해석해도 되는 건가? 경묵의 말 한 마디에 머릿속에 행복한 혼란이 야기되었다.

지언이 어안이 벙벙해진 채 꿀 먹은 벙어리마냥 가만히 앉아 쉽사리 말을 잇지 못하고 입술만 부들부들 떨어대자, 경묵이 다시금 말을 이었다.

"네가 내 첫 제자가 되어주면 좋겠는데, 너는 어떻게 생각해?"

천재 요리사 임경묵이 설립한 회사의 창립 멤버 급으로 이 엄청난 프로젝트에 합류한다.

거기에 임경묵의 수제자가 된다.

더군다나 고액의 월급을 약속받는다.

고민의 여지가 있을까? 지언이 고개를 세차게 끄덕여 보이고는 답했다.

"감사합니다! 감사합니다!"

✺

지언은 구두계약이 완료된 당일, 곧장 경묵의 푸드 트럭에서 근무를 시작했다.

본토 방식에 대한 지식을 가지고 있었기 때문에, 정혁에게도 나름대로 긍정적인 영향을 끼치고 있는 듯 했다.

"그런데 현지에서는 오히려 짬뽕에 해산물보다는 육류를 많이 넣거든요."

"아, 그래. 맞아 그 이야기는 들어본 적이 있는 것 같아."

정혁은 마치 몇 년 지기 동료와 이야기를 나누듯 친숙한 어조로 지언의 말에 답해보았다. 덕분에 지언은 평소의 소심한 성격은 잠시 어딘가에 넣어두기라도 한 것인지 마음 편히 평소에 하던 생각들을 거리낌 없이 말해보았다.

"사실상 한국 사람들이 알고 있는 중국요리라고 해보았자, 열 개도 넘기기 힘들지 않을까요? 중국에서는 대중적인 음식을 한국 식당 메뉴에 올리면……."

경묵은 갑작스레 말문이 트인 지언을 바라보며 흐뭇한 미소를 한 번 지어보였다. 그러고 보니 배달 직원이었던 자신이 정혁과 말문을 트게 된 계기도 정혁이 먼저 다가와 주었던 덕분이었다. 17살이던 자신에게 정혁이 건넨 첫 마디는 우습게도, '담배 한 대 피울까?' 였다.

그 시절을 떠올리다보면 저도 모르게 웃음이 새어나오곤 했다.

"주방장님 생각은 어떠세요?"

말을 마친 지언이 정혁에게 의견을 물어보았다. 요리에 대한 이야기를 하는 지언의 눈에는 총기가 가득 어려 있었다. 정혁은 지언의 목에 팔을 둘러 감싸고는 힘을 꽉주며 말했다.

"주방장님은 무슨, 형이라고 해. 형이라고."

정혁의 두꺼운 팔뚝에 목이 감싸진 지언의 얼굴이 금세 붉어지기 시작했다. 이윽고 지언은 이마에 핏대까지 세워 보인 채로 정혁의 두터운 팔뚝을 톡톡 두드려대며 힘겹게 입을 뗐다.

"켁! 켁! 놔 주세요."

"형이라고 할 때 까지 못 놓는다!"

"형… 형…… 놔 주세요……."

이런 과격한 장난이 정혁의 애정표현이라는 사실을 알고 있는 경묵은 흐뭇한 미소를 한 번 지어보였다.

뭐, 그렇다고는 해도 당하는 입장을 고려해본다면 썩 즐겁기만 한 일은 아닐 것이 분명했다.

그도 그럴 것이 지금 지언의 붉어진 얼굴이 지금 느끼고 있는 고통에 대해서 세밀하게 설명해주고 있는 것만 같았다. 경묵은 괜스레 멀쩡한 제 목을 한 번 쓸어보이고는 플라스틱 의자에서 몸을 일으키며 말했다.

"자, 자! 주목. 오늘 두 분 파이팅입니다. 저는 볼 일이 있어서 다녀와야 할 것 같아요."

"뭐? 오늘 나랑 지언이랑 둘이 있으라고?"

정혁이 그제야 지언의 목을 감싸고 있던 자신의 팔을 풀어내며 경묵에게 물어보이자, 지언은 한참동안 졸려있던 목을 양 손으로 감싸 쥔 채 한참을 콜록대었다. 연신 미소를 지은 채로 두 사람을 바라보던 경묵은 지언의 기침이 멎을 때 까지 말을 아끼다가, 기침소리가 멎자마자 다시금 말을 이었다.

"네, 죄송해요. 조금 중요한 일이 있어서요."

정혁은 게슴츠레하게 뜬 눈으로 경묵과 지언의 얼굴을 번갈아 살펴보았다. 무언가 내키지 않는다는 듯 고개를 좌우로 한 번씩 기울여보인 정혁이 지언의 머리칼을 세게 쓰다듬어 헝클어뜨려 보이며 장난기 가득 섞인 어조로 물었다.

"이 자식, 이거 불안한데? 자신 있어?"

"예, 자신 있습니다!"

헤드락 한 번에 군기가 팍 잡힌 지언이 쩌렁쩌렁하게 대답해 보이자, 정혁은 그제야 만족스럽다는 듯 고개를 몇 번 끄덕여보였다. 경묵은 심드렁한 표정으로 고갯짓을 한 번 해보이고는 지언에게 말했다.

"어쨌든, 지언이 너는 영업 시작하기 전까지 최대한 식재료 위치 외워봐. 뭐가 어디에 있는 줄 알면 수월하게 할 수 있을 거 아냐. 영업 중에 아무리 바빠도 모르는 거 있으면 정혁이형한테 물어보면서 하고 그래."

"네, 감사합니다."

경묵은 고개를 한 번 끄덕여보이고는 핸드폰을 열어 시간을 확인해 보았다. 오늘은 다름이 아니라 청담동 인근의 한 식당에서 최태룡 회장과의 저녁식사 약속이 있었다. 서은과 우에게도 자신의 제자 1호로서 무섭게 성장해나갈 지언을 직접 인사시켜주고 싶은 마음이 굴뚝같았지만, 지금 출발해야만 어느 정도 여유 있게 도착할 수 있을 것 같았다. 날 숨에 아쉬움을 담아 뱉어내 보인 경묵이 정혁에게 당부하듯 말했다.

"우선 오늘은 다들 수고 좀 해주시고, 내일 저녁에 환영회 겸 회식자리 한 번 가지는 걸로 해요. 지언아 너는 내일 출근할 때 통장 사본하고 보건증 떼서 가져오고, 정혁이형은 정산 좀 꼼꼼히 해주세요. 맨날 형이 장부 기입하는 날마다 금액이 안 맞는다니까."

정혁은 고갯짓을 한 번 해보이고는 이죽거리는 투로 답했다.

"어휴, 저 놈의 잔소리. 야, 됐어, 얼른 가! 늦겠다, 늦겠어."

경묵은 대충 손을 한 번 흔들어보이고는, 트럭 근처에 주차되어있던 자신의 차에 몸을 실었다.

최태룡이 선물로 준 이 이탈리아제 차량은 그 가격이 자그마치 무려 3억을 넘나드는 고가의 차량이었다.

3억, 요즘 대부분의 현대인들이 품고 있는 꿈인 '내 집 마련'을 단번에 이뤄줄 수도 있는 금액이었다.

실감은 잘 나질 않지만, 어찌 보면 최태룡이 자신에게

집을 한 채 사준 것과 마찬가지였다.

경묵이 운전석 문을 열어젖히자마자 화려한 계기판과 함께 고급스러워 보이는 가죽시트가 눈에 들어왔다.

키를 꽂고 돌리기가 무섭게, 특유의 배기 음이 한강공용주차장에 울려 퍼지기 시작했다.

쿠르르– 콰과과과과–

맹렬한 계기 음은, 경묵이 엑셀 페달을 살짝 지르밟자 더 드세졌다. 얼마 지나지 않아 경묵이 탄 차는 빠르게 한강 공용 주차장을 빠져나갔다. 창 너머에서 불어오는 시원한 바람에 경묵의 머리칼이 뒤로 젖혀졌다.

❀

드르륵–

방문이 열리고, 식탁 앞에 편히 앉은 최태룡의 모습이 드러났다.

"왔는가?"

"벌써 와 계신 줄은 몰랐습니다."

"적적해서 조금 일찍 나왔네."

경묵은 정중하게 한 차례 인사를 올려 보인 후에, 최태룡의 맞은 편 자리에 앉았다.

최태룡은 이렇다 할 말들이 한 번을 오가기도 전에, 백자에 담긴 술을 경묵의 잔에 따라주었다.

테이블 위에는 나무로 만들어진 선박 모양 접시 위에, 도톰하게 썰린 회들이 올려져있었다.

경묵은 습관적으로 회 아래에 장식으로 깔린 해산 채들의 상태를 한 번 살펴보았다. 흰 빛을 머금은 것이 신선한 해산 채들이었다.

"일단 한 잔 들게."

빈속이었던지라 잔뜩 각오를 한 채 잔에 담긴 술을 입 안에 털어 넣었지만, 인상이 구겨지기는커녕 여유 있게 입 안에 담긴 술을 음미할 수 있을 지경이었다.

술이 품고 있던 이름 모를 꽃향기가 입 안에 물씬 풍겼다. 더군다나 술 특유의 쓴 맛 보다는 달콤한 맛이 더욱 강렬한 술이었다.

아무래도 최태룡은 도수가 높은 술만 좋아하는 것이 아니라, 도수와 국적을 막론한 모든 술을 좋아하는 듯 했다.

"술 맛이 어떤가?"

"꽃향기가 짙게 나는 것 같습니다."

"오? 정말인가? 그리고?"

"술 특유의 맛 보다는 달콤한 향기가 더 강렬한 것 같군요. 술에 대한 지식이 거의 없다싶은 편입니다만, 모르긴 몰라도 부담 없이 마실 수 있는 좋은 술인 것 같습니다."

최만기는 호쾌한 웃음을 한 차례 지어보이고는 말했다.

"역시 자네는 나와 잘 맞는 것 같군. 바보천치 같은 만기 놓은 이 술을 두고 '맹술'이라더군! 맹술! 이 술의 이름은 '소향주'(少香酒)일세. 이름처럼 원체 향이 옅은 술이라지만, 향을 느끼기 시작한 순간부터는 더할 나위 없이 좋은 술일세. 웬만한 사람이 아니고서야 잘 빠져들지도 않는 술이지, 그러니까 맛을 아는 사람들만 찾는 술일세."

맛을 아는 사람들만 찾는 술이라고?

아무래도 향을 확연히 느낄 수 있었던 것은, 강화를 거치며 점차 발달한 미각과 후각 덕분인 듯 했다.

별 일은 아니라지만 또 이렇게 도움이 될 줄은 몰랐다. 이내 경묵을 바라보며 온화한 미소를 짓고 있던 최태룡이 다시금 말을 이었다.

"내가 실없이 술 이야기나 하자고 자네를 부른 것은 아닐세."

"예, 말씀하시지요."

"다름이 아니라, 자네 후식 사업에 대해서 어찌 생각하는가?"

난데없이 던져 보인 질문이었음에도 경묵은 전혀 당황하는 기색 없이 매끄럽게 대답해보였다.

"후식 사업이라…… 전망이 밝은지는 모르더라도 어둡지 만은 않은 사업이라고 생각합니다. 일전에 들은 바에 의하면 젊은 사람들이 식사보다 디저트에 소모하는 비용이 더 높다고 들었습니다."

최태룡은 만족스럽다는 듯 고개를 한 번 끄덕여보이고는 말했다.

"그래, 맞아. 내 기억으로는 2006년쯤만 하더라도, 후식 사업은 꿈도 못 꾸던 사업이나 다름이 없었네. 대기업들의 몇몇 프렌차이즈 카페를 필두로 발달하기 시작했지. 지금이야 세 걸음마다 있는 게 카페라지만, 당시에는 커피 값이 밥값이네 어쩌네 하고 말이 많았지."

경묵은 어렴풋이 기억을 되짚어보았지만, 잘 기억이 나지는 않았다.

그도 그럴 것이 2006년이면, 경묵이 초등학교에 재학 중이던 시절이었다. 그러니까, 굳이 되짚어보자면 축구공 하나만 있으면 몇 시간이고 뛰놀던 시절이었다.

"그때 실패를 우려하는 목소리가 얼마나 컸는지 아는가? 하루하루를 촉박하게 사는 우리나라에서는 전망이 어두운 사업이라고 점치는 이들이 대부분이었어. 그런데 지금은 어떤가? 너도 나도 후식 사업에 투자를 하지 못해서 안달이 나있지. 이런 말이 있네. 모든 것은 변한다는 것만이 변하지 않는 진리이다. 무슨 말인지 알겠는가?"

경묵은 고개를 한 번 끄덕여보이고는 최태룡의 빈 잔에 소향주를 천천히 따라내며 다시금 되물었다.

"그럼 회장님께서는, 후식 사업이 갑작스레 과도기에

접어든 것이 어떤 연유 때문이라고 생각하십니까?"

"허허, 나를 시험해보겠다는 게로군."

최태룡의 말을 들은 경묵이 갑작스레 고개를 살짝 숙여 보이고는 진중한 목소리로 말했다.

"아. 주제넘은 행동이었다면 죄송합니다. 이야기도 무르익었고, 술 맛도 좋아 제가 그만 실수를 범했나 봅니다."

"어허, 아닐세. 우리는 한 배를 탄 입장이라고 하지 않았던가? 자네가 내게 의견을 묻는 것이 어째서 실수란 말인가? 자네는 나를 조금 더 편히 생각해야할 필요가 있어."

경묵은 다시금 테이블 위에 놓인 자신의 술잔을 집어 들고는 환히 웃어 보이며 말했다.

"그렇게 말씀해주시니 감사할 다름입니다."

쨍-!

두 사람의 술잔이 맞닿으며 청량한 소리를 내보였다.

최태룡은 입가에 미소를 살짝 머금은 채로 깊은 생각에 빠진 듯 허공을 응시하고 있었다.

"자네가 모처럼 준비한 시험이니, 통과하지 못하면 면목이 서지 않을 것 같군그래."

"아닙니다, 시험하려는 것이 아니라 정말 회장님의 뜻이 궁금하였을 뿐입니다."

최태룡은 고개를 한 번 끄덕여 보인 후에 곧장 말을 이어나갔다.

"음, 굳이 이유를 꼽아보자면 아무래도 카페가 우후죽순처럼 생겨난 것은 모텔이나 호텔 같은 숙박시설이 급증한 것과 일맥상통하는 것 같군."

"음, 솔직히 말씀드리자면 잘 모르겠군요."

"그래, 이렇게만 말하면 너무 뜬구름 잡는 소리처럼만 들리겠군."

최태룡은 목을 한 번 가다듬어 보인 후에 다시금 입을 뗐다.

"소득이 높아질수록 사적인 공간에 대한 욕구가 상승한다는 연구 결과가 있네. 그런데 한국같은 경우 경제발전률에 비해, 토지가 제한적인 게지. 미국만 하더라도 1950년대에 주택의 면적이 평균적으로 2배정도 상승했다더군. 결국 공간적 제한 속에서 욕망과 공간의 부족이 충돌한 거지. 문화적인 특성 역시 한 몫 했을 가능성이 있네. 우리나라의 문화적 특성상 독립이 늦어. 부모가 있으니 친구를 부를 거실이 없어 카페로 향하고, 외국 문물을 보며 자라나서 집에서 연인과 함께 시간을 보내는 것을 동경하는 젊은 세대에게는 연인과 데이트할 집이 없지 않겠는가? 그러니 돈을 지불하고 제한된 시간동안 장소를 구입하는 걸세. 자, 그렇게 우후죽순처럼 생겨난 카페들이

다 거기서 거기인 메뉴를 띄고 있으니, 점점 더 특이한 돌연변이가 탄생하는 것은 당연한 노릇인 게지. 그렇게 탄생한 것이 '디저트 시장'이 아닐까 싶군."

예상치 못한 대답을 들은 경묵의 입가에 웃음이 걸렸다. 이렇게 까지 해석할 수 있다는 사실이 놀랍기 까지 했다.

최태룡은 눈썹을 한 번 꿈틀해보이고는 경묵에게 되물어보였다.

"자네는 어떤 연유로 이렇게 후식 사업이 발전했다고 생각하는가?"

"사실 회장님이 제시하신 가능성은 전혀 염두에 두지 못하던 것들이라, 놀랍기만 하군요. 저는 조금 단조로운 짐작을 한 것 같습니다."

최태룡이 게슴츠레하게 뜬 눈으로 턱을 몇 번 쓸어보이고는 물었다.

"그래, 그래서 어떤 추측을 했지?"

"저는 최고를 맛볼 수 있는 가격이 다르기 때문이라고 생각했습니다."

분명 앞뒤가 잘린 말이었음에도 불구하고, 최태룡이 한참을 박장대소 해보였다. 그리고는 상체를 최대한 앞으로 기울여 경묵의 어깨를 툭툭 두드리며 다시금 말을 이었다.

"그래, 재미있군. 역시 내가 사람 보는 눈이 있어. 그러니까, 로켓팅 소비를 말하는 겐가? 공부를 조금 했나보군."

"예? 아닙니다. 그냥 으레 짐작한 것뿐입니다. 제가 듣기에 과한 칭찬인 듯합니다."

경묵이 머쓱한 듯 뒤통수를 긁적여 보이며 대답하자, 최태룡의 표정이 더욱 더 밝아졌다.

로켓팅 소비? 난생 처음 들어보는 말이었다.

"저, 그런데 로케팅 소비가 무엇입니까?"

최태룡은 의하다는 듯 자신을 바라보는 경묵에게 미소를 지어보인 후 천천히 입을 뗐다.

"그래, 사실 용어 같은 건 중요하지 않아. 중요한건 감각이지."

최태룡은 온화하기 그지없는 미소를 한 번 지어보이고는, 소향주를 다시 한 잔 입 안에 털어 넣었다.

중요한 건 감각이다? 이계 거상의 이능 덕분인지는 몰라도 생각지 못한 부분이 문득문득 떠오르곤 했다.

뭐, 정확히 어떤 부분에서 도움을 받고 있는지를 집어내지는 못할지 몰라도 도움이 아예 안 되는 건 아닌 것 같다 이거지.

"소비의 양면성을 일컫는 말이지. 생필품은 싼 가격의 제품들을 사용하다가도 본인이 원하는 부분에서는 아낌

없이 쓰는 걸 말하는 거야. 외식이라든가, 취미생활이라든가 말이야. 소비에 대한 보상심리야. 평소에는 아껴 썼으니 오늘은, 지금은 더 써도 된다. 뭐 이런 거지."

비록 식사는 1500원짜리 김밥으로 해결을 한다지만, 디저트만큼은 김밥 두세 줄은 족히 살 수 있는 금액을 지불한다. 이것도 로케팅 소비이고, 자취방에서 컵라면으로 끼니를 해결하며 명품 백을 사는 것도 로케팅 소비, 일반적인 가족이 주말에 패밀리레스토랑에서 외식을 하는 것도 로케팅 소비에 해당된다.

현대 사회를 살아가고 있는 사람들 중 소비의 양면성을 띄고 있지 않은 사람은 극히 드물다.

이내 최태룡이 눈썹을 한 번 꿈틀해 보이고는 말을 이었다.

"자네가 말하려던 것도 이와 비슷한 맥락이겠지?"

"아, 예 맞습니다."

개떡같이 말해도 찰떡같이 알아듣는다는 말은 최태룡을 위해 존재하는 말인 듯 했다. 최태룡은 만족스럽다는 듯 고개를 끄덕여보이고는 경묵에게 말했다.

"그러나, 이론은 이론일 뿐이야. 그걸 토대로 추측은 하되 확신은 하지 말게. 자, 그럼 내가 갑자기 후식 사업에 대한 이야기를 꺼낸 이유를 말해줘야겠군."

"아, 예. 말씀하시지요."

이야기가 너무 흥미롭게 진행된 탓에, 어떤 이야기로 이런 이야기를 꺼낸 것인지에 대한 의문 한 번 갖지 않고 있었다. 경묵은 피식하고 웃음을 지어보인 후에 최태룡의 입이 열리기만 마냥 기다리며 앉아있었다.

최태룡은 다시금 경묵의 빈 잔에 술을 따라 보이며 말을 이어나가기 시작했다.

"자네가 일전에 나에게 두 가지 일이 남아있다고 했었지. 하나는 상해에서 열리는 세계 중식 대회이고, 또 하나는 채널F&F에서 진행되는 오너 셰프 코리아였지."

"아, 예. 맞습니다."

"둘 다 자신 있나?"

오너 셰프 코리아는 이제 끝자락에 와있다.

결국 모두의 예상대로 정필상과 경묵 두 사람이 외나무다리에서 만나게 된 것이다. 뭐, 전에야 조금 걱정이 되는 것도 사실이었다지만 지금은 전혀 아니다.

자만이 아닌가 싶기도 하지만, 어쨌든 막연한 자신은 한참 지나친 단계이긴 하다.

정필상에게 질 것 같다는 느낌은 들지 않았다.

쿠거의 힘인가? 어쨌든 오너 셰프 코리아는 아무런 걸림돌도 되지 못하는 상태라고 할 수 있다.

다만, 세계 대회는 조금 다르다.

겪어보지 않았다는 사실에서 조금 더 위축이 되는 부분

도 없지 않아 있겠지만, 어쨌든 세계 대회는 호언장담할
수만은 없는 곳이었다.

찰나에 모든 생각을 정리해낸 경묵이, 애써 무던한 표
정을 지어보이며 말했다.

"회장님께 경영이 자신이 있는 지 여쭤보는 것과 같은
이치라고 생각됩니다."

"자네 말이 사실이라면, 방금 날 한 대 쥐어박고 싶었겠
군."

익살스럽기 그자없는 최태룡의 말에, 경묵이 손사래를
쳐 보였다.

"아, 아닙니다."

"됐어, 어쨌든 거두절미하고 본론으로 넘어가도록 하
지. 자네는 디저트 관련 사업에 대해서 어떻게 생각하는
가?"

디저트 관련 사업이라, 이미 해답이 나올 만큼 나와 있
는 사업이었다.

경묵은 의심을 표명하기 전에 괜스레 한 번 되물어보았
다.

"디저트 사업 말씀이십니까?"

이태원이나 홍대 신촌에 강남, 이미 밥집 숫자와 맞먹
을 만큼 많은 수의 디저트 매장들이 입점해있는 상태이
다.

최태룡은 지금 디저트 사업에 초점을 두고 있는 것인가? 그의 속을 알 수 없는 눈이 천천히 한 번 깜빡였다.

정적을 깬 것은 두 사람이 아니라, 최태룡의 빈 잔에 술이 담기는 소리였다.

졸졸졸-

최태룡은 술이 담긴 백자를 조심스레 상 위에 내려놓고는, 다시금 자신의 술잔을 거머쥔 후에 천천히 말을 이었다.

"끼기에 너무 늦은 판이라고 생각하고 있나?"

반은 정답이었고, 반은 아니었다.

끼기에 늦은 감이 없잖아 있다고 생각하고 있는 동시에, 최태룡이 원한다면 완벽한 승리는 아니더라도 만족스러운 결과쯤은 얻어줄 수 있다고 생각하고 있었다.

경묵은 한 번 유한 웃음을 지어보인 후에 천천히 입을 뗐다.

"반은 맞고, 반은 아닙니다. 끼려고 마음먹는다면 늦은 판은 아니겠지요. 디저트도 음식 아니겠습니까? 음식과 관련된 것이라면 누구보다 앞 설 자신이 있습니다. 다만 생소한 분야인만큼 시간이 조금 걸리겠지요. 완벽한 승리를 점치지는 못하더라도, 회장님께서 만족하실만한 결과라면 얼마든지 만들어내 보일 수 있습니다."

"허허허, 마음에 드는 대답이로군. 자네 말도 반은 맞고 반은 틀리네. 끼려고 하면 늦은 판은 분명히 아니야. 그리고 분명한 사실은 우리 무기가 자네의 실력만은 아니라는 걸세. 우리에겐 자본이 있어."

자본이라는 단어에 유독 힘이 실려 있었다.

경묵은 씁쓸한 미소를 한 번 지어보인 후에, 고개를 살짝 떨구어 보였다.

그도 그럴 것이 애초에 자신이 설립한 회사 '경묵푸드 컴퍼니'가 대기업의 횡포에 맞서겠다는 포부를 가지고 설립한 회사였다.

최태룡의 자본을 옆구리에 낌으로서 경묵 자신은 살아남았다. 알량한 감정으로 모든 소상공인을 돕거나 하고 싶은 것은 아니었다만, 가슴 한 편이 쓰렸다.

"결론적으로 이 이야기를 꺼낸 이유는 자네에게 내 능력을 보여주겠다는 걸세. 나는 자네의 능력을 봤지만, 자네는 아직 두 눈으로 보지 못했지 않은가?"

"회장님의 능력이야, 이미 회장님이 가지고 계신 자금이 검증해주는 것 아니겠습니까?"

최태룡은 코웃음을 한 번 쳐보이고는, 날카로운 눈빛으로 경묵을 쏘아보며 말했다.

"아니, 이제 자네는 눈으로 본 것도 의심하는 버릇을 길러내야만 하네."

꿀꺽-

갑작스럽게 느낀 위압감에 경묵이 침을 한 번 삼켜내 보이고는 넌지시 고개를 끄덕여 보였다.

함축적인 말 한 마디에 온 몸에 전율이 이는 듯 했다.

지금 이 자리에서 최태룡과 술 몇 잔을 나누는 것이 누군가에게는 상상도 못할 만큼 큰돈을 주고서라도 갖고 싶어 할 자리가 분명했다.

"그럼 회장님께서 독자적으로 새로운 브랜드를 설립해 보이시겠다는 겁니까?"

"그래, 우리는 이미 어제 진행이 시작된 사업에 관한 이야기를 나누고 있는 걸세. 이번 디저트 사업을 토대로 자네에게 몰아치는 방법에 대해서 알려주도록 하지."

몰아치는 방법? 아니 그것보다 귀에 거슬리는 말은 이미 어제 진행이 시작되었다는 이야기였다.

이내 경묵이 의아하다는 듯 되물어보였다.

"어제 이미 진행이 시작되었다고요? 몰아치는 방법은 또 무엇입니까?"

최태룡은 넌지시 고개를 끄덕여 보인 후에 말했다.

"실력도 중요하지, 가장 중요한 것은 자본과 추진력일세. 될 것 같다 생각만 하는 것과 정말 해보는 것은 다르지. 돈을 무기삼고, 몰아치기를 질풍같이 몰아쳐서 낙엽들을 다 떨어트리는 것이 관건이야. 잘 보도록 하게. 내가 불과 수개월 안에 어떤 결과를 보이는 지 말이야. 내가 만약 자네가 만족할 만한 결과를 보이지 못한다면, 경영 문제에 관해서는 조언 외에 어떠한 개입도 하지 않겠네. 말 그대로 쩐주만 되어주겠다 이거야. 다만 만족할만한 결과를 보인다면 잔소리를 할 수 있는 권한 정도는 받아야겠어."

최태룡이 술잔을 흔들어보이자, 경묵이 간만에 자신의 술잔을 손에 쥐었다.

쨍-

잔이 부딪히는 소리가 울려 퍼지길 잠시, 방 안이 다시금 고요한 정적에 휩싸였다.

디저트 사업이라…… 늙은 호랑이가 다시금 몸을 일으켜 세우고는 천천히 앞으로 나아가기 시작했다. 경묵은 그 모습을 한 번 유심히 살펴보리라 마음먹었다.

이는 어찌 본다면 최태룡이 어느 정도의 영역은 보장받기 위해 취한 움직임이라 해도 과언이 아니었다.

그와 동시에 자기 자신에 대한 의심이 담긴 시도이기도 할 것이다.

아마, 자신이 아직 할 수 있다는 사실을 확인함으로서 위안을 삼고 더욱 더 의지를 굳건히 하고자 하는 것이겠지.

그러나 그렇게만 치부하기에는 최태룡의 눈빛이 기이했다. 마치 이미 해낸 것처럼 자신이 가득 담긴 눈빛.

우선 모르긴 몰라도, 저 눈빛부터 조금 배워야겠다. 마치 당장 잡아 삼키기라도 할 것 같은 드센 저 눈빛.

❀

딱 기분이 좋을 만큼 오른 취기 덕분에 휘파람이 절로 나왔다. 가로수길, 이미 거나하게 취한 젊은이들이 삼삼 오오 짝을 이루어 길을 거닐고 있었다.

장난을 주고받기도 했고, 오락실 앞에 놓인 펀치 기계로 내기를 하는 듯 흥겨워만 보이는 젊은이들의 모습을 바라보고 있자니 괜스레 기분이 좋아졌다.

경묵은 잠시 제 자리에 서서 눈을 지그시 감은 후, 서은과 정혁 그리고 자신 세 사람의 여유 있는 술자리를 한 번 상상해보았다.

눅눅한 여름 바람 속에 녹아든 여유로움.

볼이 살짝 발그레해질 때 까지 술잔을 나누고, 노을을 배경삼아 이런저런 이야기를 나누는 세 사람의 모습을.

그런 모습을 상상하다보니, 성공이라는 단어가 무색하게만 느껴졌다.

아직 어른이 덜 된 것인가 싶어 웃음을 짓다가도, 돈이 다 무슨 소용인가 싶은 생각이 들기도 했다.

이런 잡다한 생각과 함께 걸음을 옮기다보니 제법 먼

거리에 주차되어있던 자신의 차 앞에 서는 것은 금방이었다.

경묵은 최태룡에게 선물 받은 고급 승용차의 앞에 우두커니 서서 차체를 멍하니 바라보기를 잠시, 이죽거리는 투로 차의 보닛을 쓰다듬으며 말했다.

"너는 눈이 꼭 네 주인을 닮았네."

엄청난 가격을 자랑하는 이 검은색 차의 헤드라이트는 꼭 최태룡의 눈을 닮아 있었다.

찢어진 듯 날카로운 헤드라이트. 감싸진 유리 너머에는 led조명만 있는 것이 아니라 애환이 서려있었다.

그래서 오를 계단이 없다는 사실에 좌절하던 최태룡의 눈과 비슷하다 여겼다.

비좁은 한국 땅에 갇혀서 단 한 번도 제 최고속도를 내지 못해본 기구한 운명의 슈퍼 카는 경묵이 운전석에 올라 시동을 걸기가 무섭게 눈을 번쩍였고, 이내 맹렬한 배기음이 배경음으로 깔리기 시작했다.

드세게 울부짖는 소리는 최태룡과 경묵의 독주를 위해 준비된 곡만 같았고, 앞뒤 사정을 전혀 모르는 차는 그저 달려가고 싶다고, 나아가고 싶다고, 엑셀 페달을 밟아달라는 듯 서글프게 부르짖었다.

31. 하늘을 담아내다

각성!
북경각

다시 찾은 F&F의 사옥내의 촬영장은 조금 변화를 맞이한 듯 보였다.

곧 치러질 결승전을 대비한 것인지 심사위원석 건너편에 두 사람의 조리대가 마주보고 서 있었다.

유승우는 세트를 유심히 살피는 경묵의 곁에 서서는 밝은 웃음을 지어보이며 물었다.

"어때요? 제법 구색을 갖춰 봤는데. 결승전 분위기 좀나는 것 같아요?"

"예, 세트만 보고 있어도 가슴이 두근거리네요."

"이번 프로그램 자체에 심혈을 기울이기야 했다지만, 결승전은 정말 더할 나위 없이 재미있는 판이잖아요. 세기의 대결! 자수성가 요리사 임경묵과, 태생부터 엘리트 요리사 정필상의 대결! 이번 결승전은 저희 제작진도 신경을 정말 많이 쓰고 있어요."

의기양양한 어투로 말을 이어나가는 유승우의 뒤로 반대편에서 세트를 둘러보고 있던 앨런 킴이 눈에 들어왔다.

앨런 킴은 경묵과 눈이 마주치자마자 시선을 피하고는, 세트장 밖으로 빠져나가는 모습을 보였다.

그 날 쿠거의 첫 강림 사건 이후로 앨런 킴은 마치 경묵을 피하는 것 같은 모습을 보이고 있었다.

연신 경묵과 마주치면 꽁무니를 빼는 모습으로 보건데, 아무래도 기가 바싹 죽어버린 듯 보였다.

하긴, 쿠거가 녀석을 쥐 잡듯 잡기야 했었다.

이거 이러다간 쿠거 덕분에 조금 부당한 심사를 받는 것은 아닌지 걱정이 들 지경이었다.

앨런 킴의 초라한 뒷모습을 바라보던 때에, 유승우에게 다가온 다른 스탭이 테이크 아웃 커피를 두 잔 건넸다.

"어, 고마워요. 태선씨."

이윽고 유승우는 스탭에게 받아든 커피 하나를 경묵에게 건네며 밝게 웃어보였다.

"경묵씨, 우선 이거 드세요."

"고마워요. 잘 마실게요. 그런데 어쩐 일이에요? 공짜 커피는 아닌 것 같은데."

이제는 제법 친밀해진 유승우에게 잔뜩 너스레를 떨며 커피를 받아든 경묵이 커피를 한 모금 세차게 빨아들였다.

빨대를 타고 입 안으로 들어온 커피는 이가 시릴 만큼 시원했다. 정말이지 묵은 더위가 한 번에 싹 가시는 기분.

정말이지 기분이 유쾌해지는 맛이었다.

유승우는 경묵의 눈치를 보다가 조심스레 입을 뗐다.

"저, 경묵씨 다름이 아니라 프로그램 끝나고 나서는 일정이 어떻게 되요? 듣기로는 세계 대회에 나가신다는 소문이 있더라고요."

"에? 비밀리에 진행되고 있는 줄 알았더니 PD님 귀에까지 들어갔단 말이에요?"

"제가 워낙 마당발이지 않습니까?"

유승우가 호쾌하게 웃어보이자, 언제 튕겨져 나갈지 모르는 위태위태한 와이셔츠 단추가 불안하게 미동했다.

그 모습을 바라보던 경묵이 피식하는 웃음을 지어보이고는 말을 이었다

"음, 대회가 끝나고 나서 보름 정도 시간이 있긴 한데 아마 정신없이 보내야 할 것 같아요. 다름이 아니라 이제 오픈해야하는 업장이 서른 개 남짓 되거든요. 준비가 되는 순서대로 오픈을 하긴 할 건데, 아마 한가하지는 않을 것 같아요."

경묵의 말을 들은 유승우의 표정 위로 사뭇 심각함이 떠올랐다.

그런 유승우의 표정을 유심히 살피던 경묵이 호기심 짙게 섞인 목소리로 되물었다.

"그런데, 제 일정은 어쩐 일로 물으세요? PD님하고 술 한 잔 할 시간 정도는 항상 있는데."

"저도 경묵씨하고 술 한 잔 할 시간이야 항상 있죠. 그런데 실은 지금 채널F&F에서 새롭게 계획하고 있는 프로그램이 하나 있거든요."

일 이야기를 할 때면 지극히 상투적인 어조로 변하는 것이 유승우의 고질병인 듯 했다. 이마를 타고 흐르는 땀을 한 번 훔쳐내 보인 유승우가 다시금 말을 이어나가기 시작했다.

"우선 경묵씨하고 저는 한 번 합을 맞춰본 사이 아닙니까? 다시 한 번 감동적인 드라마를 써 봐야죠. 안 그래요?"

"새롭게 계획하고 있는 프로그램의 출연 제의를 하시려는 것이라면, 지금으로선 확답을 드리기가 조금 어려울 것 같아요. 그도 그럴 것이 저도 지금 제 일정이 어떻게 될지 모르는 상황이어서요."

"우선 유보해두도록 할 테니까 부담 갖지 마시고 천천히 생각해보세요. 신생 스타 셰프님인데 조심스럽게 모셔야하는 것이 저희 몫 아니겠어요?"

비행기를 태우려는 유승우의 말에 양 손으로 손사래를 쳐 보이는 바람에, 잔에 담긴 커피가 크게 일렁였다.

그런 경묵의 모습을 바라보던 유승우가 진심어린 미소를 한 번 지어보이고는 다시금 되물었다.

"그런데, 업장을 서른 개나 개업하신다고요? 어떻게 투자자 유치라도 받으신 거예요?"

이러한 의문을 갖는 것이 당연한 게, 다른 출연자였다면 모를까 경묵은 달랑 푸드 트럭 한 대의 오너로서 이번 오너 셰프 코리아에 출전했다.

상금 액수가 큰 편이라고는 하나, 아직 상금을 지급받기는커녕, 우승자가 정해진 상황도 아니었다.

더군다나 상금 십억은 업장 서른 개를 개업하기에는 터무니없이 부족한 금액이다. 갑작스레 하늘에서 떨어진 돈벼락을 맞은 게 아니라면 투자자를 유치했다고밖에 생각할 수 없는 상황이었다.

"네, 뭐 그런 셈이죠."

"시범적으로 업장 서른 개를 개업해 줄 정도면 잔챙이 투자자는 아닌 것 같고, 어느 기업을 끼고 들어간 거예요? 이름난 대기업 정도 규모는 되는 것 같은데."

이 바닥에 잔뼈가 굵어서 그런지, 유추해내는 능력이 제법 쓸 만했다.

연이어 이어진 예리한 추측에 경묵이 헛웃음을 한 번 지어보이고는 답했다.

"기업도 가담을 하긴 했고, 개인 투자자도 껴있는 입장 인데 아직 기업 이름을 밝히기에는 시기상조인 것 같아 요. 굳이 말씀드리자면 개인적으로는 기업보다 개인 투자 자에게 거는 기대가 더 큰 상황이네요."

경묵의 말을 들은 유승우가 휘핑크림이 잔뜩 올려진 커 피를 한 모금 빨아들였다.

딱 보기에도 밥 한공기보다 저 커피 한 잔이 더 칼로리 가 높을 것 같다는 생각이 들었다.

이내 유승우가 장난기 가득 섞인 목소리로 말했다.

"막 알고 보니까 경묵씨한테 투자했다는 개인 투자자가 주식재벌 '최태룡' 아니에요?"

말을 마친 유승우는 스스로 생각해도 재미있는 농담이 라고 여긴 것인지, 웃음을 참지 못하고 연신 키득거리기 시작했다. 반면, 경묵은 유승우의 추리력에 감탄하여 입 을 살짝 벌린 채로 아무런 말도 잇지 못하고 있었다. 이내 경묵의 표정을 살핀 유승우가 간신히 들릴 만큼 작은 목 소리로 말을 이어나가기 시작했다.

"하긴, 그 양반이 돈 한 두 푼이 아쉽다고 굳이 외식업 에 투자를 하겠어요? 듣기로는 그 사람이 가지고 있는 주 식하고 부동산만 하더라도……."

이내 경묵의 싸늘하게 굳어있는 표정을 잠시 살핀 유승우가 하던 말을 멈추고는 되물었다.

"뭐야, 설마 진짜 '최태룡' 이에요?"

경묵이 살짝 고개를 끄덕여보이자, 유승우가 손에 쥐고 있던 커피를 떨어트렸다.

툭-

이내 바닥과 맞닿은 플라스틱 잔의 뚜껑이 열리며 바닥에 유승우의 커피가 흩뿌려졌다. 그렇게 바닥에 흩뿌려짐과 동시에 커피가 품고 있던 단내가 스멀스멀 퍼져나가기 시작했다.

이번에는 되려 유승우가 입을 쩍 벌린 채로 아무런 말도 잇지 못하고 있었고, 다른 스탭들은 하던 행동을 멈추고 석상처럼 굳어버린 두 사람을 지켜보는 데에 여념이 없었다.

후에 듣게 된 이야기지만 이번에 새로이 계획하고 있는 프로그램의 주연은 경묵과 가든 램지라고 했다.

유승우가 말하기로는 경묵의 출연이 불가피해지면 프로그램 기획 자체가 불발될 것 같다고 했다.

애초에 프로그램의 기획의도 자체가 가상결혼 프로그

램마냥 명실상부 자타공인 최고의 셰프인 가든 램지와 혜성처럼 나타난 어린 동양인 셰프 경묵이 호흡을 맞추는 것이었는데, 주역인 경묵이 빠져버리면 의미가 없어진다는 것이 그 이유였다.

사실상 출연 의사만 놓고 생각해본다면 미친 듯이 하고 싶었다. 세계 각지를 돌아다니며, 허름한 식당을 가든 램지와 의견 교류를 통해 조금씩 개선해나간다.

상상만 해도 몸에 전율이 이는 멋진 그림이었지만, 당장 눈앞에 놓인 일들이 너무도 많았다. 세계 대회도 그랬고, 유승우에게 말했듯 오픈해야하는 업장들만 해도 그랬다.

유승우에게는 당분간만이라도 최태룡이 투자자로 나선 것을 비밀에 부쳐달라는 당부를 잊지 않고 남겨두었다.

입이 가벼운 인상이라지만, 알고 보면 나름 의리가 있는 인물이었다. 모르긴 몰라도 실용성이 있는 인물에게 한해서는 말이다.

"큐!"

촬영 감독의 쩌렁쩌렁한 외침과 함께, 슬레이트가 쳐졌다. 반듯한 정장 차림의 정필상과 경묵이 왕좌에 버금가는 휘향찬란한 금색 의자 앞에 서서 숙연한 표정을 지어 보이고 있었고, 맞은편에 놓인 심사석에는 심사위원 자격을 가지고 있는 다섯 셰프가 앉아있었다.

이내 박성주의 명랑하기 그지없는 목소리가 스피커를 통해 흘러나왔다.

"원수는 외나무다리에서 만난다고 했던가요? 결국 결승전에서 만난 두 명의 요리사가 혈투를 눈앞에 두고 있습니다. 과연 두 사람 중 승리를 거머쥐고 왕좌에 오르는 영예를 누리는 요리사는 누가 될까요?"

이내 경묵은 자신의 모습을 담아내고 있는 메인 카메라를 의식하고는 괜스레 긴장이라도 한 듯이 아랫입술을 잘근잘근 씹어보았다. 다시금 숨 막힐 듯 무거운 고요와 정적을 깬 것은 진행자 '박성주' 였다.

"상금 10억을 거머쥘 영예의 주인공을 가리게 될 결승전을 눈앞에 두고 있습니다. 자, 그럼 이제 우승자를 가려낼 마지막 경연의 주제를 공개합니다!"

박성주의 말이 끝남과 동시에, 두 사람의 뒤편에 설치되어있던 전광판에 멋들어지는 영상이 재생되기 시작했다.

요리에 열중하고 있는 두 사람의 모습이 주거니 받거니 나타나기를 잠시, 이내 스타 셰프들이 그간 두 사람에게 했던 평가가 담긴 동영상이 연이어 재생되었다.

"지금 전설의 시작을 보고 있습니다!"

"최고의 맛이에요. 이 요리사를 길러낸 주방장은 지금 탭댄스라도 춰야 합니다."

이윽고 화면에 나타난 것은 가든 램지였다. 말쑥하게 차려입은 가든 램지는 멋쩍은 듯 한 번 미소를 지어보이고는 어눌한 한국어로 조심스레 말을 이어나가기 시작했다.

"안녕하세요? 가든 램지입니다."

그 모습을 본 다른 심사위원들이 과장된 웃음을 지어보였고, 몇몇은 웃음기를 가득 머금은 채로 고개를 저어보이기도 했다.

가든 램지는 익살스러운 표정을 지은 채 어깻짓을 한 번 해보였다.

다시금 전광판에서 재생되는 영상 속의 가든 램지가 유창한 영어를 구사하며 말을 이어나가기 시작했다.

"여러분께서 오너 셰프 코리아에 보내주신 성원에 항상 감사드립니다. 이번 마지막 경연 주제에 대해서 발표할 수 있는 영광스러운 기회를 주신 점에 대해서도 다시 한 번 감사드립니다. 마지막 경연 주제는, 최고의 음식과 최고의 디저트입니다."

이내 디저트라는 말을 들은 경묵의 눈썹이 일순 꿈틀거렸다.

'하, 완전히 속았군.'

일전에 최태룡 회장과 함께 술을 마시던 날, 자리가 끝날 때 쯤 최태룡 회장이 넌지시 건넨 말이 떠오른 것이다.

'아마 자네는 자네가 원치 않는 도움이라도 해도 받아야 하는 때가 있을 걸세. 내 동업자는 최고여야 하는데, 내가 자네를 신뢰한다고는 하지만, 무조건적으로 신뢰할 수는 없는 노릇 아닌가? 나도 나를 잘 못 믿는데 어떻게 남을 무조건적으로 믿겠는가? 안 그런가?'

영문 모를 말이었지만, 취기가 제법 오른 듯 보였기에 딱히 캐묻지는 않은 것이 화근이었다.

아무래도 능구렁이 같은 노인네가 괜스레 디저트 이야기를 꺼낸 것은 아니었던 듯싶었다.

그 날, 최태룡 회장이 경묵에게 부탁하기를 새롭게 런칭할 디저트 샵의 신 메뉴 한두 가지 정도라도 도움을 줄 수 없냐고 했었고 흔쾌히 수락해보인 경묵은 시간이 날 때 마다 디저트 메뉴 개발에 몰두 했었다.

이로서 반칙을 한 것이나 다름이 없는 꼴이 되었다. 그도 그럴 것이 최태룡의 부탁에 의해서 착안해놓은 디저트 메뉴가 이미 두 가지나 되었다.

이윽고 재생되던 영상이 끝나자, 객석에서 우레와 같은 박수 소리가 퍼져 나오기 시작했다.

그 후로도 촬영은 물 흐르듯 이어졌고, 경묵은 촬영을 마치자마자 다른 이들과 인사를 나눌 새도 없이 급히 자리를 떴다.

이내 최태룡의 개인 서재의 문이 활짝 열리며 경묵이 안으로 들어섰다.

"이게 어떻게 된 일입니까?"

소리치듯 되물으며 안으로 들어선 경묵의 뒤로 경호원 몇이 따라 들어왔다. 경묵이 일반적인 출입 관례를 거치고 들어서지 않은 탓에 경묵의 뒤로 줄줄이 따라 붙은 것이다.

그도 그럴 것이 최태룡은 경묵이 찾아왔다는 말을 듣고는, 다음에 연락을 하고 다시 오라는 말로 돌려보내려 했다.

덕분에 약이 바짝 오른 경묵이 경호원들을 뚫고 안으로 들어선 것이다.

각성자 한 둘이 있기야 했다지만, 그리 높은 등급의 각성자들은 아니었는지, [민첩강화] 버프를 두른 경묵을 잡아내지는 못했다.

최태룡은 문 앞에 선 경묵을 능청스러운 표정으로 잠시 바라보다가, 그 뒤에 서서 몸 둘 바를 모르는 듯 우물쭈물 대는 경호원들에게 손짓을 해보이며 말했다.

"됐어, 다 나가 봐."

이내 경호원들이 서재 밖으로 나서자, 앞 머리칼을 한

번 쓸어 올려 보인 경묵이 협탁 앞에 놓인 쇼파에 앉았다.

숨을 깊게 내쉬어 보인 경묵은 다시금 최태룡 회장을 쏘아보며 말을 이어나가기 시작했다.

"이번 일에 대해 해명하셔야 할 겁니다."

"일? 무슨 일을 말하는 건가?"

최태룡은 아무것도 모른다는 듯 어깻짓을 해보이고는 자리에서 몸을 일으켜서는 경묵의 맞은 편 자리에 앉았다.

경묵이 날카로운 시선이 끊일 줄 모르자, 그제야 '아!' 하는 탄식을 뱉어냄과 동시에 말을 이어 붙였다.

"아아, 오늘이 오너 셰프 코리아의 경연주제 발표일이로군."

능청스러운 듯 말해보인 최태룡을 바라보던 경묵의 표정이 더욱 더 싸늘하게 굳었다.

이내 두 주먹을 꽉 쥐어 보인 경묵이 침착하게, 그리고 또박또박 자신의 의견을 전했다.

"만약 돈을 무기삼아서 저를 쥐고 흔드시는 게 목적이라면 응해줄 생각 없습니다. 회장님은 이제 한 번 신뢰를 잃으셨습니다. 이로서 두 번의 기회가 남으셨군요."

"듣던 중 안타까운 이야기로군. 만약 세 번 자네의 신뢰를 잃게 되면 어떻게 되는 건가?"

"그야 당연히 아웃이지요."

이내 경묵의 말을 들은 최태룡이 호탕하게 웃어보이고 는, 맞은편에 앉아 화를 삭이지 못하고 씩씩거리고 있는 경묵을 지그시 바라보았다.

'이거 기죽을 줄 모르는 게, 명품은 명품이네.'

최태룡은 협탁 서랍에서 고급 시가를 하나 꺼내 들어서 는 손가락 사이에 끼워 둔 후에 조심스레 입을 뗐다.

"아직 두 번 기회가 남았다고 했으니, 해명할 기회 정도 는 줄 수 있겠지? 변명 말고 해명 말일세."

이내 경묵이 마지못해 고개를 끄덕여보이고는 말했다.

"해명이라, 좋습니다. 말씀하십시오."

경묵의 맹렬하다 못해 이글거리는 눈빛을 의식한 최태 룡이 몸을 조금 더 협탁 가까이로 기울였다.

쇼파 끝에 걸터앉은 그의 자세가 다소 위태위태해 보일 지경이었다.

최태룡은 숨을 한 번 내쉬고는 천천히 말을 이어나가기 시작했다.

"오해가 조금 있는 것 같은데, 자네에게 부정행위를 저 지르게끔 만든 것이 자네만을 위한 행동은 절대 아니었 네. 오롯이 나를 위한 행동이라면 거짓말이겠지만, 분명 히 자네보다는 나와 내 사업을 위해 저지른 일일세. 동업 자의 넓은 아량으로 이해해주었으면 하는군."

경연 주제를 미리 일러주는 것이, 그리고 준비하게끔

만든 것이 경묵이 아니라 최태룡 본인을 위한 일이었다?

경묵이 코웃음을 쳐보이고는 되물었다.

"아니, 대체 어떤 점이 본인을 위한 행동이셨다는 겁니까?"

"조금 진정할 필요가 있겠군."

"회장님께서는 조금 더 적극적으로 해명을 하셔야 할 겁니다."

이내 최태룡이 상체를 살짝 뒤로 젖혀 쇼파 등받이에 편히 몸을 뉘인 후에 한껏 익살스러운 투로 말을 이어나가기 시작했다.

"그래도 아직 두 번의 기회가 남아있지 않나?"

최태룡은 협탁 서랍장에서 꺼내어 손가락에 끼어두었던 시가를 입에 물고는 불을 붙여보았다.

이내 매캐한 연기가 품고 있던 텁텁한 향이 경묵의 코를 찔렀다.

절로 인상이 찡그려지는 묵직하고 기분 나쁜 향이었다. 청문회를 방불케 하는 엄숙한 분위기 속에서 경묵이 다시금 의구심 가득한 목소리로 되물었다.

"제 실력이 그렇게 못미더우셨습니까?"

"뭐, 물론 자넬 신뢰하네. 그런데 자네는 내 동업자지, 신앙의 대상이 아니야. 무조건적인 믿음은 불가능한 것이 당연하지 않겠나?"

이내 눈앞을 매운 자욱한 연기를 손짓으로 헤쳐내보인
경묵이 인상을 찡그린 채 말했다.

"그럼 그냥 제가 못미더우셨다는 말씀이신데, 그게 어
딜 봐서 회장님을 위한 행동이셨다고 말씀하시는 겁니까?
2등짜리 동업자는 필요 없다는 겁니까?"

이내 최태룡이 호쾌한 웃음을 지어보였다.

경묵의 호기로움이 너무도 마음에 든 탓에 머리라도 쓰
다듬어주고 싶을 지경이었다.

"자네가 그 판에서 2등이던, 1등이던, 아니면 꼴등이라
고 해도 마찬가지야. 나는 별로 신경 쓰지 않네. 그건 자
네의 커리어지 내 커리어가 아니지 않은가? 나는 그저 내
마케팅에 대한 변수를 줄이고자 한 것뿐이네."

"그게 무슨 말씀이십니까?"

"말 그대로야, 디저트 브랜드를 새롭게 출시하는 것도
사실이고 자네가 만들어낸 메뉴를 메인 메뉴로 삼으려는
것도 사실일세. 다만 지금 오너 셰프 코리아가 어떤 프로
그램인가? 모르긴 몰라도 남녀노소 챙겨 보는 선풍적인
인기를 끌고 있는 프로그램 아니던가?"

전 국민들의 관심이 쏠려있는 프로그램이라는 사실은
사실이었다.

집 앞 슈퍼마켓에 생필품을 사러 가는 길에 동네 주민
들이 경묵에게 사인을 받을 정도이니까 말이다.

최태룡이 다시금 매캐한 연기를 잔뜩 뿜어낸 후에 말을 이어나가기 시작했다.

　"오너 셰프 우승자가 결승에서 만들어낸 디저트를 메인 메뉴로 삼는다. 그야말로 효과가 무궁무진한 무료 광고 아니겠나? 더군다나 자네 이름과 얼굴을 팔아서 추가적으로 광고를 한다면 분명히 선풍적인 인기를 끌 걸세. 적어도 기본적으로 먹고 들어가는 효과는 있을 거란 말이지. 그런데 만약 자네가 우승을 못한다면? 거머쥘 수 있는 무료 광고 효과도 그만큼 줄어드는 것 아니겠나? 그리고 난 자네가 부정행위에 이렇게 반감을 가지고 있는지도 몰랐어."

　"제 실력이 그렇게나 못미더우셨던 겁니까? 저는 이런 회장님의 얄팍한 도움은 물론 부정행위 없이도 충분히 우승을 거머쥘 자신이 있었습니다."

　"내가 전에 그렇게 말하지 않았던가? 눈으로 본 것도 믿지 말라고 말이야."

　이내 경묵이 초연한 표정으로 고개를 끄덕여보이고는 무거운 목소리로 말했다.

　"이걸로 투 아웃, 남은 기회는 한 번입니다."

　갑작스런 말에 담배연기가 목에 걸린 것인지, 다시금 한 모금 깊게 빨아들이던 최태룡이 연신 콜록거리기를 잠시, 상기된 얼굴로 되물었다.

"뭐? 왜?"

"자고로 동업자란 신뢰를 기반으로 해야 하는 관계 아니겠습니까? 신뢰가 없는 투자자와 한 배를 타고 동업이라는 험난한 항로에 발을 들이고 싶은 마음은 추호도 없습니다."

단호한 태도에 최태룡이 실소를 금치 못했다.

이제 조금 더 노골적으로 경묵을 자극해 볼 요량이었다. 이유? 경묵의 본심을 한 번 엿보고 싶었다. 그게 전부였다. 이내 최태룡이 어깻짓을 한 번 해보이고는 말했다.

"나는 자네를 돕고 싶은 것이지, 자네에게 약점 잡혀서 자금을 대주는 입장이 아닐세."

"저 역시 투자를 받고 싶은 것뿐이지, 돈에 휘둘리며 소신에 어긋나는 행동을 하고 싶은 것이 아닙니다. 저희 의견이 어긋난 것이라면 지금이라도 그만두면 되는 노릇 아닙니까?"

이내 최태룡이 한 손으로 자신의 이마를 짚어 보인 후에 할 수 있는 선에서 최대한 이죽거리는 투로 말을 이었다.

"자네는 정말 내 자금이 간절하지 않은 모양이로군? 잘 모르는 모양인데, 나를 회유할 기회라도 얻고자 하는 젊은이들이라면 널리고 널렸어."

이내 경묵은 최태룡이 지급해 준 슈퍼 카의 차키를 꺼

내서 협탁 위에 올려두었다. 그 모습을 본 최태룡이 눈썹을 한 번 꿈틀해보였다. 경묵은 전혀 아랑곳하지 않은 채 말을 이어나가기 시작했다.

"당장이야 회장님의 자금이 필요한 것은 부정할 수 없는 사실입니다. 그러나 적어도 제 힘으로 마련하지 못할 자본이라고는 생각하지 않습니다. 만약 돈으로 저를 휘두르며 소신에 어긋나는 행동을 일삼게 하실 요량이라면, 저는 그 장단에서 춤을 춰드릴 수 없습니다."

이내 경묵의 날카로운 눈빛에 최태룡이 살짝 흠칫해보였다. 등 뒤로 천군만마라도 있는 양 기세등등한 표정에는 한 치의 허세도 섞여있지 않은 듯 보였다.

지금 최태룡은 마치 총을 들고 선 경묵의 앞에 식사용 나이프를 들고 선 기분이었다.

돈과 젊음의 차이인 것일까?

이내 최태룡이 짧은 탄식을 뱉어낸 후에 자신의 이마를 세게 짚어보였다.

"내가 졌네. 미안하군."

경묵은 눈을 지그시 감아 보이는 것으로 대답을 대신했다. 최태룡은 그런 경묵을 세차게 떨리는 눈으로 바라보고 있었다.

분명 말로는 형언할 수 없는 기세 비슷한 것들이 경묵에게서 순간적으로 뿜어져 나온 듯 했다.

모르긴 몰라도 관심과 투자를 구걸하는 타 청년 사업가들과는 비교할 수 없는 패기와 포부를 두르고 있는 듯 했다.

"앞으로는 이런 일이 없도록 하지. 자네와 필히 상의를 거치도록 하겠네."

이내 최태룡이 협탁 위에 올려져있던 차키를 다시금 경묵 쪽으로 들이밀어 보이자, 이내 경묵이 의구심 가득한 목소리로 되물었다.

"대체 저한테 이렇게까지 투자를 하시려는 의도가 무엇입니까?"

"그게 무슨 말인가?"

"말씀 드린 그대로입니다. 어째서 이렇게까지 저한테 투자를 하시려는 거냐는 겁니다. 돈이 아쉬우신 것도 아니고, 돈을 물어다 줄 수 있는 투자자라면 회장님 안목으로 충분히 가려내실 수 있지 않으십니까?"

최태룡 스스로도 어째서 이렇게 경묵을 돕고 싶은 마음이 드는 것인지에 대해 의문이 들 정도였다.

이번 디저트 브랜드 출시에 몰두하던 자신의 모습을 다시금 떠올려 보면 단순한 여흥은 아니었다.

다만 앞으로 나아가는 경묵의 모습을 조금 더 가까이서 지켜보고 욕심 역시 부정할 수 없었다.

언제부터 이렇게 무모한 시도를 즐겼다고 이러는 것인

가? 경묵이 지닌 힘은 각성이라는 이능뿐이 아닌 듯 했다.

이성적이기 그지없던 최태룡의 사고를 마비시키는데 성공한 것을 보면 말이다.

돈이야 차고 넘치는 것이 돈이니 얼마를 쏟더라도 아쉬울 게 없었다. 처음에는 그저 감사의 뜻으로 시작한 자선사업이라 여기고 있었다.

그러나 지금은?

"나는 지금 자네의 성공을 보고 싶을 뿐이네. 완성형 임경묵이 보고 싶다는 말이야. 내 숨이 멈추기 전에 말일세. 이왕이면 더 가까이에서 보고 싶군. 돈은 얼마를 쓰더라도 상관이 없어."

처음에도 평범한 풋내기 애송이는 아니라는 사실쯤은 어렴풋이 알 수 있었다.

굽힐 것 없는 상황, 소위 말하자면 갑이 최태룡이고 을이 경묵이어야 하는 상황에서도 전혀 아쉬울 게 없다는 태도를 보이며 상황을 능동적으로 이끌어나가고 있었다.

주객이 전도되어 경묵이 갑의 입장이 되었고 졸지에 천하의 최태룡이 을이 되었다.

강동육주를 말발만으로 얻어낸 서희가 환생했다고 해도 믿을 지경이었다.

이내 한 번 유한 미소를 지어보인 경묵이 고개를 숙여 보이고는 말했다.

"방금 무례한 태도는 정말 죄송합니다."

"아닐세, 독선적으로 행동한 점은 다시 한 번 사과하도록 하지."

최태룡이 말이 끝나기가 무섭게, 일순 어색함이 가득 깃든 기류가 서재 안을 뒤덮었다.

얼마 지나지 않아 멋쩍은 웃음을 한 번 지어보인 최태룡이 힘겹게 입을 뗐다.

"그래서 선보일 디저트 메뉴는 생각해두었나?"

이내 이를 다 드러내는 환한 미소를 지어보인 경묵이 자신만만한 어조로 답했다.

"물론입니다. 이미 완성해둔 상태입니다."

⁂

드디어 오너 셰프 코리아의 결승 당일이 밝았다.

유례없던 생방송인 탓일까?

경묵이 좀처럼 떨리는 가슴을 주체하지 못하고 숨을 몰아쉬고 있었다.

이번 경연이 마지막 경연, 즉 결승전인 만큼 참가자에 대한 대우 역시 달라졌다.

F&F측에서는 개인 대기실까지 마련해 주었다.

그 덕분에 경묵도 이번만큼은 서은과 정혁은 물론 전병우까지 대동한 상태였다.

그리고 심사석에는 한 자리가 더 마련되어있었다.

놀랍게도 급조된 심사석의 주인은 최태룡이었다.

우승자에게 어마 무시한 투자를 해주겠다는 말로 F&F를 꿰어낸 것이다.

그런 최태룡의 마케팅 방식에 경묵은 혀를 내두를 수밖에 없었다.

물론 그 덕분에 언론은 뜨겁게 달궈진 상태였다.

이내 스탭이 경묵의 마이크를 마지막으로 한 번 점검해주었다.

"말씀 한 번 해보시겠어요?"

"아, 아, 아, 됐나요?"

"됐습니다. 평소처럼만 해주시면 아무런 문제될 것 없으니 공연히 긴장하실 것 없습니다."

스탭의 말을 들은 경묵이 배시시 웃음을 흘려 보이며 말했다.

"예, 감사합니다."

경묵은 숨을 몰아쉬며 고개를 한 번 끄덕여보였다.

서은과 정혁은 그런 경묵의 모습을 과장되게 따라해 보이며 놀리기를 멈추지 않았고, 전병우는 그런 두 사람의 모습을 보며 배를 잡고 웃어재끼고 있었다.

이내 경묵이 다소 신경질적인 목소리로 말했다.

"아! 정말, 스승님 웃어주시면 안돼요. 자꾸 웃어주니까 둘이 계속 하는 거예요."

"야, 이 놈아 웃긴데 어떻게 해?"

"하, 진짜 응원의 말이라도 한 마디씩 해주셔야 하는 거 아니에요? 진짜 다들 너무하네."

이내 서은이 발랄하기 그지없는 목소리로 말했다.

"경묵씨 떨려요?"

"그래요, 이번엔 좀 떨리네요."

그 때, 대기실 문 너머의 진행요원이 문을 두드려 보이고는 안으로 들어섰다.

"경묵씨, 이제 무대 뒤쪽에서 대기하셔야 할 것 같네요."

그의 말을 들은 경묵이 한껏 숙연한 표정을 지어보이고는 입을 뗐다.

"다녀올게요."

이내 정혁이 경묵의 곁에 다가서서는 어깨 위에 손을 얹어보이고는 익살스럽기 그지없는 투로 말했다.

"이거 구호라도 한 번 외치고 들어가야 하는 것 아니에요?"

"그래, 그래 좋아요."

이내 정혁과 서은, 전병우와 경묵이 둥글게 서서는 손을 합쳐 보였다.

전병우가 피식하고 미소를 지어보이고는 무던한 투로 경묵에게 말했다.

"야, 대장이 구호 정해라."

"음 각성, 북경각으로 합시다."

"뭐? 각성, 북경각? 촌스럽기는. 너는 나이도 어린 게 왜 그렇게 센스가 없냐?"

"그러게요, 촌스러운데요?"

전병우가 이죽거리는 투로 말해보이자, 서은이 한 팔 거들었다.

그 때 문 앞에 서서 연신 시계만 내려다보던 진행요원이 근심 가득한 표정으로 입을 뗐다.

"시간이 별로 없어서, 어서 가 봐야할 것 같아요."

그 말을 들은 경묵이 코웃음을 한 번 쳐보이고는 세 사람에게 말했다.

"들었죠? 각성, 북경각으로 하는 겁니다. 자 각성!"

이내 쩌렁쩌렁한 외침이, 경묵의 개인 대기실에서 울려 퍼졌다.

"북경각!"

고대하고 또 고대하던 오너 셰프 코리아의 결승전이 정말 코앞에 있었다.

촬영 스탭의 뒤를 따라 이동하기를 잠시, 이내 경묵이 걸음을 멈춰선 곳은 세트장 뒤편이었다.

진행자 박성주의 멘트와, 방청객들의 환호소리가 쩌렁쩌렁하게 울려 퍼지는 탓에 귓가가 맹맹할 지경이었다.

마치 음악방송을 방불케 하는 엄청난 환호 소리.

구호를 외치며 조금 진정되었던 가슴이 다시금 울렁거리는 것만 같았다.

세트로 올라설 수 있는 계단은 무대 뒤편 양 옆으로 나 있었는데, 맞은편 계단 앞에서 대기하고 있는 정필상의 모습이 눈에 들어왔다.

정필상은 눈이 마주치자 묵례를 해보였고, 경묵 역시 공손히 인사를 한 번 해보였다.

드디어 두 사람이 외나무다리에서 맞닥뜨린 것 이었다. 경묵은 연신 숨을 내쉬며 자신의 이름이 호명되기만을 기다리고 있었다.

"자, 참가자 두 분을 모시기에 앞서서 이번 결승전에 새로이 모신 심사위원을 소개해드리도록 하겠습니다. 전 유니언컴퍼니의 회장이자, 한국인 최초로 포브스 부자집계 100위권에 들어섰던 명실상부 최고의 사업가이자 현 주식재벌 최태룡 심사위원을 소개합니다."

이내 방청석에서 우레와 같은 박수소리와 함성이 터져 나왔다.

경묵이 대기하고 있는 세트 뒤편에서는 무대 위의 모습이 보이지 않았기에 아쉬움에 입맛을 다져 보일 수밖에 없었다.

"큼, 흠. 안녕하십니까?"

인사말 한 마디에 다시금 방청석에서 우레와 같은 함성 소리가 울려 퍼졌다.

최태룡은 유니언컴퍼니의 회장직에 있던 시절부터 지금까지 줄곧, 단 한 번도 뉴스나 공식 기자회견을 제외한 방송에서는 모습을 드러낸 적이 없었다.

안 그래도 열기가 오를 대로 오른 오너 셰프 코리아의 결승전에, 최태룡이라는 기름이 부어진 꼴이니 관심이 더욱 집중될 수밖에 없는 노릇이었다.

이내 다시금 스피커를 통해 최태룡의 조곤조곤한 말소리가 울려 퍼지기 시작했다.

"전 유니언컴퍼니의 회장으로 부임했던 최태룡입니다. 우선 결승전 심사위원이라는 중대한 자리를 제게 내어주신 명실상부 국내 최고의 요리 채널 F&F에게 깊은 감사의 말씀을 전하는 바입니다. 이미 언론을 통해 공개된 바 있지만, 저는 이번 오너 셰프 코리아의 우승자에게 거의 무상대출이나 다름없는 투자를 하고자 합니다. 단순한 요리사, 혹은 단순한 음식점 사장님이 아니라, 국내 외식업계를 책임지는 최고의 외식사업가를 배출해내고자 하는 욕심을 품은 채 이 자리에 섰습니다."

사실상 최태룡이 언급한 '투자'는 이미 경묵이 받기로 약속되어있는 투자였다.

뭐, 어쨌든 최태룡이 고른 선택지는 라면 스프 같이 자극적인 맛의 선택지였다.

어차피 경묵에게 약속되어있는 투자를 진행하면서, 더 많은 이들의 관심을 끌 수 있는 방법.

덕분에 이미 경묵은 물론 정필상까지 신문 1면에 몇 번이고 실리는 영예를 누릴 수 있었다.

그 날의 독대 이후로 두 사람의 경우의 수에 경묵이 패배하는 경우의 수는 완전히 제거된 것이나 다름이 없었다.

유창한 훈사가 이어진 후에, 다시금 박성주의 명랑한 목소리가 장내에 울려 퍼졌다.

"자, 그럼 오늘 결승전의 주인공인 두 요리사를 소개하도록 하겠습니다. 먼저 소개해드릴 요리사는 '화룡각' 출신의 엘리트 요리사, 광저우 요리 컨벤션 1위, 북경 요리 페스티벌 2위 입상 및 국내 5대 중국 요리점이라고 회자되는 연래춘의 오너 셰프입니다. 자! 정필상 요리사를 소개합니다."

이내 맞은 편 계단 아래에서 대기하던 정필상이 먼저 무대 위로 올라섰다.

발을 떼기도 전에 울려 퍼지기 시작한 함성소리와 박수갈채는 정필상이 무대 위에 올라서자 더욱 더 증폭되었다.

경묵은 괜한 자존심이 발동한 것인지 아랫입술을 질근질근 씹어대기 시작했다.

다름이 아니라 정필상 요리사보다 적은 박수갈채를 받지는 않을까 걱정이 된 탓이었다.

"후……."

함성소리가 멎어드는 데에는 그리 오랜 시간이 걸리지 않았다.

만류하듯 진행표를 든 손의 손바닥을 들어 보이는 박성주의 모습이 눈에 선했다.

다른 TV쇼에서 몇 번이고 봤던 모습. 이내 스튜디오 곳곳에 위치한 스피커에서 다시금 박성주의 목소리가 흘러나오기 시작했다.

"자, 그럼 이제 오늘의 또 다른 주인공을 소개해드리도록 하겠습니다. 화려한 이력은 없지만 실력으로 승부하는 실력파 요리사! 제대로 된 업장 하나 없이 당당히 오너 셰프 코리아의 결승까지 걸음한 자수성가의 대표주자, 푸드트럭 경묵이네 북경각의 임경묵 요리사를 소개합니다!"

그 때였다.

경묵은 놀람을 감추지 못한 표정으로 입을 쩍 벌릴 수밖에 없었다.

정필상이 무대 위로 올라설 때 들렸던 박수 소리 역시 상상하지 못할 정도로 컸지만, 지금 경묵의 귓가에 울리는 함성과 박수 소리는 정말이지 놀람을 금치 못할 정도였다.

"이야아아!"

"임경묵 힘내라!"

"영등포구 이무기 임경묵 응원한다!"

엄청나게 많은 이들의 목소리가 합쳐져서 지금과 같은 소리를 내고 있음에도 불구하고, 발달된 청각 덕분인지 개중에 음색이 독특한 이들의 음성이 정확하게 들려왔다.

이내 피식하고 미소를 지어보인 경묵이 무대 위로 천천히 걸음을 옮기기 시작했다. 계단을 반쯤 올라섰을 때 보이는 무대 위의 풍경은 정말이지 감탄을 금치 못할 정도였다.

천 개가 넘는 좌석이 가득 매워져있었고, 앞 줄 기자들의 카메라 플래시는 멈출 줄을 모르고 연신 터지고 있었다.

심사석의 최태룡은 경묵과 눈이 마주치자 옅은 미소를 한 번 지어보였다.

이내 경묵의 입 꼬리가 조금씩 위로 올라가기 시작했다.

무대 위에 올라선 경묵이 어김없이 쇼맨십을 발휘하여 마치 영국신사처럼 한 발을 뒤로 뺀 채 고개 숙여 인사를 해보이자, 객석에서 전해지던 함성소리와 박수갈채가 더욱 거세졌다.

방금 무대 밑에서 했던 걱정이 얼마나 무의미한 걱정이었는지가 검증되는 순간이었다.

무대 위의 메인 조명 덕분에 객석이 잘 보이지 않았지만, 개중에 야광 스티커로 만든 플랜카드들이 눈에 들어왔다.

그 중 유독 눈에 들어오는 플랜카드가 하나 있었다.

'경묵 오빠 우승 못하면 저랑 결혼해요.'

이내 경묵은 눈을 살짝 게슴츠레 하게 떠 보이며 발달된 시각을 이용하여 플랜카드를 들고 있는 이의 얼굴을 한 번 살펴보았다.

그리고 확인을 마친 다음 순간, 경묵의 표정이 딱딱하게 굳었다.

경묵은 고개를 한 번 끄덕여보이고는 속으로 다짐했다.

'그래, 이 오빠가 너 때문에라도 꼭 우승을 해야겠다.'

이내 박성주가 아래에서 경묵이 점쳤던 대로, 진행표를 든 손을 들어 올려 보이는 것으로 객석의 고조된 분위기를 살짝 가라앉혀 보였다.

"현재 오너 셰프 코리아의 결승전은 생방송으로 치러지고 있으며, 채널 F&F에서 단독으로 방영되고 있습니다. 심사에 반영이 되는 문자 투표 번호와 집계결과가 우측 상단에 함께 송출되고 있습니다. 숫자 1번은 정필상 참가자, 숫자 2번은 임경묵 참가자입니다. 여러분의 투표 한 번이 결과를 주도하는 운명적인 표가 될 수 있습니다. 부디 많은 참여 부탁드립니다."

박성주는 안경을 한 번 치켜 올려 보인 후에, 다시금 말을 이어나가기 시작했다.

"자, 두 참가자의 각오의 말을 한 마디씩 들어보도록 하겠습니다. 자 먼저 정필상 참가자, 어떤 각오로 본 경연에 임하고 있는지 한 말씀 가능하시겠습니까?"

이내 정필상이 한껏 숙연한 표정을 지어보이고는 말을 이어나가기 시작했다.

"우선 채널 F&F덕분에 요리사라는 직업은 물론이고, 요리 자체가 재조명된 것 같다는 생각이 듭니다. 채널 F&F에게 깊은 감사를 전하는 바입니다. 본 방송을 기점으로 한국에서도 세계적인 셰프들이 봇물 터지듯 쏟아져 나오기를 기원해봅니다. 또한, 별 볼일 없는 제게 관심 가져주시는 많은 분들께도 감사드리며, 요리에 대한 설명은 요리로 해드리도록 하겠습니다."

정필상의 말이 끝나기가 무섭게, 다시금 박수갈채가 터

져 나왔다.

딱딱한 내용 탓인지, 전과 같은 우레와 같은 함성과 박수갈채는 없었다.

내 정필상에게 마이크를 건네받은 경묵은 메인 카메라를 바라보고는 윙크를 한 번 해보였다.

메인 카메라에 담기고 있는 모습이 그대로 뒤편 벽에 달려있는 거대한 스크린에 송출되고 있었던 덕분에 관객석에 있던 여성관객들이 한 번 자지러졌다.

이내 경묵이 천천히 입을 뗐다.

"우선, 이렇게 영광스런 자리를 만들어주신 채널 F&F에게 깊은 감사를 전하는 바입니다. 어, 그런데 실은 무대 위에서는 생각보다 객석이 잘 안 보이는데 아까 플랜 카드를 하나 봤어요. 저기 객석 중간쯤인데, 객석 쪽 카메라 혹시 '경묵 오빠 우승 못하면 저랑 결혼해요.' 적힌 플랜 카드 드신 분 좀 잡아주실 수 있으시겠습니까?"

이내 스크린에 문제의 플랜 카드를 든 여학생의 모습이 나타났다. 여학생은 부끄러운지 플랜 카드로 얼굴을 가린 상태였다. 이내 경묵이 다시금 익살스러운 투로 말을 이어가기 시작했다.

"어, 우선 제가 무대에 올라서자마자 여성분하고 잠깐 눈이 마주쳤는데…… 어떻게든 우승 하도록 하겠습니다."

이내 경묵의 말을 들은 방청객들은 물론, 심사위원석의 심사위원들 마저 웃음을 터트렸다.

문제의 플랜카드를 든 여학생은 여전히 플랜 카드 뒤에 숨어 얼굴을 가린 채로, 플랜 카드만을 몇 번 흔들어 보였다. 아마도 성격이 몹시 좋은 여학생일 것이 분명했다.

이내 준비된 박성주의 멘트 몇 마디가 더 이어진 후에, 두 참가자가 지정된 조리대 앞에 섰다.

경묵은 인벤토리에 준비되어있던 조리도구들을 꺼내어 보였고, 정필상은 조리대에 놓여있던 자신의 조리도구들을 깨끗이 한 번씩 씻어내 보였다.

마주선 두 사람의 조리대 중앙에 선 박성주가 다시금 말을 이어나가기 시작했다.

"자, 오늘의 경연 주제는 최고의 음식과 최고의 디저트입니다. 두 참가자들이 준비한 음식과 디저트의 정체가 몹시 궁금하군요. 그럼 이제 오너 셰프 코리아의 결승전을 시작하도록 하겠습니다!"

박성주의 목소리가 울려 퍼짐과 동시에 뒤쪽 전광판 상단 부에 타이머가 나타났다.

'1:00:00'

전광판 뒤쪽에 나타난 타이머가 두 사람의 조리 완료까지 남은 제한 시간이었다.

타이머의 숫자는 어김없이 줄어들기 시작했고, 경묵은

여유 가득한 표정으로 콧노래를 부르며 '용수면'의 반죽을 준비하기 시작했다.

반대편 조리대에 선 정필상 역시 분주하게 면 반죽 준비를 하고 있는 듯 보였다.

반죽 물을 준비한 경묵은, 반죽을 시작하기에 앞서 반죽 물 가까이에 입을 가져다대 보였다.

그리고는 천천히 노래를 부르기 시작했다. 경묵이 천천히 부르기 시작한 노래의 정체는 바로 [절망의 노래]였다.

경묵의 입 안에서 흘러나오기 시작한 기괴한 음이 반죽 물에 스며드는 듯 했다.

양동이에 담긴 반죽물의 표면이 마치 바람이라도 살랑대는 것 마냥 천천히 일렁이기 시작했다.

무기력한 마나가 덕지덕지 도배되어있는 마이너 키의 스트링 반주, 악마의 음정을 뜻하는 증4도의 멜로디가 천천히 울려 퍼지기 시작했다.

심사위원들이 맛볼 반죽 물에 [절망의 노래]의 버프 효과를 담아내는 이유? 간단했다.

이번 결승전에서 경묵이 야심차게 준비한 작전의 작전명은 '병 주고 약주기'였다.

우선 '용수면'에서 극악의 자괴감을 느끼게끔 만든 후에, [희망의 노래]가 담긴 디저트를 선보이는 것으로 그 효과를 극대화 시키는 것.

그것이 경묵이 야심차게 준비한 작전이었다.

심사위원들은 서로 무어라 의견을 나누며, 그 모습을 의아하다는 듯 바라보고 있었다.

심사위원들의 마이크가 꺼져있던 탓에 무슨 이야기를 나누고 있는지는 들리지 않았다.

노래를 마친 경묵은 아랑곳하지 않고 계속해서 조리를 이어나가기 시작했다.

이내 열심히 반죽을 주무르던 경묵이 고개를 살짝 돌려 심사위원석을 보았을 때, 심사위원 앨런 킴과 눈이 마주쳤다. 앨런 킴은 마치 부정심사를 예고하듯 조소어린 웃음을 한 번 흘려보였다. 자신이 곧 마주하게 될 극악의 자괴감에 대해서는 상상조차 하지 못한 채로.

❁

이내 반죽을 주무르는 경묵의 손길이 더욱 더 분주해졌다. 빠르게 움직이는 손은 모든 이들의 눈길을 잡아끌었고, 보는 이들의 시선이 경묵에게 집중되었다.

전광석화처럼 움직이는 손에 비해서 얼굴에는 여유가 가득했다.

연신 조리대 위에 패대기쳐지던 반죽은 천천히 제 모양을 찾아가기 시작했다.

경묵의 반죽이 늘었다 줄었다를 반복할 때, 맞은 편 조리대에 선 정필상의 반죽 역시 제 형(形)을 찾아가는 데에 여념이 없었다.

이내 그 모습을 바라보던 가든 램지가 천천히 입을 뗐다.

"정말 대단하군요. 동양인 셰프들이, 그것도 현지의 셰프들이 수타면을 제면하는 모습을 몇 번 본적이 있었습니다만, 이 모습은 정말 황홀하기 그지없는 것 같습니다."

팔짱을 낀 채 두 사람의 모습을 살피던 남광민이 고개를 한 번 끄덕이고는 되물었다.

"가든 램지 셰프의 주관적인 기준으로 저들을 현지 셰프들과 비교했을 때 저들의 제면은 어떤 것 같습니까?"

"훌륭합니다. 영셰프(경묵)도 경이로운 수준의 제면 능력을 보여주고 있지만, 아직까지는 노련한 솔져셰프(정필상)의 제면 능력이 더욱 돋보이는군요."

모두들 동조하듯 고개를 한 번 끄덕여보였다.

그도 그럴 것이, 정필상 역시 각성자이다.

더군다나 경묵은 아직 용수면 제면 스킬을 사용하지 않은 상태였고, 정필상은 스킬 숙련도가 최대치에 이른 수타면 제면 스킬을 사용한 뒤였다.

이내 허공에서 우아한 궤적을 몇 번이고 그려내 보인 정필상의 반죽이 가락으로 나뉘기 시작했다.

반죽 과정에서 시전시간이 제법 긴 [절망의 노래]스킬을 사용한 탓이었는지, 속도 면에서는 한참 뒤처지고 있었다. 경묵은 정필상의 제면 속도를 살짝 의식한 듯 슬쩍 바라보고는 다시금 여유 있는 미소를 지어보였다.

　이내 경묵이 뱀처럼 몸을 길게 늘어트린 반죽의 양 끝을 쥔 후에 나지막이 속삭여 보였다.

　'용수면 제면.'

　마치 과부하에 걸린 듯 잠시 움찔거리던 몸이 다시금 나아갈 방향을 인식한 듯 재빠른 움직임을 이어나가기 시작했다. 마치 무릎을 톡 두드렸을 때, 발이 튀어 오르는 것 마냥 반사적인 움직임으로 제면을 시작한 경묵의 손에 언뜻 빛이 감도는 듯 했다.

　맞은편 조리대에 선 정필상의 밀가루 반죽이 허공에서 그리는 궤적역시 우아하기 그지없었지만, 이내 경묵의 반죽은 마치 비교를 불허한다는 사실을 증명이라도 해보이듯 허공에서 고고하게 꿈틀대기 시작했다.

　손에 쥔 반죽의 양 끝을 살짝 당겨보이자, 중앙 부분이 허공으로 세차게 튀어 올랐다.

　다시금 심사위원들의 시선이 경묵에게로 향했다. 이미 무아지경에 이른 경묵은 자신에게 쏠린 수 백, 수천 명의 시선은 전혀 의식하지 않은 채 제면을 이어나갔다.

이내 그 모습을 바라보던 남광민 셰프의 얼굴에 어두운 그림자가 드리웠다.

"설마, 용수면?"

이내 가든 램지가 의구심 가득 섞인 목소리로 남광민에게 되물어보았다.

"용수면? 그게 무엇입니까?"

"심사위원석에 나란히 앉아있는 형대욱 셰프의 특기이지요. 제면 기술 중 가히 전설적인 기술이라 할 수 있습니다. 중국 신화 속 '용'의 얇은 수염과 굵기가 비슷한 면이라 붙은 이름입니다."

"아직 면의 두께를 판단하기에는 이른 시기 아닙니까? 면 가락이 나뉘지 않았습니다."

이내 남광민이 심각하기 그지없는 표정으로 경묵의 제면 과정에서 눈을 떼지 않고 바라보며 말을 이었다.

"저 역시 직접 본 것은 현지 요리사의 미숙한 제면을 한 번 본 것이 전부입니다만, 이런 말을 들은 적이 있습니다. 경지에 오른 이의 용수면 제면은 반죽 과정에서부터 남다르다는 말말입니다. 마치 용이 상공을 비행하는 것 같은 궤적을 그려낸다고 했습니다. 단순히 두께 때문에 지어진 이름이 아니라고 하더군요."

이내 가든 램지가 놀람을 감추지 못한 표정으로 되물었다.

"그런데 영셰프는 심사평 중에 수타면 제면을 할 줄 모른다고 했었습니다. 이 짧은 시간에 전설적인 기술을 익히고 경지에 올랐다는 말입니까?"

이내 남광민이 숙연한 표정으로 고개를 한 번 끄덕여보이고는 말했다.

"그런 듯합니다."

이내 심사위원석은 정적에 휩싸였다.

자신의 스승 전병우가 경묵에게 용수면 제면 방법을 전수해주었다는 사실을 알고 있는 형대욱 역시 놀람을 금치 못한 채였다.

경묵이 지금 선보이고 있는 용수면 제면은 이미 스승 전병우의 것을 아득히 뛰어넘은 경지의 제면이었다.

경묵의 밀가루 반죽은 마치 허공을 유영하는 용 마냥 고고하고 우아한 궤적을 그리고 있었다.

거센 파동을 거듭하며 제 모습을 찾아나가고 있었고, 이미 무아지경에 이른 경묵의 발달된 청각은 고장이라도 난 것인지 아무런 소리도 듣지 못하고 있었다.

그저 반죽의 움직임을 주시하고 있었고, 절로 움직이는 몸의 부드러운 움직임을 받아들이고 있었다.

손에 서린 빛은 [용수면 제면]스킬의 숙련도 레벨이 '4'에 이른 후에 생겨났다.

손에 서려있는 빛 덕분인지 몰라도 경묵의 손은 반죽을

하기에 적합한 온도를 찾아 머무르고 있는 상태였고, 스킬을 사용하기가 무섭게 찾아오던 이질감은 사라진 지 오래였다.

막연하게 스킬의 숙련도 상승만으로는 보일 수 없는 움직임이 분명했다.

이것은 숙련도가 '4'에 이른 [용수면 제면]스킬과 더불어 제 몫을 톡톡히 하고 있는 경묵의 지속 효과 스킬 [우아한 움직임]스킬 덕분이었다.

시전 대상자인 경묵만이 아니라 경묵의 손 끝이 닿아 있는 반죽의 움직임에까지 막대한 영향을 끼치고 있었다.

맞은 편 조리대의 정필상은 제면을 끝마친 후로, 석상처럼 굳은 채 경묵의 제면 과정을 지켜보고 있었고 심사위원석의 심사위원들이며 객석의 관중들 심지어 촬영 스탭들마저도 경묵의 제면 과정을 지켜보는 데에 여념이 없었다.

단순한 조리 과정의 일부일 뿐이라지만, 경묵은 그 단순한 조리 과정에서 곡예를 아득하니 넘어선 절경을 손끝에서 펼쳐 보이고 있었다.

이내 조리대 위에 패대기쳐진 반죽의 가락이 나뉘기 시작했다.

꿀꺽-

남광민은 침을 한 번 삼켜 보인 후에 힘겹게 입을 떼어 다른 심사위원들에게 말했다.

"다들 주시하시는 게 좋을 겁니다. 가든 램지 셰프가 일전에 말씀하셨죠? 우린 전설의 시작을 보고 있다고 말입니다."

"그랬었지요, 확신했었고 지금도 확신하고 있습니다."

"지금 저희는 전설이 남기고 있는 발자국을 코앞에서 지켜볼 수 있다는 사실에 감사해야 합니다. 이 자리에 살아 숨 쉬고 있다는 사실 앞에서 말입니다."

부정할 수 없는 말이었다.

여지가 없는 것은 아니었다지만 경묵이 보이고 있는 움직임이 확신을 배가 시켰다.

심사위원 중 앨런 킴만이 유독 똥마려운 강아지마냥 전전긍긍하는 모습을 보였다.

입술을 질근질근 씹어대고 있었고, 이마에 맺힌 식은땀을 한 번 훔쳐내 보였다.

단순히 부정 심사를 결심했었는데 그게 불가해졌기 때문만은 아닌 듯 했다.

큰 근심에 휩싸인 듯 어두운 표정으로 경묵의 조리과정을 지켜보던 앨런 킴이 객석의 앞 쪽을 한 번 바라보았다.

깔끔한 검은색 정장 차림의 사내들 여럿이 나란히 앉아 있었고, 그 중 정중앙에 앉은 인상이 사나운 민머리의 사내가 앨런 킴을 바라보며 인상을 한 번 찡그려 보였다.

이내 한식 셰프 조광현이 앨런 킴에게 속삭이듯 말했다.

"이거 저희 계획에 큰 차질이 생긴 것 아닙니까?"

"제기랄, 어쩌면 좋습니까?"

"어쩌긴요 그래도 계획대로 진행을 해야 하지 않겠습니까?"

형대욱이 의심스러운 표정을 지어보이며 장난기 가득한 목소리로 두 사람에게 물었다.

"두 분, 무슨 이야기를 그리 은밀하게 하십니까?"

앨런 킴은 평소답지 않게 친절한 목소리로 손사래를 쳐보이고는 대욱의 물음에 답해보였다.

"아닙니다, 아닙니다."

다른 심사위원들의 시선이 일제히 집중되자 두 사람은 어색한 웃음을 한 번 지어보였다.

그 때, 객석의 관중들이 일제히 감탄하기 시작했다.

가락이 나뉘기 시작한 경묵의 면발이 점점 더 얇아지기 시작한 것이다.

스튜디오 스피커에서는 준비되어있던 흥미진진한 음악이 흘러나오기 시작했고, 모든 이들이 다시금 경묵의 제면 과정을 지켜보기 시작했다.

면발은 점점 더 얇아지기 시작했다.

경묵은 이제 제면을 멈출만하다 싶으면 다시금 반죽을 꼬아내서 더 얇게, 또 멈출 만 하면 다시금 반죽을 꼬아내서 더 얇게 만들어내는 과정을 반복했다.

이내 경묵의 조리대 위에 늘어진 면발의 두께는 실타래와도 견줄 만 했으며, 스튜디오의 조명을 머금어 빛을 발하듯 반짝이고 있었다.

이 모습을 경묵의 개인 대기실에서 지켜보고 있던 세 사람, 정혁과 서은, 심지어 전병우 역시 감탄을 금치 못하고 있었다.

정필상 역시 마찬가지였다.

멍하니 서서 제면 과정을 바라보던 정필상은 넋을 놓은 채 박수를 쳐 보이기 시작했다.

메인 카메라는 그 모습을 놓치지 않고 렌즈 앵글 안에 적나라하게 잡아내고 있었다.

경묵은 제면이 시작된 시점부터 결승전조차 자신의 독무대로 만들어 보이는 독보적인 기량을 뽐내었다.

경력 4년차? 재능이라는 단어로는 형언이 불가능한 수준의 실력. 심사석의 셰프들은 고개를 내둘렀고, 경묵의 조리에는 점점 더 속도가 붙어 이내 제 모습을 찾아가는 데 여념이 없었다.

경묵이 육수로 사용하고자 미리 준비해두었던 이계 들소의 뼈 국물을 인벤토리에서 꺼낸 후에 다시금 팔팔 끓

여내기 시작하자, 앨런 킴이 자리를 박차고 일어서서는 스탭들에게 항의하듯 물었다.

"미리 준비해둔 식재료를 사용한다면 제한 시간이 무슨 소용입니까?"

이내 가든 램지가 인상을 찡그리고는 앉으라는 듯 손짓해 보이며 말했다.

"무례하게 무슨 짓입니까, 앨런 셰프? 앉으세요."

앨런 킴이 다시금 어깻짓을 해보이며, 의아하다는 표정을 지어보이자, 가든 램지가 큰 소리로 외쳤다.

두 사람 다 상당히 격양된 듯 보였지만, 주최 측에서는 딱히 조치를 취하지 않았다.

지금 상황 역시 또 다른 이슈가 될 것이 분명하다고 판단한 것이다.

"앉으라고!"

"가든, 저건 부정행위나 다름이 없어. 자네는 지금 분위기에 취해 부정행위를 눈감을 생각인가?"

"멍청한 소리하지 마! 제 맛을 내는 시간이 오래 걸리는 스톡(육수)은 주최 측에서 미리 준비하는 것을 허가했네. 자네야말로 멍청한 짓 그만두고 앉으라고!"

이내 가든 램지의 말을 들은 앨런 킴이 씩씩거리며 다시금 자리에 앉았다.

갑작스러운 돌발 행동 탓에 장내에 고요함이 맴돌았다.

그러나 경묵은 여전히 심사석에는 눈길 한 번 주지 않은
채로 자신의 요리에만 집중하고 있었다.

이미 극에 달한 경묵의 집중은, 자신의 바로 옆에 미사
일이 떨어진다고 하더라도 깨지지 않을 만큼 견고해보였
다.

❀

그리 오랜 시간이 지나지 않아 완성된 두 사람의 요리
가 접시에 담기기 시작했다.

경묵은 소뼈로 우려낸 담백한 국물에 두께가 용의 수염
처럼 얇다는 '용수면'을 삶아냈고, 한국의 소고기무국과
유사하게 큼직큼직하게 썰어낸 무를 듬뿍 넣어 시원한 맛
을 배가시켰다.

푹 익어 흐물흐물해진 채로 한 자리를 차지하고 있는
무와 가늘게 썰어낸 소고기와 파가 고명으로 올려져 있었
다.

반면 정필상은 한국식 두루치기와 짬뽕을 합한 두루치
기 볶음 짬뽕을 선보였다.

투박하게 썰어낸 돼지고기와 푹 익어 야들야들해 보이
는 묵은지, 붉은 빛깔의 칼칼함은 보는 것만으로도 입 안
에 침이 잔뜩 고이게끔 만들었다.

이내 두 사람은 완성된 음식을 접시에 옮겨 담기 시작했다. 그 모습이 전광판에 번갈아 나타났고, 객석의 관객들은 다시금 환호를 내질러 보였다.

진행자 박성주는 두 사람의 조리대 사이에 선 채 격양된 목소리로 입을 뗐다.

"아! 두 요리사의 요리가 동시에 완성되었습니다! 자, 지금 전광판에 보이는 음식이 임경묵 참가자가 조리한 음식인데요, 사전에 작성하신 음식 설명을 보니까 음식 이름이 '영자면'이라고 되어있어요. 영자면, 호기심이 생기는 이름입니다. 이름에 대한 설명을 해 주실 수 있으시겠습니까?"

이내 경묵이 수줍은 듯 웃음을 한 번 지어보이고는 말했다.

"그게, 실은 저희 할머니 성함이 '김영자'이십니다. 할머니께서 자주 해주시던 소고기 무국에서 조리 방법을 착안해내서 지은 이름입니다."

"아~ 할머니 성함이 김 영 자, 자 자여서 음식의 이름이 '영자면'이다? 자, 그럼 경묵씨가 또 세간에 엄청난 효자로 알려져 있는데 이 자리를 빌어서 할머니께 한 말씀 하시겠습니까?"

이내 박성주에게 마이크를 건네어 받은 경묵이 수줍은 듯 미소를 지어보이고는 말을 이어나가기 시작했다.

"할머니 실은 전에 할머니 야구르트 먹은 거 재국이 아저씨 아니고 저에요, 사랑해요."

이내 다시금 객석 곳곳에서 웃음이 터져 나왔다.

경묵은 멋쩍은 듯 한번 배시시 웃음을 지어보였다.

박성주 역시 연신 키득거리다가, 간신히 말을 이었다.

"자, 그럼 이번에는 소고기 무국에서 착안해냈다는 임경묵 참가자의 '영자면'에 대적할 정필상 요리사의 요리에 대한 설명을 한 번 들어보도록 하겠습니다."

이내 전광판에는 정필상이 조리한 '두루치기 볶음 짬뽕'이 모습을 드러냈다.

"어, 우선 제가 조리해낸 음식의 이름은 '두루치기 볶음 짬뽕' 입니다. 이름에서 알 수 있듯 이 음식은 한국 요리 통 돼지 두루치기에서 착안해낸 음식입니다."

정필상은 계속해서 자신의 요리에 대한 설명을 이어나가기 시작했다.

모두의 시선이 두 참가자가 조리해 낸 음식에 집중 된 지금, 심사위원 형대욱은 두 사람이 조리해낸 음식보다, 그리고 설명을 이어나가고 있는 정필상보다, 그런 정필상을 멀뚱멀뚱 바라보는 경묵보다, 자신과 같은 심사석에 앉은 앨런 킴을 주시하고 있었다.

다름이 아니라 아까 전 앨런 킴의 돌발 행동에서 무언가 이상을 감지해낸 것이다.

평소에는 영리하기 그지없던 앨런 킴이 갑작스레 이런 무지한 행동을 한 데에는 분명히 이유가 있을 것이라 생각한 것이다.

그리고 지금, 앨런 킴이 다시금 고개를 살짝 뒤로 돌려 객석에 앉은 사내들을 힐끔 바라보았다.

그 모습을 지켜보던 형대욱이 눈썹을 한 번 꿈틀해 보이고는 앨런 킴의 시선을 쫓아 객석을 바라보았다.

형대욱의 시선이 닿은 곳에는 정장 차림의 인상이 사나운 사내 여럿이 있었고, 그 중 중앙에 앉은 민머리 사내와 형대욱의 눈이 마주쳤다.

민머리 사내는 형대욱과 눈이 마주치기가 무섭게, 비릿한 미소를 한 번 지어보였다.

'설마……?'

형대욱은 가슴 속에 자리한 의심을 사그라트리지 못한 채 객석에서 시선을 거두었다.

객석에 앉은 민머리 사내의 음흉한 눈빛 탓에 솟구친 불길함이 좀처럼 떨쳐질 줄을 몰랐고, 앨런 킴은 여전히 초조한 듯 손톱을 물어뜯거나 아랫입술을 씹어대는 등의 행동을 보이는 것으로 대욱의 의심을 증폭시키고 있었다.

무언가가 있다고 생각하고 봐서 그런 것인지는 모르나, 분명 의심스러운 점들이 한 둘이 아니었다.

우선 첫 째로는 아까 쯤 앨런 킴이 보였던 돌발행동을 꼽을 수 있다.

설령 경묵이 규칙을 어겼다고 한들 생방송 중간에 자리를 박차고 일어서서 극명한 반대 의견을 표출한다?

뭐, 이해 할 수 없는 행동은 아니라지만 그간 앨런 킴이 보였던 모습과는 다분히 상반되는 모습이긴 하다.

적어도 그는 그동안 점잖고 권위적인 셰프의 이미지를 고수하고 있는 듯 했으니 말이다.

모르긴 몰라도 그의 그런 행동을 옆에서 보았을 때에는 어떻게든 감점 사안을 만들기 위해 혈안이 되어있는 사람처럼 비추어졌다.

'그리고 한식 전공의 셰프 두 명……'

대욱은 고개를 돌려 한식 전공의 두 셰프를 바라보았다. 그들의 시선 역시 앨런 킴에게로만 향해 있었다.

이들은 어째서 앨런 킴의 상태를 살피고 있는 것일까?

대욱은 어질러져있는 생각들을 하나, 하나 천천히 조립해보기 시작했다.

대욱이 지금 품고 있는 의심의 시발점이 된 곳은 방송이 시작되기 전에 목격한 이 세 사람의 행동이었다.

오늘 방송이 시작되기 전, 앨런 킴이 한식 전공의 두 셰프와 비상구 계단에 숨어서 이런저런 이야기를 나누는 모습을 본 바 있었다.

뭐, 대수롭지 않게 여길 수도 있는 일이라고 생각할 수
도 있으나 앨런 킴은 국내 요리사들과 교류를 하지 않는
것으로 유명하다.

오죽하면 한국 국적 요리사가 앨런 킴과 술 한 잔을 마
시려면 머슐랭 클래스는 되어야 한다는 농담이 떠 돌 정
도니 말이다.

저번 주 까지만 해도 말을 나누기는커녕 인사조차 묵례
한 번 하는 것으로 대체하던 이들이 비상구 계단에 숨어
서 은밀한 대화를 나눌 일이 대체 뭐가 있다는 말인가?

'뭐지……?'

대욱이 좀처럼 의심을 접지 못하고 이곳저곳을 살피던
때에, 대욱의 바로 옆 자리에 앉아있던 최태룡이 한 번 코
웃음을 쳐 보였다.

이내 최태룡은 자신의 마이크 스위치를 살짝 꺼 보이고
는 대욱에게 속삭이듯 말을 건넸다.

"자네, 제법 촉이 좋은 것 같군."

비록 생방송 중이라지만, 심사석에 있는 이들이 마이크
의 전원을 끄고 사담을 나누는 것은 아무런 문제도 되지
않는다. 방송분에는 참가자들이 내놓은 요리에 대해 회의
를 거듭하는 모습으로만 비춰질 뿐, 심사석에 있는 이들
이 어떤 내용의 대화를 나누는지는 알 수 없는 노릇이니
말이다.

대욱은 자신에게 향해있는 카메라를 의식하고는 한 번 웃음을 지어보인 후에, 표정과 상반되는 무던한 목소리로 되물었다.

"그게 무슨 말씀이십니까?"

"자네, 지금 무언가 이상한 점을 찾아낸 것 아닌가?"

대욱은 고개를 한 번 살짝 끄덕여보이고는 괜히 부가적인 손동작을 덧붙였다.

이쪽으로 향해있는 시선을 의식한 것이다.

대욱은 할 수 있는 선에서 최대한 음식에 관한 이야기를 나누는 척, 말을 이어나가기 시작했다.

"의심이 가기는 하는데, 어떤 상황인지 정확히 알지도 못할 뿐더러 그저 심증일 뿐입니다."

최태룡은 비릿한 미소를 한 번 지어보이고는 말했다.

"누가 지금 우리의 공정한 심사를 방해하려는 듯 보이네. 자네 생각은 어떤가?"

이내 최태룡의 말을 들은 형대욱의 미간에 깊은 주름이 자리 잡았다.

그 와중에도 경연은 계속해서 진행되고 있었다.

경묵과 필상이 조리한 음식들이 각각 접시에 담긴 채 심사위원들의 앞에 놓였다.

음식은 눈으로 한 번 먹고, 코로 또 한 번, 입으로 한 번 먹는다는 말이 있지 않던가?

두 음식 모두 외관으로 보나, 향으로 보나 부족하지 않아 보였다. 관건은 물론 맛 이었다.

"두 음식 모두 굉장할 것 같다는 예감이 드는군요. 감일 뿐이지만, 제 감은 빗나간 적이 없습니다. 방송 출연을 거듭하며 음식이 아니라 쓰레기도 여러 번 삼켜봤거든요."

가든 램지의 우스갯소리에 다른 심사위원들이 어색한 웃음을 한 번 지어보였다.

두 참가자는 심사위원들이 자신의 음식을 맛보는 것을 볼 새도 없이 디저트 조리에 몰입했고, 박성주는 참가자들이 조리한 요리 앞에 서서 설명을 이어나가기 시작했다.

"우선 두 참가자 분들의 요리 모두 한식을 기반으로 제조된 중식이라는 점, 굉장히 높이 사야 할 것 같습니다. 비록 한식 전공의 참가자는 결승에 오르지 못했지만 이번 오너 셰프 코리아가 한식의 세계화에도 미미하게나마 영향을 끼칠 수 있지 않을까 짐작해봅니다. 정필상 참가자는 두루치기를, 임경묵 참가자는 소고기 무국을 기반으로 해서 각각 음식을 조리했다고 하는데요, 자 심사평은 모든 요리와 디저트까지 모두 맛본 후에 일괄적으로 들어보도록 하겠습니다."

이내 진행 요원이 정필상의 두루치기 볶음 짬뽕을 먼저 개인접시에 담아내서는 심사위원들에게 지급해 주었다.

심사위원들은 접시에 담긴 음식을 세밀하게 살펴본 후, 하나 둘 맛을 보기 시작했다.

다들 흡족한 표정을 지어보였고, 앨런 킴을 시작으로 한식 전공의 심사위원 두 명이 유독 과장된 평을 해보였다.

"와우, 이건 혁명이라고 표현할만한 맛입니다."

앨런 킴의 말이 끝나기가 무섭게, 한식 전공의 두 셰프가 말을 받았다.

"저도 그렇게 생각합니다."

"한식과 중식의 균형 잡힌 완벽한 조화라고 생각합니다."

반면 아직 음식을 맛보지 않은 형대욱과 남광민, 가든 램지와 최태룡은 무던한 표정으로 심사용지에 여러 가지 사항들을 기재하기 시작했다.

심사평을 하는 시간도 아닌 지금, 과장된 칭찬이 연달아 나오자 가든 램지가 기대를 가득 안은 채 맛을 보기 시작했다.

그리고는 의아하다는 듯 눈썹을 한 번 꿈틀거렸다. 앞서 맛본 세 심사위원들의 심사평이 기대치를 너무 높여서 그런 것일까?

빼어난 맛임은 분명했으나, 혁명이라든지, 완벽하다는 단어가 대동될 만큼의 훌륭한 맛이라고는 할 수 없었다.

이내 숟가락을 내려놓은 가든 램지가 앨런 킴에게 물었다.

"이 맛이 그렇게 뛰어난 맛 입니까? 잘은 모르지만, 이렇게 매운 음식은 저를 배려하지 않은 맛 같습니다. 앨런, 앨런도 평소에는 매운 음식을 즐기지 않는 걸로 알고 있는데, 아닙니까?"

가든 램지의 갑작스런 물음에 앨런 킴이 잠시 흠칫하는 모습을 보인 후에 곧장 말을 이어나가기 시작했다.

"물론, 그렇긴 합니다만……. 어쨌든 맛 자체가 뛰어나다는 생각에는 변함이 없습니다."

"그렇군요. 내 생각에는 지금의 과장된 심사평이 오히려 음식의 맛을 망친 것 같다는 생각이 드는군요. 너무 큰 기대를 앉고 맛을 본 까닭일까요? 어쨌든 개인적인 심사는 디저트까지 맛 본 후에 하도록 하겠습니다."

잠시 말을 멈춘 가든 램지는 입가에 미소를 살짝 머금은 채, 말을 이었다.

"지금은 심사를 하는 시간은 아니니까요."

정곡을 찌르는 가든 램지의 말을 들은 세 심사위원들이 다시금 어색한 미소를 지어보였다.

이내 다시금 정필상이 조리해낸 음식을 맛보기 시작한 모든 심사위원들의 손이 바쁘게 움직이기를 잠시, 진행요원이 이번에는 경묵이 조리한 음식을 심사위원들의 개인 접시에 담아내기 시작했다.

심사위원들은 물로 입을 한 번 헹구어 내고는, 경묵의
음식을 유심히 살피기 시작했다.

디저트 조리를 준비하던 경묵은 그제야 심사석을 한 번
바라보고는 웃음을 지었다.

'자, 그럼 우선 병을 먼저 드리겠습니다.'

경묵이 이번 결승전을 위해 준비한 작전 '병 주고 약 주
기' 가 시작되는 순간이었다.

다시금 심사석에 앉은 모두의 손이 분주하게 움직여 경
묵의 음식에 대한 평가를 적어내기 시작했다.

이내 가장 먼저 젓가락을 집어든 것은 다름 아닌 앨런
킴 이었다.

대충 날려 쓴 글씨로 몇 줄 적어내지도 않은 채 젓가락
을 집어든 앨런은 용수면을 젓가락으로 몇 번 휘저어본
후, 피식하는 웃음을 지어보였다.

제 눈으로 보아도 믿기지 않을 정도로 얇은 면이 흰 국
물 안에 담겨있었고, 얇게 썰어낸 쇠고기의 빛깔이 식욕
을 돋구어주는 듯 했다.

'음식도, 디저트도 암만 열심히 만들어서 내봐라, 넌 이
미 졌어.'

이윽고 비릿한 미소를 흘려 보인 앨런이 고기와 면을
함께 집어 입 안에 넣었다.

그리고 몇 번 씹지 않아, 맛을 본 앨런 킴의 표정이 딱

딱하게 굳어가기 시작했다.

입 안에 천천히 퍼지기 시작한 국물의 맛은 분명히 시원한 소고기 무국이었다.

얼마 지나지 않아 그 시원한 맛의 끄트머리에 숨어있던 칼칼한 매운맛이 찾아왔다.

실처럼 얇은 면은 쫄깃함은 없다지만, 이색적인 독특한 식감을 자랑하고 있었다.

부드럽기 그지없는 면은 이가 닿기도 전에 채 쪼개지는 것 같았고, 밀 요리 특유의 거부감 하나 없이 삼켜지는 듯했다. 고기 역시 놀라운 맛을 내기는 매한가지였는데, 얼마나 높은 등급의 고기를 사용한 것인지 고기만 삶아서 내놓았더라도 높은 평가를 받았을 것 같다는 생각이 들 정도였다.

그런데 이 놀라운 맛은 중요하지 않았다.

중요한 것은 음식을 맛본 지금 이 순간, 가슴속에서 찬찬히 피어오르기 시작한 자괴감이었다.

"하……."

이윽고 짙은 탄식을 뱉어 내보인 앨런 킴이 손을 더 분주히 움직이기 시작했다.

경묵이 선보인 요리의 맛을 추리하고 싶었다. 도대체 어떤 식재료들의 조화가 이런 맛을 낸 것인지, 도대체 어떻게 하면 이런 맛을 낼 수 있는 것인지 추리하고 싶었다.

그러나 도무지 그럴 수 없었다. 경묵이 선보인 용수면은 해답이 주어졌지만 풀 수 없는 문제처럼만 느껴졌다.

앨런 킴은 분주히 손을 움직여 용수면을 입 안으로 우겨넣는 동시에, 곁눈질로 디저트 조리에만 열중하고 있는 경묵을 몇 번이고 훔쳐보았다.

조리에 열중하던 경묵이 시선을 의식하여 고개를 들자 두 사람의 시선이 허공에서 맞닿았다.

경묵은 아무런 말없이 비릿한 미소를 한 번 흘려보이고는 다시금 고개를 숙였다.

'이…… 제기랄……. 재수 없는 자식…….'

지난 경연을 기점으로 경묵에게서 알 수 없는 위압감이 느껴지는 것만 같았다.

눈을 제대로 마주보기가 힘들었고, 억지로 시선을 받아내 볼 때면 식은땀이 등줄기를 따라 흘렀다.

자신의 요리를 맛있게 먹고 있는 모습을 비웃기라도 하는 듯 기분 나쁜 미소를 지어보였음에도 불구하고, 손은 멈추질 않았다.

계속해서 손을 움직이게끔 만드는 흡입력 가득한 맛. 이내 생각이 도달한 곳은 자기 비하였다.

'과연, 나는 이런 맛을 낼 수 있는가?'

아니, 이런 맛을 낼 수 없다.

이런 맛이 아니더라도, 전혀 다른 방식으로 접근을 한

다 하더라도 이 정도 수준의 음식을 만들 수는 없다. 그런 내게 이런 음식을 평가할 자격?

없다.

탁—!

앨런 킴이 숟가락을 내려놓는 소리가 장내에 크게 울려 퍼졌다.

그는 넋이 나간 듯 멍한 표정으로 자신이 비워낸 빈 접시만을 하염없이 바라보고 있었다.

다른 심사위원들 역시 별반 다를 것 없이 경묵이 조리한 '용수면'을 빠르게 입 안으로 우겨넣고 있었다.

한식 전공의 셰프들 뿐 아니라 가든 램지도, 형대욱도, 남광민도 심지어 음식에 대한 견문이 다른 심사위원들에게 못 미칠 것이 분명한 최태룡도 마찬가지였다.

마치 걸신들린 사람마냥 용수면을 먹어치우고 있는 심사위원들의 모습이 전광판에 잡혔다.

박성주는 침을 한 번 삼켜내 보이고는 다시금 입을 뗐다.

"아, 이게 어떻게 된 건가요? 지금 모든 심사위원들이 임경묵 참가자의 음식을 게 눈 감추듯 먹어치우고 있습니다."

박성주의 말을 시작으로, 객석에서는 웅성거리는 소리가 들려오기 시작했고 스탭들 사이에 섞여서 이 장면을 지켜보던 유승우 역시 의아하다는 듯 나지막이 말해보았다.

"뭐야, 씨발? 다들 뭐 하는 거야? 식사가 아니라 심사를 하라고."

이내 자신 몫의 요리를 모두 먹어치운 뒤, 수저를 내려놓은 심사위원들은 저마다 무슨 생각을 하고 있는 것인지, 어둡기 짝이 없는 표정으로 자신의 빈 접시만을 바라보고 있을 뿐이었다.

요리계에서 저명하다고 소문난 모든 이들이 경묵이 선보인 요리의 맛을 본 직후 그로기 상태에 빠졌다.

오로지 맛만으로 지난 요리 인생을 되짚어보게끔 만들었고, 자괴감에 젖어들게 만들었다.

최태룡 역시 마찬가지였다. [절망의 노래]가 어떤 사실을 상기시켜준 것인지에 대해서는 알 수 없으나, 지독한 절망에 젖은 듯 힘없이 앉아 빈 접시만을 바라보고 있었다.

마음 같아서는 자리를 박차고 일어서 집으로 돌아간 후에, 베개에 얼굴을 파묻고 아무런 생각 없이 잠들고 싶었다.

아무것도 하지 않고, 그냥 그렇게만 있고 싶었다.

모든 심사위원들이 지독한 절망에 사로잡혀, 지금은 그저 휴식을 취하고 싶다는 생각에 잠겨있을 무렵 자신의 조리대 앞에 서있던 경묵이 디저트의 조리를 마친 것인지 손을 들어 보였다.

이내 박성주는 과장된 목소리로 놀랍다는 듯 물어보았다.

"아, 임경묵 참가자 손을 들었는데 혹시 벌써 조리를 마치신건가요?"

"네, 그렇습니다."

"와, 정말 굉장한 조리 속도입니다. 어떤 디저트를 준비했는지 정말 궁금한데요, 자! 그럼 임경묵 참가자가 준비한 디저트에 대한 설명을 먼저 들어보도록 하겠습니다."

완성된 경묵의 디저트는 디쉬커버에 의해 모습이 가려진 상태였다.

반원 모양의 쇠 재질로 이루어진 디쉬커버가 안에 담긴 음식에 대한 호기심을 증폭시켰다.

이내 마이크를 건네어 받은 경묵이 천천히 말을 이어나가기 시작했다.

"여러분께 한 가지만 묻겠습니다. 하늘을 볼 시간이 있으십니까? 있다면 하루에 몇 분이나 하늘을 바라보십니까? 그러니까, 시야 끄트머리에 언뜻 언뜻 보이는 하늘 말고 고개를 들고 하늘을 보는 시간이 얼마나 되시는 지 묻는 겁니다."

경묵의 갑작스러운, 그리고 해괴한 질문 탓에 객석은 물론, 심사석까지 모두 고요함에 잠식되었다. 그리고 그런 고요함 속에서 경묵이 조심스레 입을 뗐다.

"제가 여러분의 시간을 조금 빌려보려 합니다. 그리고 그 빌린 시간으로 여러분께 하늘을 보여드리려 합니다. 괜찮으시겠습니까?"

짙은 미소를 지어보인 경묵이 반원 모양의 디쉬커버 손잡이를 잡고 들어올렸다.

이내 베일에 쌓여있던 경묵의 디저트가 모습을 드러내자, 객석에서 우레와 같은 환호가 터져 나왔다.

객석에서 터져 나온 환호 소리가 조금 멎어들자, 경묵이 다시금 천천히 입을 뗐다.

"자, 제가 준비한 디저트는 하늘입니다."

바로 옆에 선 능숙한 진행자 박성주 마저 경묵이 준비한 디저트에 매료된 듯 보였다.

쉽사리 말을 떼지 못하던 때에 정적을 깬 것은 심사석에 앉아있던 가든 램지였다.

"맙소사, 하늘! 영셰프의 말대로 정말 하늘이로군요."

방금 까지만 하더라도 지독한 절망감에 허우적대던 그가, 눈을 다르게 뜨며 경묵이 조리해낸 디저트에서 눈을 떼지 못하고 있었다.

감탄을 금치 못하고 있는 것은 단연 가든 램지만의 이야기가 아니었다.

모든 심사위원들은 물론이고, 이 광경을 직접 지켜보고 있는 장내의 모든 관객들과 TV를 통해 보고 있는 시청자

들까지, 전광판 내지 화면에 나타나있는 경묵의 디저트에 매료되어 쉽사리 입을 떼지 못하고 있었다.

디쉬커버를 들어 올리자 모습을 드러낸 경묵의 디저트의 정체는 다름 아닌 '푸딩'이었다.

푸딩 하나로 왜 이렇게 호들갑이냐고?

경묵이 선보인 푸딩은 하늘의 모습을 그대로 빼다박은 듯 보였다.

이내 가든 램지가 호기심이 가득 담긴 목소리로 물었다.

"영셰프, 와인 잔 안에 담긴 것, 푸딩 아닙니까?"

"맞습니다. 푸딩입니다. 그것도 성인용 푸딩이죠. 보드카를 이용해서 만든 푸딩이거든요."

호쾌한 목소리로 대답해보인 경묵이 푸딩이 담긴 와인잔을 들어 올리고는 한 번 살짝 흔들어보였다. 와인 잔에 갑작스레 찾아온 진동에 맞추어 안에 담긴 푸딩 역시 부들부들 몸을 떨어보였다.

옅은 떨림을 온 몸으로 표현하는 푸딩의 자태는 먹음직스럽기 그지없었다.

하늘색 빛을 내는 푸딩 안으로 마치 구름처럼 보이는 흰 액체가 떠 있었다.

더군다나 푸딩의 가장 윗부분 에서는 밝은 빛이 맴돌고 있었다. 윗부분에 서린 빛이 아래 까지 뻗어 나와 와인 잔 바닥에 까지 아른거릴 정도였다.

"푸딩이 하늘색인 이유는 말 그대로 보드카를 이용했기 때문입니다. 제법 도수가 있는 푸딩이기 때문에 단맛 보다는 쌉쌀한 맛이 더 강할 수 있겠군요."

눈이 퀭해진 앨런 킴이 피식하는 미소를 지어보이고는 말했다.

"보기에만 좋은 떡이라는 말입니까?"

"글쎄요?"

경묵은 이렇다 할 변론 없이 진행요원 대신 자신이 직접 나서서 와인 잔 안에 담긴 푸딩들을 심사석 앞 테이블에 놓아 주었다.

조명 빛을 받자, 푸딩의 상단 부분에 아른거리던 빛이 더욱 더 짙어진 듯 했다.

영락없는 태양의 모습이었다.

방금 전 까지만 하더라도 유례없던 의욕 상실 탓에 허덕이던 심사위원들이 작은 푸딩 하나에 매료되어 어쩔 줄 모르는 모습을 보이고 있었다.

경묵은 지금 말 그대로 경지에 이른 이들을 음식만을 이용하여 휘두르고 있었다.

최태룡 역시 마찬가지였다. 방금 전까지 풀 죽은 모습으로 심사석을 지키고 있던 그가, 푸딩이 심사석 앞 테이블에 놓이자 마치 손자를 처음 본 할아버지마냥 밝은 미소를 지어보이며 푸딩에 대한 이런저런 의문점들에 대해

묻기 시작했다,

"임경묵 참가자께 질문하겠습니다. 지금 푸딩 하늘 위에 떠있는 구름은 무엇입니까?"

최태룡의 익살스럽기 그지없는 질문에 잠시나마 장내에 있던 이들이 키득거렸다.

그 잔잔한 웃음소리가 가시기도 전에 경묵이 자신에 가득 찬 목소리로 대답해 보였다.

"구름을 맡아 준 재료는 다름 아닌 우유입니다."

"우유라고요?"

너무 간단한 해답이었기 때문일까?

최태룡이 어깻짓을 해보였다.

그러나 한껏 심각한 표정을 유지하던 가든 램지가 그제야 밝은 미소를 지어보이며 손뼉을 쳐 보이고는 말했다.

"어떤 방식으로 만들어낸 디저트인지에 대한 의문이 풀리는 군요. 발상의 전환입니다. 그럼 저 태양은 무엇입니까?"

"저 태양은 희망입니다."

이내 다시금 장내에 술렁임이 찾아왔다.

재료에 대한 질문이었으나 그저 뜬구름 잡는 소리처럼 들릴 뿐인 추상적인 대답이 돌아온 탓이었을까?

경묵은 자신의 앞에 마주앉은 심사위원들의 얼굴에 서린 혼란을 비웃듯 조소어린 웃음을 지어보인 후에야, 다시금 쾌활한 목소리로 말을 이어나가기 시작했다.

"우선 저는 여러분들이 익히 알다시피, '각성자'입니다. 저는 후천적 각성자입니다. 그렇기 때문에 비각성자로서의 삶에 대해서도 잘 알고 있는 편이라고 생각합니다."

경묵의 시선은 심사석을 떠나, 객석에 앉은 관중들을 한 번 천천히 훑고 지나갔다.

경묵은 다시금 옅은 미소를 지어보이고는 천천히 말을 이어나가기 시작했다.

"여러분께서 알다시피 저는 동네 중국집의 배달 직원이었습니다. 그런데 제가 갑자기 주방에 들어오게 된 이유가 무엇인지 아십니까?"

가든 램지가 푸른 눈으로 경묵을 지그시 바라보며 엷게 떨리는 목소리로 소심하게 답해보였다.

"요리에 대한 동경을 품고 있었나?"

"동경? 아닙니다. 그 당시의 저는 그 쉽다는 계란프라이조차 누구에게 대접해 줄 수 없을 만큼 형편없는 요리 실력을 가지고 있었거든요. 저는 배달부의 월급보다 주방 보조의 월급이 더 높았기 때문에 주방으로 들어오게 되었습니다. 부끄러운 이야기지만, 명백한 사실입니다."

"한국은 주방직 종사자들에 대한 처우가 좋은 편인가 보군요."

가든 램지가 의구심 가득한 목소리로 되묻자, 남광민이

옅은 미소를 지어보이고는 살짝 고개를 저어보였다.

그의 진심어린 질문 탓에 다시금 장내에 소소한 웃음소리가 잔잔하게 울려 퍼졌다.

경묵 역시 옅은 미소를 잃지 않은 채로 천천히 입을 뗐다.

"5만원. 당시 제가 배달을 해서 받던 월급은 180만원이었고, 풍문으로만 듣던 주방 보조의 월급은 185만원이었습니다."

"맙소사, 5만원이 현재의 영셰프를 만들었다는 말씀이로군요."

이내 가든 램지가 크게 놀란 듯 손뼉을 쳐보이고는 눈을 한껏 크게 뜬 채로 되물었다.

격양된 목소리는 우스꽝스럽기 그지없었으나, 그는 주위의 시선 따위는 전혀 의식하지 않는 듯 보였다.

그저 정말 크게 놀란 듯 보였다.

"아침 8시부터 저녁12시까지. 제가 당시 일하던 북경각의 주방에서 보낸 시간입니다. 가게 문을 닫고 나면 부족한 실력을 탓하며 부단히 연습해야만 했습니다. 가게에 있는 수많은 요리들을 제 것으로 만들기 위해, 온갖 조리도구와 조미료, 조리방법들을 조립하고 조립하며 보냈습니다. 마치 어린 아인슈타인처럼 말입니다. 그런데 어느 날은 문득 그런 의문이 들더군요."

경묵이 가장 가까이에 놓여있던 가든 램지 몫의 푸딩이 담긴 와인 잔을 살짝 들어서는, 머리 위로 들어올렸다.

그리고는 한쪽 눈을 찡그리듯 감은 채로 푸딩의 아래를 바라보며 말을 이었다.

"지난 3년간 내가 마음 놓고 푸른 하늘을 본 게 과연 몇 분이나 될까? 하는 의문 말입니다. 아무리 생각해봐도 그런 적이 없었거든요. 정말 단 3분도 없더라는 말입니다. 시야 끄트머리에 걸려서 언뜻 언뜻 보았던 하늘이 아니라, 어릴 때처럼 넋 놓고 올려다보았던 하늘 말입니다."

최태룡은 만족스럽다는 듯 짙은 미소를 지어보인 채로, 고개를 몇 번 끄덕여보였다.

가든 램지는 경묵이 방금 했던 대로 와인 잔을 들어 올려서는 아래에서 푸딩을 한 번 바라보았다.

이내 어이가 없다는 듯 실소를 흘려대자, 심사석에 앉은 이들이 너 나 할 것 없이 경묵이 했던 것을 따라 잔을 들어 올려 아래에서 위로 올려다보기 시작했다.

경묵이 어째서 하늘이라는 단어에 유독 힘을 실어 설명했던 것인지가 이해가 되는 대목이었다.

"이 하늘 푸딩의 탄생 비화는 지금 말씀드린 그대로입니다. 저는 그 때 어째서 그렇게 치열하게 살았을까요? 5

만원 때문에? 아마 그건 아닐 겁니다. 5만원 더 적은 임금을 받으며 배달 오토바이를 타고 동네방네를 쏘다니던 때에도 하늘을 올려다본 적은 없었거든요. 저는 아마 잊고 있었던 것 같습니다. 아름다움이 멀지 않은 곳에 있다는 사실 말입니다. 끝내주는 바다 건너의 여행지가 아니라, 땅 끝에 위치한 섬이 아니라, 바로 머리 위에 있다는 사실을 말입니다. 서론이 길었지만, 푸딩 위에 떠있는 빛은 제각성자로서의 능력입니다."

이내 꿔다놓은 보릿자루 마냥 경묵의 옆자리를 묵묵히 지키던 박성주가 격양된 목소리로 되물었다.

"아, 그러니까 이능이라는 말씀이십니까?"

"예, 그렇습니다."

"그저 보기에 좋은 밝은 빛은 아닐 거라는 생각이 듭니다만, 어떤 능력을 지니고 있는 것인지에 대해서 물어도 되겠습니까?"

이내 경묵이 고개를 한 번 끄덕여 보이고는 온화하기 그지없는 목소리로 말했다.

"아까 말씀드렸던 대로, 저 태양 빛에 녹아들어있는 것은 희망입니다. 저 빛을 입안에 머금으신다면 느껴본 적 없던 희망을 맛보실 수 있을 거라고 확신합니다."

이윽고 목을 한 번 가다듬어 보인 경묵이 다시금 말을 이었다.

"지금 모두가 누구도 알아주지 않는 싸움을 이어가고 있다고 생각합니다."

"알아주지 않는 싸움이라니요?"

박성주가 눈을 동그랗게 뜨며 되물어보이자, 다시금 경묵이 말을 받아내었다.

"다들 이력서에 넣을 한 줄을 위하여 엄청난 거금과 시간을 투자합니다. 그리고 꿈에 대해 천진난만하게 떠드는 사람은 손가락질을 받습니다. 뭐, 물론 가수 지망생이 오늘 먹을 쌀이 없는 상황에서 더욱 열심히 연습한다고 해서 미래가 바뀌지는 않습니다."

"아…… 그렇지요."

"그러나 인생에 정답이 있다고 생각하십니까? 제가 존경하는 어르신의 말씀에 의하면 인생에는 정답이 없다 하시더군요. 인생은 오롯이 선택의 연속이라는 말씀을 해주셨습니다. 틀린 말이 아니라고 생각합니다."

그 말을 들은 최태룡이 지그시 웃음을 지어보였다.

일전 경묵과 만남을 가졌을 때에 최태룡이 경묵에게 해주었던 말이었기 때문이다.

"누군가 여러분의 선택에 대한 손가락질을 하는 것이 두렵습니까? 우습지만, 우리가 두려워해야 하는 것은 그게 아닙니다. 가까이에 있는 무언가를 잊어가는 것을 더욱 더 두려워해야 합니다. 바로 고개를 들면 보이는 하늘을 잊고 바쁘게 걸음을 옮기고, 꾸던 꿈을 가슴 속에 묻고 치열하게 살아가는 당신에게 묻는 겁니다. 다른 사람이 아니라 당신 말입니다. 지금 당신이 선택하신 인생을 살고계십니다. 그런 지금 얼마나 행복하십니까? 제가 이번 결승을 위해 준비한 디저트의 이름은 '스카이 블루' 입니다. 여러분이 지금껏 잊고 계시던 무언가를 상기 시켜줄 수 있을 것이라 자부합니다."

가든 램지는 고개를 한 번 끄덕여보이고는 말했다.

"영셰프의 거창한 설명처럼, 음식의 맛 또한 거창하길 비는 바입니다."

이내 앨런 킴 역시 이죽거리는 투로 답했다.

"저 또한 마찬가지입니다. 방금 장황한 설명이 볼품없는 음식의 맛을 가리기 위한 장막이 아니길 빕니다."

경묵은 자신에 가득 찬 표정으로 고개를 한 번 끄덕여 보였다.

이내 심사석에 나란히 앉은 심사위원들은 마치 약속이라도 한 듯 일제히 와인 잔 옆에 함께 놓인 스푼을 들어올렸다.

경묵은 여유 가득한 표정으로 그런 그들의 모습을 지켜보고 있었다.

다음 순간, 심사석에 놓인 일곱 개의 하늘에 심사위원들의 작은 스푼이 꽂혔다.

갑작스레 이어진 경묵의 일장연설 탓에, 한창 디저트 준비에 몰입해있던 정필상조차 움직임을 멈춘 채로 경묵이 서있는 심사석 쪽을 바라보고 있었다.

심사위원들이 손에 쥔 차가운 스푼이 푸딩 표면에 닿기가 무섭게, 겉보기에도 상당히 말랑말랑한 푸딩 표면이 움푹하게 파여 들어가고 있었다.

사실 경묵이 조리해낸 푸딩이 지금과 같은 색을 띠고, 지금과 같은 형체를 유지할 수 있게 된 계기는 경묵이 보유하고 있는 스킬 [형형색색 조리]의 효과 덕분이었다.

우유가 본래의 형체와 색을 잃지 않고 안에 스며들어 지금처럼 구름과 같은 모습을 할 수 있었던 것이며, 단연 구름의 형체를 띠고 있는 우유에만 국한되는 이야기가 아니었다.

본래 투명한색이던 보드카를 하늘빛으로 만든 것도 젤라틴과 보드카를 혼합해내는 과정에서 [형형색색 조리]스킬을 사용한 덕분이었다.

이내 가든 램지가 쥐고 있던 스푼이 푸딩의 겉 표면을 살짝 뚫고 들어갔다.

구멍이 뚫리기가 무섭게 푸딩 안에 고스란히 담겨있던 뭉게구름, 즉 뽀얀 색의 흰 우유가 절단면을 따라 천천히 흘러나오기 시작했다.

그 모습을 넋을 놓은 채 바라보던 가든 램지가 흡족하

다는 듯 웃음을 머금은 채 입을 뗐다.

"대단하군요. 지금 이 와인 잔 안에 담긴 작은 하늘 안에서는 구름이 흘러내리고 있습니다. 지금 저는 단순히 푸딩을 스푼으로 찌른 것이 아닙니다. 이건 일종의 행위예술이나 다름이 없어요."

장난기가 다분한 투로 꺼낸 말 탓에 다른 심사위원들이 옅은 미소를 머금은 채 가든 램지를 바라보자, 가든 램지는 푸른색 눈을 반짝이며 다시금 자신이 한 말의 뜻을 설명하기 시작했다.

"그러니까, 저는 지금 스푼과 푸딩을 이용하여 오존층 문제를 논한 겁니다. 하늘에 구멍이 뚫렸지 않습니까? 하하, 농담입니다."

약간은 난해한(?) 가든 램지의 아메리칸 조크 탓에 살짝 싸늘함이 장내에 맴돌 자, 박성주가 갑작스레 냉각된 분위기를 와해시키기 위해 과장된 리액션을 해보이기 시작했다.

"하하! 그런 깊은 뜻이 있었군요. 자! 과연 보드카로 만들었다는 아름다운 푸딩. 일명 '스카이 블루'의 맛이 정말 궁금한데요, 먼저 맛을 보는 시간을 갖도록 하겠습니다."

잠시 멈추었던 심사위원들의 숟가락이 박성주의 능숙한 진행에 따라 다시금 움직이기 시작했다.

경묵은 긴장한 기색 하나 없이 그 모습을 무던한 표정으로 지켜보고 서있을 뿐이었다.

이내 가든 램지는 자신의 심사석 바로 앞에 선 경묵과 눈이 마주치자 옅은 미소를 한 번 지어보였다.

'잊고 지내던 무언가를 다시금 되새기게 만든다……'

방금 전 경묵이 했던 말이 귓가를 떠나지 않고 아른거리는 듯 했다. 이윽고 가든 램지는 기대감을 가득 안은 채, 조막만한 티스푼 위에 자리 잡고 있던 푸딩을 혀 위에 살짝 떨어트렸다.

사르르-

혀 위에 닿은 푸딩은 불과 몇 초도 되지 않아 뜨겁게 가열된 팬 위에 오른 버터가 녹아내리듯 사라졌다.

그리고 푸딩의 맛을 본 가든 램지의 표정은 천천히, 그리고 미묘하게 변화하기 시작했다.

그도 그럴 것이 보드카로 만든 푸딩이기에 과격하다는 표현이 제법 잘 어울릴 만큼 강도 있는 쓴 맛이 혀를 장악할 줄 알았으나 전혀 그렇지 않았다.

쓴 맛이 아예 느껴지지 않는 것은 아니었으나 쓴 맛 보다는 부드러운 맛, 그리고 단 맛이 더욱 더 강하게 느껴진 것이다. 가든 램지는 전혀 예상치 못한 맛에 흥미를 느낀 듯 눈을 크게 떠 보이며 경묵에게 물었다.

"영셰프. 분명 보드카가 '블루 스카이'의 주재료라고

하지 않았습니까? 지금 나는 굉장히 놀라운 경험을 한 것 같습니다. 보드카 특유의 쓴 맛은 전혀 느껴지지 않아요. 부드러운 맛과 달콤한 맛이 더욱 더 심도 깊게 느껴지는 것 같군요."

가든 램지도 '스카이 블루'의 반전 있는 맛에 놀란 듯 했지만, 경묵 역시 가든 램지의 예리한 지적 탓에 놀람을 금치 못하는 듯 보였다.

"음, 하지만 보드카가 주재료라는 것은 부정할 수 없는 사실입니다. 보드카보다 더 많은 비율을 차지한 재료는 없으니까 말입니다."

가든 램지는 다시금 푸딩을 작게 한 술 떠서 입 안에 털 어냈다. 푸딩은 다시금 혀끝에 닿자마자 눈 녹듯 사라져 버리고 말았다.

가든 램지는 눈을 지그시 감은 채로 맛을 음미하며 엉 켜있는 맛의 실타래를 풀어내고자 고군분투하고 있었다.

그러나 금방 맛보았던 경묵의 용수면과 마찬가지로 도 저히 추리해낼 수 있는 맛이 아니라는 생각이 들었다.

지금 이 푸딩 역시 모르는 식재료의 배합을 통해서 낸 맛은 분명히 아니었다.

정말 친숙하게만 느껴지는, 또한 투박한 느낌의 식재료 들만을 이용하여 조리한 듯 보이는데도 불구하고 추리해 낼 수 없는 맛이라는 사실이 더욱 더 놀랍게만 느껴졌다.

'푸른색 빛깔과 달콤한 맛은 블루큐라소 시럽인가? 아니, 아니지. 블루큐라소 시럽만으로는 보드카 특유의 쓴맛을 잠재울 수 없는데…….'

'블루큐라소 시럽'이란 주로 칵테일이나 푸른색을 띠는 음료에 사용되는 푸른색 시럽이다.

가든 램지는 평소에 칵테일에도 깊은 관심을 가지고 있었기에, 지금 경묵이 선보인 푸딩의 조리법을 대략적으로나마 추측하고 있었다.

물론 사실여부는 경묵 만이 알고 있을 뿐.

이내 혼란스러움을 견디지 못한 가든 램지는 더 이상의 추리를 포기한 듯 경묵에게 물었다.

"그런데 말입니다, 영셰프. 말씀드렸듯 이 푸딩은 주재료인 보드카 특유의 쓴 맛 보다는 달콤한 맛이 더 깊습니다. 혹시 지금 이 달콤한 맛과 푸딩의 푸른빛은 블루큐라소 시럽을 이용한 것 입니까?"

질문을 던진 가든 램지가 침을 한 번 삼켜내 보이고는 경묵의 대답을 기다리고 있었다.

이내 그런 그를 바라보던 경묵이 입가에 옅은 미소를 지어보였다.

"죄송합니다, 셰프님. 레시피에 대해서는 말씀 드릴 수 없을 것 같습니다. 그러나 일단 전 이 디저트를 조리하는 과정에서 만큼은, 색소를 머금어 특정 색을 띠게끔 만드는 시럽이나 그와 유사한 기타 첨가물은 일체 사용하지 않았습니다. 단 한 방울도 말이에요. 안타깝지만 보드카의 쓴 맛을 잠재운 것은 블루큐라소 시럽이 아닌 생크림과 계란입니다. 생크림과 계란이 지금 느끼고 계신 부드러운, 그리고 달콤한 맛의 비밀이지요."

푸른빛의 비결은 블루큐라소 시럽이 아니라, [형형색색 조리]스킬이었다.

경묵은 이능을 사용하여 색을 조절했다는 말은 아끼는 것이 좋을 것 같다는 생각이든 탓에, 색에 대한 이야기를 아끼는 대신 맛에 대한 설명을 부가적으로 해 보였다.

또한 생크림과 계란이 레시피의 끝은 아니었다.

그 외에도 설탕과 소량의 버터 등, 대여섯 가지의 첨가물이 추가로 투입되었지만 굳이 언급하지는 않았다.

정작 가든 램지는 그 정도 설명으로도 충분히 만족한 듯 보였다.

그는 지금 손에 쥐고 있는 스푼으로 눈앞에 놓인 푸딩을 연신 가볍게 찔러대며 다시금 웃음기 어린 목소리로 말을 이어나갔다.

"그런데 보드카 특유의 쓴 맛을 잠재울 것이라면 어째서 보드카를 주재료로 삼은 것 입니까?"

"달콤한 술이라고 해서 취하지 않는 것은 아니지요."

"하하, 우리를 취하게 만들겠다는 거군요. 지금껏 제법 여러 방송에 출연해봤습니다. 그러나 촬영 중 술을 마셔 보는 것은 처음이군요. 그럼 어째서 우리를 취하게 만들 려는 것입니까? 우리가 취하면 영셰프에게 후한 점수를 내줄까 하는 기대를 품고 있는 겁니까?"

경묵은 웃음기 어린 표정으로 고개를 한 번 저어보이고 는 답했다.

"술은 이따금씩 정상적인 사고를 방해하기도 하지 만, 때로는 오히려 더욱 더 명확하게 자기 자신이나 상 황을 냉정하게 분석할 수 있는 힘을 주기도 하지 않습 니까?"

다시금 이어진 경묵의 추상적인 대답에 가든 램지가 고 개를 살짝 기웃거려 보이고는 되물었다.

"음, 부정의 여지가 없는 말입니다만……. 그래서 영셰 프께서 지금 하고 싶으신 말은 무엇입니까?"

"사실 제가 오늘 푸딩의 주재료를 보드카로 삼은 것은 일부 심사위원들에 대한 배려입니다. 술기운에서라도 용 기를 빌리라는 뜻이 담겨있으니 일종의 배려라고 할 수 있겠군요."

말을 마치기가 무섭게 경묵의 시선이 앨런 킴에게로 향 했다.

마치 시선이 아니라 화살이라도 날아와 꽂힌 것처럼 잠

시나마 손을 떨던 앨런 킴은 경묵의 시선을 다급하게 피하고는 어색한 미소를 머금은 채 손에 쥔 스푼으로 애꿎은 푸딩만 쿡쿡 찔러대며 속으로 생각했다.

'저 자식, 뭔가 알고 있는 것 같은데……. 혹시 정말 알고 있는 것 아냐?'

비수처럼 날아와 꽂힌 경묵의 날카로운 말 탓에 앨런 킴 뿐 아니라, 한식 전공의 두 셰프의 표정 역시 딱딱하게 굳을 수밖에 없었다.

경묵은 마치 정말 무언가를 알고 있기라도 한 듯, 여유롭기 그지없는 표정으로 세 사람의 눈을 한 번씩 또렷하게 바라보다가 시선을 거두었다.

가든 램지가 다시금 의아하다는 듯 눈을 게슴츠레하게 떠보이고는 물었다.

"그게 무슨 말입니까?"

"죄송합니다만, 지금 제가 한 말에 대한 설명은 심사가 끝난 후에 해야만 할 것 같군요."

앨런 킴은 심장박동이 점점 빨라지는 것을 느끼며 푸딩을 작게 떠서 입 안에 넣었다.

정말 보드카가 주재료인 덕분에, 푸딩을 먹으면 먹을수록 술기운이 올라서일까?

푸딩을 한 입 떠서 입 안에 넣으면 넣을수록 가슴에 몰아치던 파도가 잠잠해지는 것 같은 느낌을 받고 있었다.

연신 자신에게 쏟아지고 있는 경묵의 시선을 자각할 수 있었다.

앨런 킴은 고개를 푹 숙인 채 손을 바삐 움직여 푸딩을 입 안에 우겨넣듯 했다.

앨런 킴과 두 셰프로서는 피하고만 싶은 지금 순간, 화제를 전환해 준 구세주는 가든 램지였다.

"좋습니다. 영셰프, 마지막으로 한 가지만 더 물어볼게요. 난 이제 이 빛을 내는 구체의 맛을 보려고 합니다. 이 빛을 머금은 구체 말인데, 인체에 무해한 재료로 만든 것 맞겠죠?"

가든 램지는 푸딩 상단에 자리 잡은 채 태양의 역할을 대신하고 있는, 빛을 머금은 구체를 스푼으로 콕콕 찌르며 물었다.

질문을 이어나가는 와중에도 시선은 그 빛을 머금은 구체에서 떼지 못한 상태였다. 경묵은 고개를 끄덕여보이고는 호쾌한 목소리로 답해보였다.

"물론입니다, '블루 스카이' 속 태양의 정체는 체리입니다. 그러나 특별한 체리이지요. 다만, 우습게보셔서는 안 될 겁니다. 크기가 자그마하다지만 태양은 태양이거든요."

태양은 태양이다?

의문을 자아내는 경묵의 말에 심사위원들이 이번에는

빛을 머금은 체리를 스푼에 담아낸 후 입가에 가져다댔다.

체리는 스푼 위에 올려져있는 와중에도 빛을 잃지 않고 뿜어내고 있었다.

전구나 형광등과는 견줄 수 없는 여리한 수준의 불빛이었으나, 머금은 빛의 양과는 상관없이 애초에 체리가 불빛을 머금었다는 사실 자체가 신비로이 느낄 수밖에 없는 광경이었다.

그리고 태양이 모두의 스푼 위에 올려진 지금 이 순간이야말로, 경묵이 이번 결승을 위해 준비한 작전 이 절정에 치닫는 순간이었다.

체리가 머금은 빛의 정체는 바로 [희망의 노래]였다.

가든 램지는 스푼 위에 자리한 체리를 입 안에 넣은 후에, 한 입 작게 깨물어 보았다.

연달아 심사석에 앉은 모두가, 자신의 스푼 위에 올려진 귀여운 태양, 즉 체리를 입 안에 넣고 오물오물 씹어대기 시작했다.

자그마한 태양이 입 안에서 '톡' 하고 터지는 순간 체리 특유의 새콤달콤한 맛에 깃든 상큼함이 입 안 가득 퍼지기 시작했다.

물론 체리에서 퍼져 나오기 시작한 것은 상큼함만이 아니었다.

우습게도 지금 심사위원들은 이 작은 체리 한 알을 통해서 희망을 느끼고 있었다.

아까 전 용수면을 맛보던 때 느꼈던 감정과는 상반되는 밝은 감정이 가슴 속에서 끓어오르는 것이 느껴졌고, 이내 심사석에 앉은 이들이 일제히 뜨거운 눈물을 흘려대기 시작했다. 한참을 오열하던 심사위원들을 기이하다는 듯 바라보던 박성주가 상황을 정리하려는 듯 물었다.

"아, 지금 어떤 상황인지에 대한 설명이 조금 필요한 것 같습니다. 저, 가든 램지 셰프께 묻겠습니다. 임경묵 참가자의 디저트, '스카이 블루'를 맛보신 소감은 어떻습니까?"

통역을 통해 전달 된 질문에 대한 대답이 돌아오는 데에는 불과 몇 십초의 시간도 걸리지 않았다.

이내 투박한 손으로 눈물을 한 번 훔쳐내 보인 가든 램지가 뱉어낸 대답은 장내에 야기된 혼란을 더욱 배가시킬 뿐이었다.

"나는 지금 영셰프의 디저트를 통해 최고의 미래를 엿보았습니다. 쌉쌀한 달콤함과 동시에 내가 상상할 수 있는 최고의 미래가 눈앞에 나타났습니다. 그것은 환각이 아니었고, 환상도 아니었습니다. 그저 제 생각의 잔상이었습니다. 아주 행복한 생각에 대한 잔상이 펼쳐졌고, 나는 그걸 이뤄낼 수 있다는 생각을 하고 있었습니다."

흘러 넘치는 눈물을 주체하지 못하는 것은 나이가 칠순이 넘은 최태룡 역시 마찬가지였다.

그의 얼굴 위에 깊게 파인 주름을 따라 닭똥 같은 눈물이 흘러내리고 있었고, 그 옆에 자리한 형대욱도, 남광민도, 앨런 킴도, 한식 전공의 두 셰프들도 마찬가지였다.

최태룡은 물론이고 요리로 최고 경지에 이른 이들을 눈물짓게 만드는 요리?

맛보지 못한 이들의 호기심을 불러일으키는 것은 당연지사였다.

그리고 그 때, 객석에 앉은 민머리 사내와 경묵의 눈이 마주쳤다.

경묵은 재빠르게 고개를 돌리며 카메라의 위치를 살핀 후에, 카메라에 잡히지 않는 사각지대를 순식간에 계산해서는 우선 조소가 잔뜩 어린 비릿한 미소를 한 번 흘려보였다.

그리고는 한쪽 손을 남자에게 향하게끔 살짝 들어 보인 후에, 가운데 손가락을 세워 보였다.

그 모습을 잔뜩 일그러진 표정으로 바라보던 민머리 사내의 표정이 심하게 일그러졌다.

"뭐… 뭐야, 저 개자식?"

211

민머리 사내 옆에 앉아있던 스포츠머리의 사내가 목을
조이고 있던 거추장스러운 금목걸이를 살짝 풀어내 보이
고는 민머리 사내에게 물었다.

"저 자식 지금 형님한테 욕한 것 맞죠?"

"허허, 그런 것 같네? 잘못 본 거 아니지?"

이내 경묵은 고개를 휙 돌리며 시선을 거두었다. 지금
이 순간이 결승을 위해 최태룡과 함께 준비한 두 번째 작
전이 시작되는 순간이었다.

32. 꼴이 조금 우습구나

MODERN FANTASY STORY

각성!
북경각

한 편 푸딩 하나를 오롯이 다 맛 본 심사위원들의 얼굴이 살짝 붉어졌다.

쓴 맛이 가려졌을 뿐, 도수가 높은 술이었기에 어쩔 수 없는 일이었다.

경묵은 그런 심사위원들의 얼굴을 한 번 쭉 훑어본 후에 다시금 말을 이었다.

"혹시 다들 취하신 것은 아니겠지요?"

사실상 심사위원들이 직면한 문제는 취기가 아니었다. 주체할 수 없이 격양된 기분 탓에 심장박동이 계속해서 빨라지고 있었고, 생각의 잔상이 남아 망막에 맺히기라도 하는 듯 상상하는 것이 눈앞에 보이는 것 같았다.

이들은 계속해서 탄식을 뱉어내거나, 황홀감에 취하여 자신의 뺨을 어루만지는 등의 행동을 취해보였다.

"하……."

가슴 속을 뜨겁게 데우고, 부글부글 끓어오르게 만드는 이질적인 감정의 정체는 희망이었다.

아무래도 [희망의 노래]가 탁월한 효과를 내보이고 있는 듯 했다.

지금 심사석에 난데없이 도래한 희망이 경묵이 준비한 쇼의 하이라이트였지만, 아직 2부가 남아있는 상황.

그러나 다음 순간 경묵은 비릿한 미소를 한 번 지어보이고는 심사석에서 물러나 자신의 조리대로 돌아갔다.

아직 심사평을 듣는 시간도 아니었거니와, 정필상 참가자의 디저트를 맛보지 않은 상황이었기 때문이었다.

뭐, 볼이 발그레해져서도 계속 푸딩을 스푼으로 찔러대는 심사위원들이 제대로 된 심사를 할 수 있을 거라는 보장은 없는 상황이었다.

이내 정필상은 부담 가득한 표정으로 손을 들어 올려 자신의 디저트 조리가 끝났음을 알렸다.

정필상이 준비한 디저트는 영양과 맛을 동시에 생각한 '초코두부스무디' 였다.

나쁘지 않은 맛이었지만, 애석하게도 심사위원들은 컵에 예쁘게 담아낸 정필상의 디저트 '초코두부스무디'를 먹는 둥 마는 둥 해보였다.

아무래도 경묵의 디저트, 블루스카이가 너무 강렬하게 남은 탓인 듯 했다.

"달콤하고 담백하군요. 하지만 제 스타일은 아닙니다."

남광민의 평가를 들은 형대욱이 동조하듯 고개를 한 번 끄덕여 보였다.

가든 램지 역시 뒤따라서 부정적인 견해를 내놓았다.

"제가 만약 어딘가 심하게 아파서 음식을 심하게 못 먹는 날이 온다면 찾을 법한 음식이군요."

정필상 참가자의 표정에 당황한 기색이 역력히 드러나자, 가든 램지는 다시금 환한 미소를 지어보이며 말을 이었다.

"하지만 뭐, 꼭 나쁘지만은 않다는 이야기를 덧붙이고 싶습니다. 제 생각에 이 스무디는 식사대용으로도 유용하게 섭취가 가능할 것 같고 말입니다."

그의 말을 들은 정필상 참가자의 표정이 언제 그랬냐는 듯 환해지자, 가든 램지는 금세 정색을 해보이며 말했다.

"그러나 디저트로서의 가치는? 사실 형편이 없는 것 같군요. 너무 대충 만들어낸 것 아닌가 싶기도 하고, 입에 머금고 있으면 두부 냄새가 올라오는 것 같아요. 뭐, 그래도 두고두고 생각이 날 것 같은 디저트입니다. 그건 확실해요. 내가 늙고 병들어서 음식을 제대로 소화시키지 못하는 날 말이에요. 그 날에는 이 디저트와 당신의 얼굴을 떠올릴 것 같군요. 아마 헛구역질도 함께 할 것 같습니다."

이내 객석에서 살짝 조소어린 웃음이 새어나오기 시작했다. 가든 램지는 조금 취기가 오른 탓에 조금 더 과격하게 평가를 하고 있는 것인가 싶은 의문이 들 정도로 과격한 심사평을 읊어댔다.

정필상은 상한 기분을 감추지 못한 채 착용하고 있던 조리모를 벗어 손에 꽉 쥐어보았다.

경묵은 크게 상심한 듯 보이는 그의 모습을 보고 있자니 괜히 미안해지는 것 같은 기분이 들 지경이었다.

최태룡은 의견을 표하는 대신 불만이 섞인 기침을 한 번 해보였다.

그러나 반대편 심사대의 세 심사위원들은 달랐다. 한식 전공의 두 셰프는 과장된 몸짓을 해보이며 극찬을 아끼지 않았다.

"훌륭한 맛입니다. 두부 특유의 부드러움이 녹아난 최고의 디저트인 것 같아요."

"초콜릿의 달콤한 맛과 두부의 담백함이 제대로 어우러진 것 같군요. 모르긴 몰라도 저는 이 디저트를 일 년 내내 맛 볼 자신이 있습니다."

두 한식 전공셰프들의 의견에 동조하듯 고개를 끄덕여 보인 앨런 킴이 말을 덧붙였다.

"근래에 맛 본 음식 중 이렇게 건강해지는 것 같은 느낌이 드는 것은 처음입니다."

그 말을 들은 가든 램지가 고개를 한 번 기웃거려보이고는 앨런 킴에게 비꼬듯 말해보였다.

"음식이라니요, 앨런. 이건 디저트입니다. 그리고 만약 건강을 생각한다면 달콤한 디저트가 아니라, 약을 먹어야 하는 것 아닙니까?"

그 말을 신호로 하여 말을 아끼고 있던 최태룡이 옆에 놓인 냅킨으로 입을 한 번 닦아내 보이고는 조심스레 입을 뗐다.

"정필상 참가자에게 묻겠습니다. 이 디저트를 직접 맛본적은 있으십니까?"

정필상이 인상을 잔뜩 찡그린 채로 고개를 한 번 끄덕여 보이며 불만이 가득 섞인 목소리로 답해보였다.

"네."

"그럼 다시 한 번 묻겠습니다. 이 '초코두부스무디'가 정말 맛있다는 느낌을 받으셨습니까?"

"물론입니다, 그러니 결승전에서 내놓았겠지요."

최태룡은 코웃음을 한 번 쳐보이고는 진지하기 그지없는 목소리로 천천히 말을 이어나가기 시작했다.

"솔직히 말씀을 드리자면, 저는 지금까지는 말을 아꼈습니다. 나보다는 이 자리에 계신 셰프님들이 더 요리에 깊은 견해를 갖고 계실뿐더러 올바른 평가를 해주실 거라

고 생각했거든요. 그러나 아니라는 확신이 든 지금 부터
는 말을 아끼지 않을 생각입니다. 이 자리에는 자질이 없
는 셰프들이 있습니다. 명백한 사실이에요. 지금껏 제가
이룩한 모든 것들을 걸고 말하건대 확실합니다."

박성주가 갑작스레 격양된 상황을 중재시키려는 듯 다
시금 마이크를 입에 바짝 붙여대고는 조심스레 말을 이어
나가기 시작했다.

"아, 우선 최태룡 회장님께서 디저트에 조금 실망을 하
신 모양입니다. 심사평에 대해서는 먼저 항목에 의거하여
채점을 마친 후에, 논의를 거쳐서……."

최태룡은 다시금 절도 있는 동작으로 손을 들어 올려
보이며 박성주의 말을 끊어냈다.

그 기백에 풀이 죽은 박성주는 말을 잇지 못하고 손만
부들부들 떨고 있을 뿐이었다.

이내 최태룡이 눈썹을 한 번 꿈틀거려보이고는 말했다.

"이건 몹시 중요한 사안입니다. 사실 정필상 참가자가
준비한 디저트는 형편없지 않아요. 다만, 메인 메뉴에 주
력하느라 체력이 떨어졌다는 생각이 들 정도로 부실한 맛
이라는 것은 명백한 사실입니다. 물론 사람의 입맛이 다
다르겠지요. 하지만 대부분의 입맛은 정형화되어 있습니
다. 아닙니까?"

이내 가든 램지가 호쾌한 웃음을 한 번 지어보이고는

고개를 살짝 끄덕여보였다.

"자, 그럼 이번에는 극찬을 하신 세 분의 셰프님들께 묻겠습니다. 나는 지금 당신들의 셰프로서의 자질을 의심하는 거예요. 진심으로 이 디저트가 맛이 있었다고 생각하십니까?"

이내 앨런 킴과 한식 전공의 두 셰프들의 얼굴이 금세 붉어졌다.

최태룡은 코웃음을 쳐보이고는 말을 이어나가기 시작했다.

"나는 투자 대상을 발굴하기 위해 이 자리에 앉게 되었고, 정필상 참가자가 우승한다면 정필상 참가자에게 투자를 해야 하는 상황입니다. 지금 정필상 참가자에게 투자를 하기 싫다고 투정을 부리는 것이 아닙니다. 나는 지금 공정한 심사를 방해하기 위해 끼어든 모종의 세력에 대해 밝히려는 것입니다."

최태룡이 말을 마치자 장내에 술렁임이 일었다.

최태룡은 꿋꿋이 마이크를 손에서 놓지 않고 말을 이어나가기 시작했다.

한 편 스탭들 사이에 서서 이 광경을 지켜보고 있던 유승우의 얼굴 역시 하얗게 질렸다.

그가 가담은 한 것은 아니라지만, 방송국을 물론이고 프로그램 자체의 이미지가 크게 훼손되는 상황이었다.

"이, 미친놈들아! 입 막아! 막으라고!"

스탭들은 이러지도 저러지도 못한 채 우왕좌왕하고 있을 뿐, 특별한 조치를 취하거나 하지는 못하고 있었다.

그도 그럴 것이 상대는 유니언컴퍼니를 등에 업은 최태룡이었다. 이렇다 할 조치를 취해서 입을 막거나 할 수는 없었다. 유승우 역시 그 사실을 알고 있었지만, 다급함에 계속해서 불가능한 주문을 입에 담아내는 것뿐이었다.

더군다나 지금 이 상황을 강제로 매듭짓는다면? 아마 의혹은 더 불거지고 화살은 F&F와 프로그램을 계획한 자신에게로 돌아올 것이 눈에 훤했다.

이내 그는 체념한 듯 고개를 푹 숙인 채로, 스피커를 통해 흘러나오는 최태룡의 말을 묵묵히 듣기 시작했다.

"자, 우선 진행요원들은 한식 전공의 두 셰프와 앨런 킴의 채점 지를 거두어 두십시오. 첫 번째 증거물입니다."

잠시 머뭇거리던 진행요원들이 최태룡의 지시에 따라 움직이기 시작했다.

그의 결의가 담긴 눈빛은 사람을 움직이는 힘이 있었다.

앨런 킴과 두 셰프는 당황한 기색을 떨쳐내지 못한 채로 거세게 저항했지만, 이내 진행요원들에게 채점 용지를 빼앗겼다.

"뭐 하는 짓이야! 이거 놔!"

"잠시 후에 돌려드리겠습니다."

앨런 킴은 쉽사리 말을 잇지 못하고 고개를 살짝 돌려

객석의 민머리 사내와 일당들을 바라보았다.

간절히 도움을 구하는 듯 보이는 그의 눈빛에 민머리 사내는 고개를 살짝 저어보이고는 자신의 일당들과 함께 급한 걸음으로 출구를 향해 움직이기 시작했다.

그 순간, 최태룡은 갑작스레 자리를 뜨는 그들을 발견했음에도 불구하고, 개의치 않고 말을 이어나가기 시작했다.

"이미 우리 유니언컴퍼니의 인력을 이용하여, 대략적인 사건의 실마리를 밝혀둔 상태입니다. 여러분께서는 오너 셰프 코리아의 경연 결과를 다루는 스포츠 도박 사이트가 급증했다는 사실을 알고 계십니까?"

그 말을 들은 유승우의 눈이 세차게 흔들리기 시작했다. 이미 알고 있는 사실이었지만 방관한 것이 패착이었다.

사실 방관하는 것 외에 별다른 조치를 취하기도 힘든 상황이었다.

IP주소를 해외에 두고 대포계좌를 이용하여 돈을 챙기는 스포츠 도박 사이트. 경찰도 아니고 일게 프로그램 기획자인 자신이 그 수만 하더라도 국내에 수 천 개가 넘는 사이트 중 승부 조작에 개입할 세력이 어디에 있는 줄 어떻게 알고, 그 세력들을 일망타진한다는 것인가?

뒷 상황은 듣지 않아도 짐작할 수 있을 것 같았다.

앨런 킴을 비롯한 두 셰프가 승부 조작에 가담했다.

그러나 이해가 가지 않는 부분이 하나 있었다.

기존의 심사위원들의 수만 하더라도 여섯이니, 세 사람만으로는 정필상의 무조건적인 승리를 보장할 수 없는 상황이었다.

그 때, 남광민 셰프가 천천히 입을 떼기 시작했다.

"어떻게 흘러가고 있는 상황인지 알 것 같군요. 사실 제게도 승부조작 의뢰가 들어왔었습니다. 물론 저는 거절을 했고, 그 당시 그쪽에서 제게 했던 제안은 저를 포함하여 세 명의 셰프들을 섭외해달라는 조건이었습니다. 제시한 금액도 엄청났고요."

이내 가든 램지역시 며칠 전 걸려왔던 전화를 떠올리고는 피식하고 웃음을 지어보였다.

그 역시 그와 유사한 전화를 받았었으나, 자신의 일정을 담당하는 에이전시에 연락을 취하라는 말과 함께 전화를 끊어버렸었다.

당시에는 자신의 연락처를 어떻게 알아낸 것인지에 대한 의문 탓에 분개해있었을 뿐, 그 뒤로 이런 흑막이 숨겨져 있을 거라는 예상은 하지 못했던 것이다.

반면 최태룡은 자리에서 일어서서는 앨런 킴과 두 셰프가 앉은 심사석 쪽으로 천천히 다가서기 시작했다.

그리고는 객석 맨 앞줄에 포진한 기자들을 바라보며 웃음을 한 번 지어보이고는 말했다.

"자, 앞에 앉으신 기자 분들은 잘 찍어두십시오. 이번

224 각성 6
북경각

승부조작에 개입한 자질이 부족한 셰프 삼인방입니다."

이내 곳곳에서 플래시가 터지기 시작했다.

장내는 이미 아수라장이나 다름이 없는 상황이었고, 앨런 킴과 두 셰프는 사색이 되어 솟아날 구멍을 모색하듯 고개를 두리번거렸다.

그러나 이미 그들이 빠져나갈 구멍은 봉쇄된 상황. 이내 앨런 킴이 자리를 박차고 일어서며 발악하듯 외쳤다.

"우리도 협박을 당했다고! 협박을!"

그 말을 들은 최태룡은 앨런 킴의 귓가에 대고 작게 속삭이듯 말했다.

날이 바짝 선 날카로운 목소리는 듣는 것만으로도 소름이 일 정도였다.

"이미 자네가 그들과 모바일 메신저를 이용하여 나눈 대화 기록을 손에 쥐고 있어."

그 말을 들은 앨런 킴은 마치 저승사자와 조우한 듯 사색이 된 얼굴로 뒷걸음질을 치며 물었다.

"대…… 대체 어, 어떻게?"

"지금 전 국민들이 애용하는 모바일 메신저를 개발한 회사가 어디인 줄 알고 있나?"

스마트 폰이 보급화 된 현재, 거의 전 국민들이 사용한다고 해도 과언이 아닌 모바일 메신저, '프리톡'의 개발사는 유니언컴퍼니였다. 이내 떨리는 눈으로 최태룡을 바라보던 앨런 킴이 체념한 듯 고개를 푹 숙여보였다.

최태룡은 계속해서 말을 이어나가기 시작했다.

"자, 기자 분들. 똑바로 받아 적으십시오. 브로커가 가장 먼저 접선을 한 것은 앨런 킴입니다. 그리고 앨런 킴이 추가적으로 섭외를 한 것은 한식 전공의 두 셰프. 남광민 셰프와 가든 램지 셰프는 이미 브로커 측에서 접선을 했다가 퇴짜를 맞은 상황이었고, 형대욱 셰프는 임경묵과 세계 대회 진출이 확정된 셰프라는 이유로 섭외가 불가능하다는 내용의 대화를 나눈 기록을 가지고 있습니다. 그게 두 번째 증거물이지요."

경묵은 제 자리에 서서 상황을 지켜보기만 할 뿐, 나서지 않고 있었다.

사전에 최태룡과 작전을 준비하던 때에, 경묵은 '힘없는 요리사'의 역할을 맡아 연기해내기로 약속했던 것이었다.

카메라를 의식하여 당황을 금치 못하는 표정을 연기해내고 있었다.

이내 경묵은 고개를 살짝 돌려 정필상의 표정을 한 번 살펴보았다.

적잖이 놀란 듯 보이는 정필상의 표정으로 미루어 보건데, 정필상 역시 이 사실에 대해서는 모르고 있던 듯 했다.

브로커들이 거액을 들여 심사위원들을 섭외한 뒤, 정필상이 승리하게끔 만들려는 이유는 간단했다.

스포츠 도박의 경우 배당이라는 것이 존재하고, 정필상이 승리할 경우 손에 거머쥐는 금액은 무려 배팅금액의 다섯 배. 그만큼 많은 사람들이 경묵의 승리를 점치고 있었던 것이다. 경묵이 사전에 최태룡으로부터 브로커가 개입했다는 사실을 전해 들었을 때 미리 밝혀서 흑막을 제거하면 되는 것 아니냐고 물어보이자, 최태룡은 입가에 웃음을 잔뜩 머금은 채로 답해보였다.

　"뭐? 우리가 왜? 공짜로 TV며 신문1면이며 인터넷 뉴스며 좋은 광고자리는 다 독차지할 수 있는 절호의 기회인데 말이야. 자네 노이즈 마케팅 모르나?"

　그리고 그 때, 객석을 황급히 빠져나가던 민머리 사내와 일당들은 출구에 다다르자 속도를 늦추었다.

　"형님, 이게 어떻게 된 거랍니까?"

　"내가 어떻게 알아, 이 병신 같은 새끼야! 제기랄……. 우선 여기부터 뜨고 보자."

　경연장을 벗어나기 위해 경연이 시작되기 전 들어온 문을 활짝 열어 재꼈을 때, 대여섯 명 정도 되는 정장차림의 사내들이 그들을 막아서며 말했다.

　"지금은 못 나오십니다."

민머리 사내는 그들을 한 번씩 훑어보았다.

반듯한 정장차림에 선글라스를 착용한 대여섯 명의 사내들은 풍채와 행색으로 미루어 보건데 F&F측에서 섭외한 보안요원쯤 되어 보였다.

이내 민머리사내는 잔뜩 짜증 섞인 목소리로 말을 이어나가기 시작했다.

"니들 뭐야? 우리가 누군지 알아? 급한 일 있으니까 비켜!"

그리고 그 때, 그들을 막아섰던 사내가 선글라스를 벗어보였다.

그들을 막아섰던 사내의 정체는 유니언컴퍼니의 현 회장 최만기의 수행비서 '이상윤'이었다. 이내 상윤은 코웃음을 한 번 쳐보이고는 장난기 가득 어린 목소리로 말해보였다.

"미안한데 너희는 못 간다. 나도 너희한테 급하게 볼 일이 있어서 없는 시간 쪼개서 온 거거든."

"뭐, 뭐야?"

상윤이 비릿한 미소를 지어보이며 천천히 다가서자 민머리 사내가 천천히 뒷걸음질을 치기 시작했다.

"자, 어디보자."

이내 상윤은 주머니에 손을 넣어서는 반듯하게 접어진 종이를 꺼내들어 펼치기 시작했다.

한쪽 눈을 살짝 찡그린 채, 종이에 기재된 내용을 유심히 살펴보던 상윤이 헛기침을 해보인 후에 천천히 입을 뗐다.

"이름은 김민걸. 나이 44세. 혈액형은 B형, 간부들이 대거 구속되고 현재는 와해된 조직 '놀부파' 출신, 타이밍 잘못 잡아서 조직이 와해되기 전에 탈퇴선언 했다가 보복성 폭행을 당했었지? 거기다가 운영하던 오락실도 망가지고… 하락세 좀 타나 싶더니, *토사장(불법스포츠도박사이트 운영자)으로 전직 후 나름의 성공가도를 달리는 중. 맞지?"

상윤은 다소 과장된 너털웃음을 한 번 지어보이고는 민머리사내, 즉 김민걸의 옆에 다가서서는 자신이 읽어 내리던 종이를 건네주었다.

"너도 한 번 읽어볼래? 재미있는데."

김민걸은 상윤을 잠시 쏘아보다가, 종이를 낚아 채 내용을 확인해보기 시작했다. 종이에는 그 밖에도 자신의 일거수일투족 및, 살면서 겪었던 크나큰 중대사들이 빠짐없이 적혀 있었다. 그래, 이런 건 별로 중요하지 않았다.

그냥 어떻게 열심히 뒤꽁무니 파다 보면 충분히 알 수 있고 들을 수 있는 이야기들이니까.

털어서 먼지 안 나오는 사람이 어디 있다고. 그런데 문제는 다른 게 아니라 맨 마지막 몇 줄에 있었다.

마지막쯤에 기재된 내용에는 이번 오너 셰프 코리아의 결승 승부 조작에 대한 모든 정보가 함축적으로 담겨있었다.

셰프들과 나누었던 대화 기록부터 시작해서, 본인을 제외한 이번 승부 조작 건의 자금투자자들, 연루된 모든 이들의 이름과 인적사항이 함께 기재되어있었다.

"이…… 이걸 어떻게? 제기랄, 너 뭐야? 경찰이야? 뭐야?"

상윤은 어깻짓을 한 번 해보이고는 나지막이 말했다.

"민걸아, 같이 가자. 시간 없다. 윗사람들 기다리게 하면 쓰냐?"

상윤의 말을 들은 김민걸이 마치 으스대듯 자신의 허리춤에 양 손을 올려둔 후에 눈을 부릅뜨며 마치 호통 치듯 큰 소리로 되물었다.

"뭐? 이 개자식들이! 너희 누가 보내서 왔어? 어?!"

상윤은 대답대신 조소 어린 웃음을 지어보이며, 검지로 하늘을 가리켜 보였다.

"그래, 그러니까 위에 누가 보내서 온 거야? 내가 다 담궈버릴라니까……."

험악한 말이 이어질 것 같은 기색이 엿보이자, 인상을 찡그려 보인 상윤이 김민걸의 말을 자르며 무던한 목소리로 대답했다.

"청담동 최태영이라고 알지?"

이내 상윤의 말을 들은 김민걸의 표정이 심하게 요동치기 시작했다.

"청담동 최태영…?"

최태영.

입에 착 달라붙는 익숙한 이름, 그야말로 이번 판을 짠 실질적인 브로커라고 할 수 있었다.

판의 크기가 크기인지라, 일개 '토사장' 몇 명이 가담하여 '승부조작이나 한 번 해볼까?' 하고 손쉽게 접근하여 멋대로 좌지우지 할 수 있는 판이 아니었다.

여태껏 일사천리로 일을 진행하고 셰프들을 섭외할 수 있었던 데에는 그의 도움이 컸다.

이번 일에 가담한 셰프들에게 지급하기로 약속한 보상 금액의 대부분이 최태영의 주머니에서 나온 돈이었고, 사실상 지금 김민걸이 직접 두 발로 뛰고 있는 이유도 최태영이 활동비 명목으로 지급한 돈 때문이었다.

작게는 심사석을 꿰차고 앉은 셰프들의 개인 연락처부터 시작하여, 크게는 막대한 자금까지. 지금 벌어진 이 판은 사실상 '최태영' 혼자서 벌인 판이나 마찬가지였다.

"하…… 씨발……."

김민걸이 투박한 손으로 제 이마를 짚은 채, 깊은 탄식을 내뱉었다. 어쩐지, 너무 감언이설 같은 제안이었다.

의심을 하기는 했지만 달콤한 보상에 판단이 흐려진 듯했다. 의심이 들 때면 스스로를 어르기 깨지 했으니, 어찌나 한심한 노릇인가?

불과 어제 돈방석에 앉을 것이라며, 술집에서 고래고래

소리치던 자신의 모습이 떠오른 탓에 피식하고 웃음이 나왔다. 그러고 보면 곰곰이 생각을 해볼 필요도 없이, 그렇게 대단하시다는 양반이 이런 큰일을 자신에게 맡길 이유가 없었다.

이내 코웃음을 한 번 쳐 보인 김민걸이 상윤에게 되물었다.

"최태영 그 양반이 날 보자고 했다고?"

"그래, 너희도 알다시피 너희 정도는 구제해줄 수 있는 힘이 있으신 분이다."

"까는 소리하고 앉았네. 내가 한 번 속지, 두 번 속아?"

이내 화를 주체하지 못한 김민걸이 허리춤에서 손 한 뼘 정도 되어 보이는 칼을 꺼내어 들어서는 상윤 쪽으로 들이밀며 고래고래 소리를 치기 시작했다.

"이, 개자식아. 잘난 어르신한테 똑똑히 전해라! 내가 내 두 발로 걸어서 찾아가는 날에는 배때기에 구멍 내준다고! 뭘 막고 서있어? 본보기로 바람구멍 나고 싶은 거 아니면 비켜!"

손잡이 부분이 검은 색 테이프로 테이핑 되어있는 칼.

꺼내 드는 동작이 매끄럽게 이어지는 것으로 미루어 보건데, 김민걸은 이 칼을 수시로 휴대하는 듯 했다.

전에 당했다던 보복성 폭행이 트라우마로 남았던 탓일까?

어쨌든 눈이 뒤집힌 김민걸이 갑작스레 날카로운 날붙이를 꺼내들자, 상윤 뒤로 선 사내들은 잠시 주춤하는 듯했으나 상윤은 눈 하나 깜빡하지 않고 코웃음을 쳐보이고는 끼고 있던 안경을 벗어서는 자신의 옆에 서있던 사내에게 건네며 입을 뗐다.

"너 같은 놈들은 조금 맞아야 정신을 차린다더라."

이내 상윤이 김민걸을 향해 천천히 걸음을 옮기기 시작했다.

팟–!

다음 순간, 땅을 박차고 앞으로 나아간 상윤의 주먹이 김민걸의 얼굴을 향해 날아들었다.

상대가 흉기를 들고 있는 만큼 어설프게 대항해서는 안 된다고 생각한 만큼, 힘이 실려 있는 주먹이었다.

물론 각성자가 육체적인 능력이 조금 더 뛰어나다고는 하나, 칼에 찔렸을 때 아픈 것은 똑같다.

심한 상처를 입을 경우 목숨을 잃는 것도 마찬가지.

무엇보다 이런 잡배에게 상을 입고 돌아간다면, 망신도 이런 망신이 없을 것이라는 생각이 든 탓에, 주먹에 더욱 힘을 실었다.

쿵–!

마치 둔기로 세게 후려친 것 같은 굉음이 로비에 크게 울려 퍼짐과 동시에 김민걸이 바닥에 힘없이 자빠졌다.

흰자위가 드러난 눈은 처량하기 그지없었고, 벌어진 입에서는 묽은 피가 흘러나오고 있었다.

"다 잡아."

피식하고 웃음을 지어보인 상윤이 남은 잔당들을 향해 턱짓을 한 번 해보이자, 상윤의 등 뒤로 서있던 정장차림의 사내들이 득달같이 달려들어 제압을 시작했다.

그가 손에 쥐고 있던 칼이 바닥에 떨어지며 진동했고, 상윤은 테이프가 둘러져있는 칼의 손잡이를 집어 들어서는 한 번 이리저리 살펴보았다.

상윤은 손에 쥐고 있던 칼을 다시금 바닥에 내려놓은 후에, 주머니에서 휴대폰을 꺼내 어딘가로 전화를 걸었다.

"예, 회장님. 지금 끝났습니다. 김민걸 데리고 먼저 가 있도록 하겠습니다."

❁

당연한 이야기이지만, 오너 셰프 코리아의 우승자 발표가 잠시 후로 유보되었다.

부정 심사에 가담한 심사위원이 지금 공개된 세 사람 뿐인지를 제대로 가려낸 후 부정 심사에 가담한 심사위원들이 작성한 채점 용지는 모두 폐하기로 했다.

그 말인 즉, 이번 승부 조작에 개입하지 않은 심사위원이 내린 '이미 완료된' 채점 내용을 토대로 하여 심사를 진행하겠다는 발표를 하겠다는 것 이었다.

그도 그럴 것이 사실상 결승전을 다시 치루는 것은 불가능에 가까운 일이었다.

심사위원들은 물론 두 참가자들 역시 결승전 뒤로 바쁜 일정이 남아있는 상황이었다.

더군다나 이렇게 흐지부지하게 끌고 가다보면 힘이 빠진다는 것은 주최 측에서 더 잘 알고 있는 사실이었다.

박성주가 다소 숙연한 목소리로 사과의 말을 담아냈고, 제작진은 긴급회의에 들어갔다.

승부조작에 가담하였던 앨런 킴과 두 셰프는 즉각 연행되어 조사를 받고 있는 상태였고, 유니언컴퍼니 측 대변인이 기자회견 일자에 대해 공고하고 나서야 무르익은 분위기가 사그라졌다.

그나마 순탄하게 문제가 해결되고 있는 상황이라고 볼 수 있었다.

굳이 문제를 하나 꼽아보자면 '오너 셰프 코리아'의 결승전이 생방송으로 진행이 되고 있었다는 점이지만, 본래 '오너 셰프 코리아' 자체가 F&F측에서 독점적으로 방영을 하는 프로그램이었기 때문에 뒤쪽에 편성된 프로그램을 취소시키는 것으로 이 부분 또한 대충 해결이 되었다.

이렇게 상황을 순탄하게 풀어 나갈 수 있었던 데에는

유니언컴퍼니의 도움이 컸다.

미리 대비라도 해둔 것인지, 유니언컴퍼니 측의 사람이 나서서 F&F측에 쓸 만한 매뉴얼과 대안을 제시해주었고, F&F는 나쁘지 않아 보이는 선택지만을 골라서 따랐다.

최태룡은 미리 알고 있었으면서 왜 사전에 언질을 하지 않았냐는 기자의 질문에, 셰프들의 마지막 양심을 믿었다고 대답하며 슬픈 표정을 지어보였다.

그러나 유승우는 절대 그 말을 믿지 않았다.

이내 의심이 가득한 눈초리로 최태룡의 뒷모습을 바라보던 유승우가 고갯짓을 해보이며 혀를 찼다.

'쯧, 저 재수 없는 노인네⋯⋯. 능구렁이 같으니라고⋯⋯.'

의심을 거두지 않는 이유는 간단했다. 마치 이런 상황이 터지기만을 기다렸다는 듯 보이는 능수능란한 태도, 그리고 F&F에게 가해질 타격을 최소화시키기 위해 준비한 듯 보이는 수많은 대책들.

한 편으로는 고마운 마음이 들다가도, 잘 생각해본다면 미리 언질만 해주었더라면 이런 일 없이 금세 마무리지을 수 있던 일이기에 괘씸하다는 생각이 들었다.

"유 피디, 왜 그래?"

그 때, 촬영감독이 유승우의 곁에 다가서며 물었다.

"아, 아무 일도 아닙니다."

"젊은 사람이 왜 넋을 놓고 있어, 정신없었지? 커피나

한 잔 마셔."

촬영감독이 건넨 커피를 받아든 유승우가 최태룡에게서 시선을 거두고 고개를 돌리려던 찰나의 순간, 최태룡과 눈이 마주쳤다. 최태룡은 마치 유승우를 비웃기라도 하듯 입 꼬리를 살짝 올려 보였다.

'잘못 봤나?'

무심코 고개를 돌린 유승우가 다시금 뒤를 돌아보았을 때, 최태룡은 이미 자신의 대기실을 향해 걸음을 옮기고 있는 중이었다.

❀

한 편, 최태룡의 개인대기실 안.

기자들의 눈을 피해 들어온 경묵이 대기실 중앙에 마련된 쇼파에 드러눕듯 앉아있었다.

최태룡은 그런 경묵의 태도는 개의치 않아 하는 듯 보였다.

"내가 보기엔 앞뒤가 잘 맞아 떨어진 것 같은데, 자네 생각은 어떤가? 덕분에 대중들의 관심이 배가 될 것 아닌가? 허허, 하늘이 도운 것인지 순풍이 부는군."

"모르겠습니다. 이거이래서야, 이겨도 찝찝한 상황이지 않습니까? 하…… 그냥 녹슨 왕관을 받아쓰는 기분일

뿐입니다."

경묵이 아쉬움이 잔뜩 묻어난 탄식을 내뱉어보이자, 최태룡은 마냥 좋다는 듯 웃음을 한 번 지어보이고는 말했다.

"어쨌든 결과가 중요한 것 아니겠는가? 자네가 이겼다는 사실 말이야. 우승 축하하네. 상금 십억 원과, 투자를 약속받게 된 것도 축하하고 말이야."

최태룡의 장난스러운 어투에, 경묵은 어깻짓을 해보이고는 무던한 목소리로 답해보였다.

"제 승리가 확정된 사실은 아니지 않습니까?"

"자신이 없는 건가?"

"눈으로 본 것도 믿지 말라고 하셨던 것은 회장님 아니십니까?"

경묵이 이죽거리는 투로 말해보이자, 최태룡이 다시금 호쾌한 웃음을 지어보였다.

경묵 역시 해맑게 웃는 최태룡을 바라보다가 웃음을 터트리고 말았다.

"아직 일이 끝난 것이 아니니, 너무 고무되어서는 안 되네."

"새겨듣겠습니다."

그 때, 최태룡이 손에 쥐고 있던 휴대폰이 살짝 진동했다. 최태룡은 살짝 고개를 숙여 액정에 떠오른 문구를 살펴보았다.

[이상윤 : 회장님, 김민걸 깨어났습니다.]

최태룡은 잠시 일었던 미묘한 표정변화를 감춰 보인 후에, 다시금 경묵을 바라보며 말을 이어나가기 시작했다.

"그래, 어쨌든 좋아. 자네 메인 요리도, 디저트도 모두 다 훌륭했어."

"과찬이십니다."

"과찬은 무슨, 할 말이 많은데 내가 지금 잠깐 볼 일이 있어."

경묵은 그제야 쇼파에서 몸을 일으키고는 고개를 살짝 숙여 인사를 해보였다.

"우선 나가보겠습니다."

"그래, 우선 촬영부터 마치고 내가 다시 연락하도록 하겠네."

경묵이 문을 열고 밖으로 나서자, 웃음기를 머금고 있던 최태룡의 표정이 언제 그랬냐는 듯 싸늘하게 변했다.

이내 주름진 손가락으로 핸드폰을 매만지던 최태룡이 한쪽 뺨에 핸드폰을 가져다 댄 채 다시금 담배에 불을 붙였다.

뺨에 댄 핸드폰에서 전화 발신음이 울리기를 한 차례, 너머에서 들려온 남자의 힘없는 목소리에 최태룡이 함박 웃음을 지어보이며 말했다.

"어, 김민걸! 잘 잤어? 나 최태영이야."

최태룡은 수화기 너머에서 아무런 말도 들리지 않자, 핸드폰을 뺨에서 살짝 뗀 후 액정을 한 번 확인해보고는 다시금 말을 이었다.

"것 참, 민걸아. 잘 잤냐니까 왜 말이 없어?"

이내 수화기 너머의 김민걸이 악을 쓰며 고래고래 소리쳤다.

"이 개 같은 영감탱이, 너는 내 눈에 띄면……."

최태룡은 인상을 살짝 찡그려보이고는 손에 쥐고 있던 휴대폰을 귀에서 살짝 떨어트려 보였다.

짙은 한숨을 내쉬어 보인 후에 다시금 휴대폰을 뺨에 가져다댄 최태룡이 다소 엄중한 목소리로 말을 이어나가기 시작했다.

"이 봐, 김민걸. 자네 장사 하루, 이틀 해? 아니, 뒤탈 걱정은 했었어야 할 거 아냐. 그래도 자네는 운 좋은 거야. 나 최태영이가 본래 누구 뒤 닦아주는 일은 안하는 사람인데 지금 자네 신경 써 주겠다는 거야."

이내 최태룡이 한 번 웃음을 지어보이고는 다소 섬뜩한 투로 말을 이어나가기 시작했다.

"그러니까 벌레 새끼면 벌레 새끼답게 감사합니다, 말하고 고개도 숙이고 넙죽 받아 쳐 먹으라는 얘기야. 무슨 말인지 알아?"

"뭐……. 뭐? 이, 이……."

김민걸이 쉽사리 말을 잇지 못하자, 최태룡이 다시금 천천히 입을 뗐다.

"너 똑똑한 새끼잖아. 아니야? 잘 들어. 너 같은 새끼는 소모품이야. 소모품. 세상에 널린 게 너 같은 삼류 양아치 새끼들이야, 그건 알지?"

김민걸은 최태룡의 날이 잔뜩 선 목소리 탓인지 쉽사리 답을 할 수 없었다.

잠시 정적이 이어지자, 최태룡은 피식하고 웃음을 지어 보인 후에 손가락 사이에 끼워져 있던 담배를 재떨이에 비벼서 꺼 보였다.

"잘 들어라, 민걸아. 무는 개는 짖는 법이 없다."

"……."

"네가 충성한 게 나였던 적 있나? 어차피 내 돈에게 충성했겠지. 자네 충성심이 바닥났어도, 내 돈은 바닥나지 않았어. 잘 했다는 거야. 내 자네 일처리에 만족했으니 상을 주겠다는 거고, 어려운 거 아니야. 그냥 외국 가서 잠깐 쉬다가 오면 되는 거야. 이 새끼, 너 어차피 가족도 없잖아?"

다시금 정적이 이어지자, 최태룡의 표정이 점점 더 싸늘하게 굳어가기 시작했다. 그리고 그 순간, 수화기 너머에서 김민걸의 목소리가 들려왔다.

"알겠습니다, 감사합니다."

비굴하기 그지없는 목소리에 최태룡이 만족스럽다는

듯 고개를 한 번 끄덕여보이고는, 힘이 잔뜩 실린 목소리로 천천히 말을 이어나가기 시작했다.

"그런데, 이것도 명심해 둬. 너 같은 밥버러지 새끼들 쥐도 새도 모르게 죽이는 거, 돈 있으면 아무 것도 아니다. 알지?"

"······."

최태룡은 다시금 수화기 너머의 김민걸에게 다그치듯 되물어보였다.

"아냐니까 왜 답이 없어?"

"죄송합니다."

"그래, 우선 거기서 푹 쉬고 있어. 알았지?"

최태룡은 몇 마디 말을 더 나눈 후에야 통화가 끝난 것인지, 휴대폰을 다시금 안주머니에 넣어 보였다.

머리칼을 한 번 쓸어 올려 보인 그가 자리에서 일어서서는 숨을 한 번 길게 몰아쉬며 나지막이 말했다.

"천박한 새끼 같으니라고······."

말을 마친 최태룡이 협탁 위에 올려져있던 유리 재떨이를 집어 들어서는 벽에 세게 내던져보였다.

바람을 가르는 소리를 내보이며 날아간 유리 재떨이는 단단한 콘크리트 벽과 부딪히기가 무섭게, 듣기 싫은 음을 한 번 내보였다.

쨍-!

최태룡은 여전히 화가 풀리지 않은 듯 숨을 거세게 몰아쉬고 있을 뿐이었다.

성질 같아서는 갈아 마셔도 시원치 않다만, 혹여나 경묵의 행보에 해가 될까 최대한 순탄하게 일을 처리해야 했다.

더군다나 이 사실을 경묵이 알았다간 또 어떤 소리를 들을지 모르니 최대한 신중하게, 그리고 조심스레 일을 처리해야 한다.

여태껏 원하는 일은 모두 하고 싶은 대로 처리, 진행해왔고 최고의 결과를 만들어 냈다.

그리고 지금 이 순간 최태룡은 경묵을 최고 사업가 반열에 올려두는 꿈을 꾸고 있었다.

늘 그래왔듯, 어떻게든 해낼 생각이었고 해낼 것이라고 확신하고 있었다.

사실 최태룡이 이번 승부조작 사건을 조작한 데에는 몇 가지 이유가 있었다.

우선 대중들의 관심이 오너 셰프 코리아에 더욱 더 쏠리게끔 만들 수 있다는 것

이른바 '노이즈마케팅'의 일환으로서, 광고비용을 비교적 줄일 수 있었다.

검은 세력을 움직이고 돈을 조금 쥐어주는 것만으로 신문 1면은 물론, 인터넷 뉴스, TV뉴스 할 것 없이, 한 번씩

은 다 치고 나올 것이 분명해졌다.

이렇게 극단적인 방법을 동원하게 된 이유는 단연 경묵 때문이라 할 수 있었다.

새로이 런칭할 디저트 브랜드로 업계를 점령하겠다고 호언장담을 해 두었는데, 광고비용을 비롯한 투자 금액이 배보다 배꼽이 더 커서는 경묵에게 면목이 서지 않는 다는 것이 그 이유였다.

단순히 그 이유만으로 몇 사람의 인생을 망가트린 것이었으며, 이것이 최태룡 자신만의 방식이었다.

그는 돈이 없는 이들은 돈이 많은 이들의 장기 말에 불과하다고 생각하고 있었다. 장기 말 중에서도 한낱 '졸' 혹은 '병'

졸과 병은 왕의 생존과 승리를 위해 희생을 감수해야 한다. 또한 졸과 병을 아끼는 왕은 승리는커녕, 생존을 할 수도 없다.

이윽고 최태룡은 바닥에 조각난 재떨이에 비친 자신의 얼굴을 한 번 바라보았다.

조각난 유리의 결 탓에 일그러진 듯 해괴하게 비춰지는 낯짝을 바라보고는 실소를 한 번 흘려보였다.

"하……."

최태룡은 어떤 불미스러운 일을 감당하더라도 경묵을 양지 가장 높은 곳에 세우고 싶다는 생각뿐이었다.

설령 그게 경묵의 의사와는 상관이 없는 일이라고 하더라도.

⊛

"불미스러운 일 탓에 진행이 매끄럽지 못했던 점, 정말 죄송합니다."

한껏 숙연한 목소리로 말을 해보인 박성주가 고개를 살짝 숙여보이자 객석에서는 조작된 박수소리가 한 차례 들려왔다. TV에는 지금 들려오는 박수소리만이 나올 뿐, 객석 앞에 서서 팔을 흔들어대는 촬영 스탭의 노고는 방영되지 않는다.

그 모습을 바라보던 경묵이 저도 모르게 한 번 옅은 웃음을 지어보였다.

한 편 박성주는 계속해서 말을 이어나갔다.

"앞서 말씀 드렸던 대로 저희 F&F는 부정심사 및 승부조작에 가담한 세 심사위원들이 작성한 심사용지를 폐하기로 결정 내렸습니다. 안타깝지만, 세 셰프는 이제 방송보다는 뉴스에서 더 쉽게 접할 수 있을 것 같군요."

박성주는 한 번 씽긋 웃어 보인 후에, 손을 들어 뒤편에 설치된 전광판을 가리켜보였다.

"자, 우선 지난 두 달 동안 다들 수고 많으셨습니다. 우선 참가자 여러분, 또한 심사위원 여러분들과, 촬영진 여러분, 마지막으로 큰 관심을 가져주신 시청자 여러분께도 깊은 감사를 전하는 바입니다. 그럼, 이번 오너 셰프 코리아를 한 번 되돌아보는 시간을 갖도록 하겠습니다.”

이내 박성주의 모습을 잡고 있던 메인 카메라가 함께 고개를 돌렸다.

전광판에서는 지난 오너 셰프 코리아의 촬영 중 있었던 크고 작은 일들이 담긴 영상이 재생되고 있었다.

나름 감동적인 음악까지 가미가 되고 나니 제법 감성을 자극하는 것 같기도 했다.

가든 램지가 경묵을 처음 극찬하던 당시의 모습이 나오자, 경묵의 뺨이 괜스레 발그레해졌다.

그 뿐 아니라 탈락의 고배를 마셔야 했던 참가자들의 모습과, 조리에 열중하고 있는 참가자들의 모습, 스탭들의 모습과, 카메라가 꺼진 곳에서 나누었던 셰프들의 솔직한 이야기까지.

재생되던 영상이 끝난 듯 보이자, 객석에서 우레와 같은 박수소리가 터져 나왔다.

그와 동시에 촬영장 내의 모든 조명이 암전되었고, 이내 롱 핀 조명 하나가 박성주에게만 떨어졌다.

“비록 불미스러운 일이 있었습니다만, 오늘이 지난 오너 셰프 코리아의 종지부를 찍는 날이라는 점에는 변함이 없습니다. 우승자는 총 상금 십억 원과, 거액의 경영지원 금을 손에 거머쥐게 됩니다."

암전된 조명 탓에 모습이 드러나지는 않았지만 박성주의 뒤로 선 두 참가자, 경묵과 정필상은 고개를 숙인 채로 심사결과가 발표되기만을 기다리고 있었다.

경묵 역시 자신의 승리를 어렴풋이 점치고 있기야 했다지만, 좀처럼 떨리는 가슴은 어찌하지 못 하고 있는 상태였다. 그도 그럴 것이, 심사위원들의 평가가 가장 영향력 있다지만 문자투표결과나 사전에 진행되었던 인터넷 투표 역시 결과에 적잖이 반영되기 때문이었다.

한 편 박성주는 다시금 엄중한 목소리로 말을 이어나가기 시작했다.

"푸드 트럭, 경묵이네 북경각의 오너 자격으로 처음 자신의 존재를 알렸던 자수성가의 아이콘 임경묵 참가자!"

말을 마치기가 무섭게 경묵이 선 자리에 밝은 롱 핀 조명이 떨어졌다.

"와아아아아!"

조명 빛이 닿기가 무섭게 경묵의 모습이 드러나자, 경묵을 응원하는 이들의 우레와 같은 함성소리가 다시금 드넓은 스튜디오 내에 울려 퍼졌다.

객석을 향해 손을 한 번 흔들어 보인 경묵은 곁눈질로 자신의 옆에 나란히 선 필상을 한 번 바라보았으나, 어두

컴컴한 탓에 표정을 살필 수는 없었다.

"자! 이번에는 대한민국 3대 중국집이라 손꼽히던 화룡각 출신의 요리사, 억대 월 매출을 기록하고 있는 연래춘의 오너 셰프입니다! 정필상 참가자!"

억대 월 매출? 나도 올리고 있는데? 경묵이 못마땅하다는 듯 눈썹을 한 번 꿈틀해보이고는 정필상이 선 자리를 바라보았다.

이번에도 어김없이 박성주가 말을 마치기가 무섭게 정필상이 선 자리에 밝은 롱 핀 조명이 떨어졌다.

어색한 웃음과 함께 손을 흔들어 보이고 있는 정필상 역시 경묵 못지않게 긴장을 숨기지 못하고 있었다.

"자! 우선 인터넷 투표 결과입니다!"

드디어 길고 길었던 오너 셰프 코리아의 마지막, 최종 우승자가 가려지는 순간이었다.

❀

강원도 인제 외곽의 별장 안, 거실에 비치된 가죽 쇼파에 드러눕듯이 앉은 최태룡이 함박웃음을 지어보이며 수화기 너머의 상대에게 말했다.

"그래, 그래. 우승 축하하네. 기분 좋지?"

협탁 위에 놓인 언더락 잔에 담겨있던 술로 목을 살짝

축인 후에 다시금 말을 이었다.

"자네 우승이야 사실 확실시 된 것 아니었겠나? 우선 자네는 세계대회에만 집중하도록 해. 그리고 내가 선물하나 보냈어. 부담 없이 받아. 자네 우승 기념 선물이니까. 그래, 일단 내가 있다가 다시 전화 하도록 하겠네. 지금 잠깐 볼일 보러 지방에 내려와 있거든."

전화를 끊어 보인 최태룡이 옆에 서있던 정장 차림의 사내에게 손을 건네자, 정장 차림의 사내가 쇠로 된 야구 방망이 하나를 최태룡에게 공손히 건넸다.

"민걸아, 약속한대로 신분 세탁도 준비 끝났고 외국에 거처도 마련 해 놨다."

김민걸은 속옷 차림으로 최태룡이 앉아 있던 쇼파 앞에 무릎이 꿇어진 상태였고, 겁에 잔뜩 질린 눈으로 최태룡을 올려다보고 있었다.

빠악―!

다음 순간, 최태룡이 손에 쥔 쇠방망이가 김민걸의 관자놀이를 강타했다.

"어차피 얼굴 한 번 갈아엎어야 하는데, 조금 망가지면 어때? 그렇지?"

바닥에 쓰러진 김민걸이 꿈틀대자, 최태룡은 몇 번을 더 사정없이 내려쳐 보았다.

빡―! 빡―! 빡―!

한 번, 한 번, 내려쳐 보일 때마다 바람을 가르는 소리가 별장 안에 울렸고, 김민걸은 고통에 몸을 떨어야만 했다. 최태룡은 아랑곳하는 기색 하나 없이 계속해서 힘을 잔뜩 실어 내려치다가 이내 쇠방망이를 한 편으로 던져버리고는 숨을 헐떡거리며 말했다.

"이 개 같은 새끼가, 뚫린 입이라고 말이야……. 이 봐, 김민걸이. 한 번만 더 주제 모르고 그 따위로 말하면 송장 되는 거 시간문제야. 알겠어?"

말을 마친 최태룡이 귀찮다는 듯 손짓을 한 번 해보이자, 뒤에 섰던 사내들이 거품을 물고 쓰러진 김민걸을 들어 날랐다. 최태룡은 여전히 숨을 헐떡거리고 있었고, 이내 뒤에 서있던 상윤이 최태룡에게 다가서며 걱정 가득 섞인 목소리로 물었다.

"회장님, 어째서 이렇게까지 하시는 겁니까?"

"뭐가?"

최태룡이 이죽거리는 투로 되물어보이자 상윤이 다시금 조심스레 입을 뗐다.

"어째서 경묵씨 일에 이렇게까지 개입하시는 겁니까?"

이내 상윤과 최태룡, 둘만 남은 별장 안에 어색하기 그지없는 정적이 가득 들어섰다.

"질문의 의도가 뭔가?"

"말씀드린 그대로입니다. 조금 불편한 이야기지만, 사실상 친인척들한테도 인색하기 그지없으시지 않으셨습니까?"

상윤은 양 손을 공손히 앞에 모아둔 채 물었다. 최태룡은 다시금 자신의 노쇠한 몸을 쇼파에 기대듯 앉혀보인 후에 생각에 잠긴 듯 눈을 지그시 감아보였다.

그러고 보면 상윤의 말이 듣기엔 거북해도 틀린 말은 아니었다. 만기 녀석이 일어설 때도 혼자 힘으로 일어서야 했고, 계열사를 하나씩 맡아서 관리하게 된 친인척들 역시 마찬가지였다. 왜일까 하고 생각해볼 필요 없이 너무도 간단한 이야기였다.

"내가 왜 이런 일들을 임경묵 몰래 진행하고 있는 줄 아는가? 손에 직접 똥이고 겨고 묻혀가면서 진행하고 있는 이유 말이야."

상윤은 짐짓 심각한 표정으로 고개를 저어보이고는 답했다.

"아니요, 모르겠습니다."

"그건 그 아이가 이 모든 걸 원치 않기 때문이야."

"모든 걸 원치 않는다니요?"

최태룡은 어깻짓을 한 번 해보인 후에 다시금 입을 뗐다.

"내 자네에게 말한 그대로야. 전에 한 번 결승 경연 주제에 대해서 미리 일러두었던 적이 있네. 내가 그때 얼마나 면박을 당했는지 알고 있나?"

말을 마친 최태룡이 목을 조이고 있던 넥타이를 느슨하

게 풀러보였다. 그의 고급 시계 알에 튕겨져 나온 형광등 빛이 눈을 찌르는 것만 같았다.

"회장님께서 면박을 당하셨다고요?"

"그래, 마지막 기회를 주겠다고 하더군. 다시는 그러지 말라고 말이야."

말을 마친 최태룡이 어이가 없다는 듯 고개를 좌우로 한 번 저어보이자, 상윤이 새어나오는 웃음을 막기라도 하려는 듯 양손으로 입을 틀어막았다.

"괜찮아, 웃어도 돼."

이내 상윤이 배시시 웃음을 흘려대기 시작했다.

그 모습을 바라보던 최태룡 역시 방금 전 보인 모습과는 대조되는 유한 미소를 지어보이며 말을 이어나가기 시작했다.

"상윤아, 너는 잘 알지? 인생을 살아가려면 악행 역시 필요하다는 말말이야. 뭐, 너도 만기 대신에 욕 본적 많으니까 잘 알겠지."

"아, 아닙니다. 괜찮습니다."

"괜찮기는 무슨, 됐다. 네가 손에 이것저것 묻혀가며 만기가 못할 짓 대신한 거 모르는 사람이 어디 있어?"

이내 상윤이 미소를 머금은 채, 고개를 살짝 숙여보이고는 괜히 콧잔등을 한 번 매만져보였다.

최태룡은 상윤에게 다가오라는 듯 손짓을 해보였다.

"앉아 봐. 오랜만에 이야기나 하자고."

"감히 잠시 앉도록 하겠습니다."

최태룡은 상윤이 앉기가 무섭게, 어깨에 팔을 둘러보이고는 말했다.

"악의가 담겼든, 선의가 담겼든 세상에 꼭 필요한 것 중에 하나가 거짓이야. 또 말이다, 큰일을 하다보면 손에 피가 묻을 수도 있고, 손에 쥔 돈을 살펴보니 코가 묻어있을 수도 있는 거잖아. 모르긴 몰라도 나는 그렇게 생각했다. 눈 딱 감고, 그냥 벌어서 쟁여놓으면 돈이고 그게 힘이라고 생각했어."

상윤은 동조하듯 고개를 끄덕여보였다.

어깨에 둘러진 최 회장의 팔의 무게가 무거운 것은 아니었지만, 불편하기 그지없는 것은 어쩔 수 없는 사실이었다.

최태룡은 그런 상윤의 생각은 아는지 모르는 지 계속해서 말을 이어나가기 시작했다.

"그런데 임경묵, 그 애송이 있잖아? 그 자식은 그걸 모르더군. 언젠가 무너질 수밖에 없는 탑을 쌓고 있는 거야. 제 마음 조금이라도 불편해지고, 양심에 찔리는 수위가 아니라 콕콕 건드리는 정도의 일만 되도 눈 딱 감고 '그럼 나 안 해!' 할 놈이라니까?"

"말씀 들다보니, 경묵씨가 보기보다 강직하신 것 같습니다."

이내 최태룡이 주먹을 쥐고는 상윤의 이마에 '콩' 하고
꿀밤을 놓은 후에 다시금 말을 이었다.

"이 놈아! 그게 강직한 거냐? 멍청한 거야! 쯧, 그런 마
음가짐으로 어떻게 돈을 벌고 어떻게 사업을 한다고. 나
잘 살겠다는 생각 가지고는 안 돼. 나는 잘 살고 남들은
다 죽이겠다는 각오를 해도 마음처럼 안 되는 거야. 그런
데 그 놈 대단한 게 하나 있어. 그건 뭔지 알아?"

"아니요, 잘 모르겠습니다."

피식하고 웃음을 지어보인 후에 의기양양한 표정으로
말을 이어나가기 시작했다.

마치 자신이 경묵이라도 되는 듯이.

"그게, 돈 앞에서 기죽을 줄을 몰라. 일전에 나한테 그
러더군, 내 도움이 필요한 것은 사실이지만 간절한 것은
아니라고. 그런데 그 이유가 뭔 줄 알아? 그렇게 자신 있
게 말할 수 있는 이유 말이야. 내가 가진 돈을 버는데 시
간이 제법 걸리기야 하겠지만, 제 힘으로 벌지 못할 돈은
아니라더군."

이내 상윤이 눈을 동그랗게 떠 보이며 되물었다.

"허…… 역시 보통내기는 아니라 생각했습니다. 작은
회장님하고 식사할 때며, 회장님 음식을 준비하며 이런
저런 이야기를 나눌 때며 몇 번이고 대화를 나누어봤지만
그 때마다 비범하다는 생각이 들었었거든요."

"맞아, 자네도 사람 보는 눈은 있어. 그러고 보니 그 녀석 처음 데려온 게 자네였지?"

한 번 너털웃음을 지어보인 최태룡이 슬픔이 어린 눈으로 천천히 말을 이어나가기 시작했다.

"돈 안에 힘이 있어. 그런데 그 돈 안에 담긴 힘은 누구의 것도 아니고, 그 동시에 누구의 것도 될 수 있지. 나는 그걸 몰랐어. 그 애송이의 말이 맞아. 내가 가진 돈을 그 녀석이 벌지 못하리란 법은 없지. 그런데 그렇게 해서는 안 돼. 분명 누군가를 쳐내야하는 순간, 지르밟고 올라서야 하는 순간이 올 수밖에 없어. 손에 똥이, 토사물이, 피가 묻을 수도 있어. 한 사람이 아니라 여럿을 죽여야 하는 순간이 올 지도 모르는 거고 말이야. 그 때 마다 합리적으로, 양심적으로 접근하여 처리하고 해결할 수 있다고 생각하나? 말도 안 돼는 소리야. 불가능하다고. 나는 그래서 녀석에게 필요한 사람이야."

"그러니까……."

"그래, 내가 그 녀석 대신 못할 짓 다 해주겠다는 거야. 녀석 모르게, 죽을 때 까지 모르고 두 다리 쭉 뻗고 잘 수 있게 다 대신 해주겠다는 말이야. 오늘처럼."

말을 마친 최태룡이 별장 거실에 우두커니 방치된 피가 묻은 쇠방망이를 가리켜 보였다.

"그런데 사실 명쾌한 대답은 아니었던 것 같습니다."

"어떤 게 더 궁금한가?"

"만기회장님이나, 다른 분들과는 아예 대우 자체가 다르니까 말입니다. 혈육도 아니고, 그렇다고 설마 한 끼 식사 때문에 그러시는 것도 아닐 테고요."

이내 인상을 살짝 찡그려 보인 최태룡이 이죽거리는 투로 말했다.

"아까 말한 그대로야. 녀석은 재능이 있어. 포부도 있고, 한 마디로 될 놈이라는 거야. 만기야 그렇다 치지만, 다른 놈들은 영 못미더워. 그런데 그런 놈들이 자꾸 찾아와서 도와달래. 이유가 뭔지 알아? '가족이니까'래. 그게 무슨 개소리야. 내 덕 봤으면 인사치레 와서 고개나 숙이고 돌아갈 것이지, 돈을 내놓으래. 그게 씨발, 강도지 친척이야? 가족이야? 만기도 예전에 그랬어. 혼자 일어서야 했던 때 말이야. 그런데 임경묵 이놈을 한 번 잘 봐. 될 놈은 잠자코 기다려. 심지어 내가 해주겠다고 해도 고개를 저어. 양심에 어긋난다고, 규칙에 위배된다고 말이야."

이내 상윤이 미소를 살짝 머금은 채 고개를 살짝 끄덕여 보았다.

유니언컴퍼니 일가에서 오래 일하다보면 심심치 않게 볼 수 있는 광경이었다.

최태룡이나 최만기를 찾아와 무작정 무릎부터 꿇고 보는 친인척들.

그런 와중에 경묵이 그렇게 허리를 펴고 올곧은 태도를 일관하고 있으니, 마음이 갈 수밖에 없는 노릇이었다.

"이제 됐나?"

"네, 그런 것 같습니다."

"그래, 오늘도 수고했어. 이리저리 불려 다니느라 고생 많지?"

"아닙니다."

최태룡은 마치 어린아이 쓰다듬듯 상윤의 머리칼을 한 번 쓰다듬어 보이고는 자리에서 일어서며 나지막이 말했다.

"볼 일도 다 봤고…… 이제 돌아가자, 서울로."

"예! 알겠습니다."

❀

"자! 여기 이건 짜장 떡볶이고, 이건 그냥 떡볶이."

순자는 떡볶이가 담긴 접시를 열심히 테이블 위로 나르고 있었다.

오너 셰프 코리아가 막을 내린지 이틀이나 지났다지만, 경묵의 우승 축하 파티가 민경분식에서 열리고 있었던 것이다.

그도 그럴 것이 지난 이틀간 경묵은 눈코뜰새 없이 바

쁜 시간을 보내야만 했다.

결과 발표 당일에는 F&F측에서 주관한 회식에서 속에서 신물이 날 만큼 많은 양의 술을 마시고, 또 따라주어야 했다.

다음 날, 거의 반죽음 상태로 영업에 나선 경묵은 푸드트럭 영업을 마치자마자 최태룡과 다시 한 번 밤새도록 술잔을 나누어야만 했다.

그리고 오늘이야 말로 경묵이 그리고 또 그리던, 그리고 가장 간절히 원하던 뒤풀이 자리인 것이다.

이내 못마땅한 표정으로 자리를 지키고 있던 정혁이 테이블을 탁탁 쳐대며 말을 이었다.

"아니, 무슨 초등학생 생일 파티도 아니고 분식집에서……. 하, 나는 고급양주에 과일 안주 이런 거 기대했다고! 예쁜 아가씨는 고사하고, 떡볶이랑 어묵 국물은 좀 아니잖아!"

이내 이우가 동조하듯 고개를 끄덕여보이고는 콧수염을 씰룩거리며 답했다.

"맞아! 이건 너무한 거 아니야? 떡볶이가 뭐야! 떡볶이가!"

이내 순자를 도와 떡볶이를 비롯한 여러 주전부리를 분주히 상 위로 나르던 경묵이 앞치마를 벗으며 말했다.

"그럼 오너 셰프 코리아 시즌2때 두 분이 나가셔서 우승하세요. 두 분 축하파티는 그런 곳에서 하면 되겠네요."

경묵이 미소를 머금은 채, 장난기 가득한 투로 말해보이자 두 사람은 마치 나라를 잃기라도 한 듯 원통함을 금치 못하는 표정으로 경묵을 바라보았다.

경묵은 그런 두 사람의 눈길에 전혀 아랑곳하지 않은 채 자신의 자리에 앉았다.

이내 분주히 음식을 나르던 순자 역시 경묵을 거들 듯 한 마디 해보였다.

"먹기 싫으면 가요! 떡볶이가 뭐 어때서! 맛만 좋은데."

두 사람은 순자의 말에는 토를 달지 못하고 아랫입술을 삐죽 내밀어 보일 뿐이었다.

이내 그 모습을 바라보던 이들이 웃음을 자아냈다.

테이블 위에는 김이 모락모락 올라오는 떡볶이와 오뎅, 튀김과 순대가 즐비해있었고, 각자 몫의 소주 잔 역시 앞에 놓여있었다.

자리에 앉은 경묵이 한껏 밝은 표정으로 자리를 지키고 있는 이들을 한 번씩 바라보았다.

불만 가득 어린 표정으로 자신을 바라보고 있는 정혁과 우.

그리고 그런 정혁과 우를 재미있다는 듯 웃음기 가득한 얼굴로 바라보고 있는 서은과, 스승 전병우.

음식을 준비하느라 뒤늦게 부랴부랴 자리에 앉은 순자

와, 그 옆에 앉아 안경을 닦아내고 있는 노경표.

그들이 도란도란 나누는 이런저런 대화 소리가 어우러져 기분 좋게 귓가를 간질이는 듯 했다.

이내 지그시 눈을 감아 보인 경묵이 굵직한 목소리로 말했다.

"자! 주목! 자리 시작하기 전에 짧게 소감이라도 한 마디 읊어보도록 하겠습니다!"

모두의 시선이 다시금 경묵에게로 집중되었고, 경묵은 숟가락이 꽂힌 빈 소주병을 들어서는 입가에 가져다 댔다.

그리고 그 때, 밖에서 불어온 여름밤의 눅눅한 바람에 살짝 열린 민경분식 출입문의 종이 흔들려 청량한 소리를 내보였다.

정말이지 행복하기 그지없는 밤이었다.

260 각성 6
북경각

33. 가자, 옷부터 입고

MODERN FANTASY STORY

각성! 북경각

각성!

33. 가자, 옷부터 입고

북경각

MODERN FANTASY STORY

시간은 전과 다름없이 빠르게 흘렀고, 어느덧 세계대회가 코앞에 있었다.

예정되었던 대로 정혁은 광민의 식당에서 광민에게 요리를 배우기 시작했고, 푸드 트럭의 운영은 지언과 경묵이 도맡았다.

주방 화구의 열기 탓에 땀을 뿜어대는 경묵과 지언, 두 사람의 모습이 손님들에게 적나라하게 드러났다.

대부분의 손님들은 웨이팅타임에 이런 두 요리사의 모습을 카메라에 담기위해 고군분투 했고, 개중의 몇몇은 북경각의 제2의 마스코트라 할 수 있는 정혁을 찾기도 했다.

"원래 있던 뚱뚱한 요리사 아저씨는요?"

"뚱뚱한 요리사 아저씨 그만뒀어요?"

서은은 그런 손님들의 질문에 시종일관 웃음을 지으며 연수를 받으러 갔다고 해명해주었다.

반면 주방의 새 식구로 합류한 지언은 정혁의 빈자리를 실감하지 못할 만큼 능숙한 실력으로 제 몫을 톡톡히 해내고 있었다.

"자! 3번 테이블 짬뽕 두 그릇 나왔어요!"

띵-!

손등으로 땀을 한 번 훔쳐내 보인 지언이 선반 위에 놓여있던 벨을 한 번 울리자, 바쁘게 일하던 서은과 우가 지언에게 눈으로 알았다는 듯 신호를 보내보였다.

김이 모락모락 올라오고 있는 짬뽕의 붉은색 국물은 제법 먹음직스럽다는 생각이 일 정도였고, 경묵은 제법 능숙하게 일을 처리하고 있는 지언을 바라보며 한 번 웃음 지었다.

사실 기대를 아예 하지 않았던 것은 아니었다지만, 그렇다고 해서 막연하게 큰 기대를 하지는 않았는데 지언이 말 그대로 기대이상의 역량을 아낌없이 발휘하고 있으니 기분이 좋을 수밖에 없는 노릇이었다.

더군다나 지언은 함께 일하는 이들과 친밀도가 쌓여감에 따라 점차 주도적으로 일을 진행해나가기 시작했다.

별 건 아니라지만, 식재료를 나누어두는 방법이나, 손 질하는 방법에 대해서 자신이 알고 있는 여러 가지 방법 들의 장단점들을 설명하며 새로운 방안을 제시하기도 했 다.

뿐 아니라 자신의 유학 경험을 살려 한국식 조리법이 아닌 본토의 조리방식에 대해서도 해박했기 때문에 정혁 은 물론, 경묵에게도 많은 도움이 되었다.

이내 튀김기의 말라붙은 기름을 집게로 괜히 툭툭 건드 리던 경묵이 땀 흘리며 일하고 있는 지언의 뒷모습을 바 라보며 생각했다.

'이런 인재가 그런 쓰레기들한테 기죽어서 시간을 보냈 을 거라고 생각하니 정말 억울하군.'

쓰레기들이라 함은 최만기 회장 저택에서 지언과 함께 일하던 두 요리사들이었다.

한국 주방의 정서와 위계질서 탓에 날개를 펼치지 못하 고 잔뜩 움츠러들어 있던 지언의 모습을 떠올려보니 다시 화가 치솟은 것이다.

"지언아 힘들지?"

경묵이 지언의 등 뒤에 다가서서는 어깨에 팔을 걸치며 묻자, 지언은 활짝 웃으며 답했다.

"안 힘들다고 하면 거짓말이죠."

땀에 젖어 여러 갈래로 갈라진 앞머리를 한 번 쓸어 올려 보인 지언이 홀을 가득 메운 손님들을 넋놓고 바라보며 말을 이었다.

"그래도 제가 조리한 음식을 이렇게 많은 사람들이 먹고 있다는 게, 참 뿌듯하기도 하고 행복하기도 하네요. 사실 본토에서 일을 배우던 때에는 차단된 주방이어서 밖을 볼 수가 없었고, 저택에서는 그리 많은 사람들에게 음식을 대접하는 게 아니다보니 이렇게 직접적으로 볼 수 있는 계기가 없었거든요."

지언은 말을 하는 도중에도 웍에 담긴 재료들이 타지 않게끔 계속해서 웍을 돌리고 있었다.

안에 담긴 식재료들은 기계적인 움직임에 의하여 계속해서 자세를 달리하고 있었고, 센 불로 조리하고 있음에도 불구하고 탄 부분은 조금도 없었다.

식재료를 눈으로 한 번 살펴본 경묵이 만족스럽다는 듯 고개를 한 번 끄덕여 보이고는 차분한 목소리로 지언에게 물었다.

"지언아 네가 옷 사이즈를 몇 입지?"

"옷 사이즈? 옷 사이즈는 왜요?"

은근 기대가 어린 되물음에, 경묵은 무던한 목소리로 답해보였다.

"다름이 아니라 이번에 유니폼을 준비하려고 하거든."

이내 경묵의 말을 들은 지언의 표정이 급격하게 밝아지

기 시작했다.

"유니폼이요?!"

지언의 격양된 물음에는 이유가 있었다.

사실 그도 그럴 것이 매일 안 입는 반팔 티셔츠를 입고 주방에 서서 요리를 해왔다.

땀에 젖을 것이 분명하기에 목이 늘어났거나, 질리도록 입어서 밖에는 입고 돌아다니지 못할 만큼 헤진 옷을 입고 푸드 트럭 주방 칸에 올라서야 했다.

그런데 문제는 주방이 오픈되어 있다는 것과 손님들이 질리도록 사진을 찍어댄다는 것.

덕분에 인터넷 블로그에 이미 헤진 옷을 입은 지언의 모습이 담긴 사진들이 수두룩하게 게시되어있는 상태였다.

유니폼이 지급된다면 완벽하게 해결이 될 문제였다.

"유니폼, 별로야? 안 입다가 갑자기 입으려면 좀 그런가?"

경묵이 사색에 잠긴 듯 한쪽 눈을 살짝 찡그리며 되물어 보이자, 지언은 분주히 움직이던 양 손마저 멈춰 보인 채 답했다.

"아니요. 유니폼. 찬성입니다. 무조건요."

절실함이 잔뜩 묻어있는 목소리였다.

한 편 정혁은 광민의 가게가 출퇴근을 하기에는 제법 먼 거리에 위치한터라 며칠간은 광민의 집에서 신세를 지게 되었다.

원체 광민의 집이 상당히 평수가 있는 넓은 집이었고, 남는 방이 여럿 있었던 터라 별 어려움 없이 내린 결정이었다.

첫 출근 당일, 라커룸에 들어서자마자 옷을 갈아입고 있던 요리사들이 정혁에게 구십도 인사를 해보였다.

"안녕하십니까? 부주방장님!"

그 쩌렁쩌렁한 외침에 눈이 휘둥그레진 정혁이 뒤를 돌아보았다. 뒤에는 아무도 없었고, 고개 숙인 요리사들은 드는 법을 까먹은 것인지 한참을 그 자세로 서 있었다.

이내 정혁이 말까지 더듬어가며 힘겹게 입을 뗐다.

"아…… 아, 안녕하세요?"

그제야 고개를 든 요리사들은 다시금 옷을 갈아입기 시작했다.

정혁은 어안이 벙벙해진 채로 자신의 라커룸에 붙어있는 이름표를 확인했다.

'부주방장 : 최정혁'

난데없이 출근 첫 날부터 부주방장 타이틀을 달게 되었

던 것이다.

그 때 바지 주머니에 넣어 두었던 휴대폰이 울리는 것을 감지한 정혁이 황급히 휴대폰을 꺼내들어 전화 발신인을 확인해보았다. 광민에게서 온 전화라는 사실을 인지하자마자 빠른 속도로 수신 버튼을 누르고는 말했다.

"아니, 이게 무슨 일이에요?"

"뭐야, 너 벌써 출근했어?"

"잠시 만요."

라커룸에서 옷을 갈아입고 있는 다른 요리사들을 의식하듯 곁눈질로 한 번 살펴보고는 라커룸 밖으로 향한 정혁은 인적이 드문 비상계단 앞에 선 후에야 다시금 말을 이어나가기 시작했다.

"아니 갑자기 무슨 부주방장이에요? 한 마디 말도 없이……."

"뭐야, 너 경묵이 가게에서는 주방장이었잖아. 지금 인사이동으로 피해 본 건데 차라리 화를 내면, 화를 내야지 이렇게 부담스러워 하면 어떻게 해?"

이내 땅이 꺼져라 한숨을 쉬어보인 정혁이 다시금 말을 이었다.

"하 그래도 그렇지, 아니면 미리 말씀이라도 한 마디 해주셔야지요."

"야, 미안하다. 내가 정신이 없었어. 자 어쨌든 조심하는 게 좋아, 우리 주방은 정글이나 다름없거든. 그래서 부주방장으로 등장 시키는 거기도 하고. 어쨌든 점심 지나서 한 번 갈 테니까, 기다리고 있어. 안 물어 뜯기게 조심하고."

제 할 말을 마친 광민이 전화를 끊자, 어색한 적막만이 수화기 너머에서 흘러 나왔다. 정글이다? 물어뜯기지 않게 조심해라? 정혁은 피식하고 웃음을 지어보였다.

그래도 여태껏 주방에 쭈그려 앉아 먹은 짬밥이 편하게 식탁에 앉아 먹었던 밥의 양하고 맞먹을 만큼 오랜 시간을 주방에서 보냈는데, 그런 말 몇 마디에 기가 죽을 리가 없었다.

'이거 이 형님이 기선 제압을 하려고하시네⋯⋯.'

그 땐 그렇게 코웃음을 쳤었다.

그러나 광민이 했던 말이 단지 겁을 주기 위한 말이 아니라는 사실을 알게 되는 데에는 그리 오랜 시간이 걸리지 않았다. 아니, 장화를 신은 채 주방에 한 걸음을 딛기가 무섭게 알 수 있었다.

"이런, 이런! 미쳤군! 이거 완전히 미친놈이야."

정혁과 같은 붉은 색 스카프를 착용한 나이 지긋한 요리사가 눈앞에선 어린 요리사에게 욕설을 퍼붓고 있었다. 스카프의 색으로 미루어 보건데, 지금 욕설을 퍼붓고 있는 요리사 역시 부주방장인 듯 했다.

"너 같은 얼간이는 *따오기(중화 국자)로 삼일 밤낮을 때려도 화가 안 풀려. 알아? 자 잘들 봐둬. 지금 홍합 삶은 물을 하수구에 흘려보낸 얼간이가 양 손을 모으고 서있어."

"죄송합니다……."

"죄송해? 이런 씨발, 베어그릴스도 못 먹을 만큼 맛없는 음식밖에 못 만드는 새끼가 정신도 못 차리고 홍합 삶은 물을 하수구에 버려?"

그리고 그 때, 잔뜩 열이 올라있던 부주방장의 시선이 꿔다놓은 보릿자루 마냥 멀뚱멀뚱 서있던 정혁에게로 향했다.

"오, 새로운 부주방장님이 출근하셨군. 다들 인사하도록 해."

"안녕하십니까?"

다시금 울린 우렁찬 인사소리에 정혁이 멋쩍은 듯 웃음을 지어보였다. 부주방장은 턱을 한 번 쓸어내려보이고는 유리벽 너머에 보이는 시계를 한 번 바라본 후에 조소 어린 목소리로 말을 이어나갔다.

"그런데 우리 신입 부주방장님의 시계는 우리 시계보다 3분가량 느린 모양입니다."

악의가 잔뜩 담긴 그의 목소리를 듣자니, 온 몸의 털이 곤두서는 것 같은 느낌이 들었다.

정혁은 그제야 라커룸에서 만난 요리사들이 자신에게 보였던 행동에 대해 이해할 수 있었다.

이곳은 말 그대로 지옥이었다.

'빨리 와요, 광민이형……'

❀

사실 경묵이 유니폼에 대한 생각을 하기 시작한 것은 '오너 셰프 코리아'에서 지급해준 조리복을 받은 시점부터 시작됐다.

모르긴 모르더라도 유니폼을 착용했을 때 고객에게 조금 더 신뢰를 줄 수 있을 것 같다는 생각이 들기도 했고, 지언도 마찬가지지만 목이 잔뜩 늘어난 티셔츠를 입은 채 배를 긁어대는 정혁의 모습을 보고 있자면 눈살이 절로 찌푸려졌다.

뭐 그런 잡다한 이유들은 아무래도 상관이 없었고 가장 중요한 사실은 '유니폼에 조리 능력치를 담아낼 수 있다면?' 이라는 의문에서 시작되었다.

적어도 오너 셰프 코리아에서 지급해 준 조리 복의 경우 가슴팍에 여섯 개의 배지가 달려있었고, 배지 별로 각각 조리 능력치를 1씩 올려주는 어마 무시한 효과가 담겨 있었다.

더군다나 우승을 거머쥔 경묵에게 주어진 마지막 배지,
우승 배지의 효과는 무려 조리 능력치를 10만큼이나 상승
시켜주었다.

결국 조리 복을 착용하는 것만으로 무려 16의 조리 능
력치를 얻을 수 있게 된 것이다.

경묵은 푸드 트럭 앞에 펼쳐진 테이블에 앉아 유니폼에
대해 생각한 이런저런 사항들을 노트에 깔끔하게 기재하
고 있었다.

그 때 경묵이 앉은 테이블을 닦던 서은이 행주를 테이
블 위에 살짝 올려두며 말했다.

"것 참, 경묵씨. 지언이 좀 도와줘요. 저 쪼그만 게 혼자
서 정리하려면 얼마나 힘들겠어요?"

"서은씨, 저래 뵈도 지언이가 부조리한 한국 주방의 위
계질서에 맞서 싸우던 용감한 소년이에요. 너무 걱정 안
하셔도 돼요. 그렇지?"

마지막 물음에 힘을 실은 경묵이 주방 칸 위에 서서 설
거지더미와 홀로 씨름하는 지언을 바라보자, 지언이 이가
다 드러나는 웃음을 지어보이고는 고개를 끄덕였다.

"어머, 웃는 것도 귀여워라."

서은이 양 손을 모은 채, 환히 웃는 지언을 애절한 눈빛
으로 바라보자 경묵이 고갯짓을 한 번 해보이고는 이죽거
리는 투로 말했다.

"엄마 납셨네, 엄마 납셨어."

"뭐에요?"

"아니에요, 서은씨 우선 유니폼에 대해서 생각을 좀 해봐야할 것 같은데 오늘 마감 마친 후에 회의 한 번 하는 걸로 해요."

유니폼이라는 말을 들은 서은의 표정 역시 급격하게 밝아지기 시작했다.

지금 서은이 어떤 유니폼을 기대하고 있는지는 모르겠으나, 미리 생각해둔 것이 몇 가지 있는 듯 보였다.

그런 예상을 뒷받침하듯 서은은 테이블 위에 내려놓은 행주는 까마득하게 잊은 채 자신의 의견을 줄줄이 쏟아내기 시작했다.

"명품 티셔츠를 이용해서 하는 것도 좋을 것 같고, 아니면 있잖아요! 예전에 유행하던 TV프로그램처럼 남자1호 여자1호 이런 유니폼은 어때요? 호호, 너무 시대에 뒤처지는 발상인 건가? 아니면, 아니면 이건 어때요? 그러니까……"

경묵은 신나서 떠드는 서은의 말을 듣는 둥 마는 둥 하며 다른 생각에 잠겨 있었다.

오너 셰프 코리아에서 지급해 준 조리 복에 달려있던 배지를 만든 인물이 누구인지에 대한 의구심이 좀처럼 사그라지지 않은 탓 이었다

이내 경묵이 끊어질 줄 모르는 서은의 말을 자르며 물었다.

"서은씨. 혹시 의류 쪽에 종사하고 있는 각성자도 있을까요?"

이내 서은은 눈을 크게 뜨며 신이난 목소리로 답해 보였다.

"그럼요? 우리나라에 딱 한 명 있잖아요. 노경민 디자이너! 헐, 경묵씨 설마 노경민 디자이너한테 유니폼 제작 의뢰 하실 생각이에요? 대박, 저도 몇 벌 받아봤는데 진짜 정말 완전 장난 아니거든요."

"서은씨, 몇 번 옷 받아봤으면 혹시 그 사람 연락처도 알 수 있어요? 아니, 그냥 어떻게 이야기를 나눠 볼 방법 없을까요?"

혹시나 하는 마음에 던진 물음이었기에, 별 기대를 하지 않았으나 돌아온 대답은 의외였다.

"있어요. 사실 저랑 어릴 때부터 친했거든요."

"에?"

이내 서은은 자신의 핸드폰에 저장된 한국 유일 각성자 디자이너 '노경민'의 번호를 들이밀어 보였다.

"여기로 전화하시면 돼요."

여러 가지 의문이 물밀듯 쏟아지는 순간이었다. 뭐, 서은의 어린 시절도 궁금하고 오너 셰프 코리아의 배지를 제작한 것이 과연 노경민이 맞는가에 대한 의문도 들었다.

그 밖에도 셀 수 없이 많은 의문점이 생겼지만, 지금 당장 그 의문들을 해결할 수 있는 방법은 단 하나 서은에게 받은 번호로 전화를 걸어보는 것뿐이었다.

❀

"허, 서은 씨랑 친했다고요? 노경민 디자이너라는 분이랑?"

노경민의 전화번호를 넋 놓고 바라보던 경묵이 놀라 되묻자 서은은 마치 별 일 아니라는 듯 아무렇지 않게 대답해보였다.

"네, 오빠 동생 하던 사이에요."

"어떻게요?"

이내 서은이 한 번 웃음을 지어보인 후에 말을 이어나가기 시작했다.

서은의 설명에 의하면 유치원에 다니던 시절부터 알고 지낸 사이라고 한다.

그 말인 즉 디자이너 '노경민' 역시 제법 튼튼한 금 수저를 물고 태어난 듯 했다.

그도 그럴 것이 유니언컴퍼니 일가의 자제들이 다니는

유치원에 대한 뉴스를 몇 번 본 적이 있었다. 재벌가의 아이들 내지 유명 운동선수의 자제, 아니면 유명 연예인의 자제들이 다니는 유치원에 대한 뉴스였는데 상당히 수준 높은 영어 조기 교육은 물론이고 유치원인 주제에 시험을 치러야 등록이 가능하다는 이야기 까지.

물론 비싼 원비는 기본 옵션이라고 봐도 과언이 아니었다.

"어쨌든 전화 한 번 해보세요, 제 지인이라고 꼭 말씀하시고요!"

경묵은 고개를 한 번 끄덕이고는 서은의 액정에 찍혀있는 번호를 그대로 눌러 전화를 걸기 시작했다. 조금 긴장을 한 것인지 드센 날숨이 절로 새 나왔다.

반복적으로 울리던 신호음이 잠시 멈추자 경묵이 침을 한 번 삼켜냈다.

꿀꺽-

"여보세요?"

그러나 수화기 너머에서 들려온 소리는 맥 빠지게도 녹음된 기계음이었다.

- 지금은 전화를 받을 수 없어…….

이내 쩌렁쩌렁하게 울리는 안내 음을 들은 서은이 피식하고 웃음을 지어보인 후에 말했다.

"차라리 문자를 한 번 남겨 보시는 게 어때요? 아마 바빠서 전화를 못 받는 거거나, 모르는 번호여서 안 받는 걸 수도 있으니까요."

"그래요, 그게 좋겠어요."

마감을 금세 마친 푸드 트럭의 직원들이 퇴근을 한 후에도, 경묵은 자리를 지키고 있었다.

트럭 앞에 놓인 플라스틱 의자에 앉아 경묵은 산책로를 거니는 행인들이 거의 없다시피 해진 늦은 시간까지 핸드폰을 매만지고 있었다.

새벽 두 시가 되어서야 자리를 박차고 일어선 경묵은 그제야 메세지 전송 버튼을 눌렀다.

경묵은 굉장히 만족스럽다는 듯 웃음을 지어보인 후에야, 테이블과 플라스틱의자를 인벤토리 안에 넣고 트럭 운전석에 올랐다.

❀

한 편 새벽 두시 스케줄을 마치고 밴에 오른 디자이너 노경민은 세차게 진동하는 자신의 핸드폰을 집어 들었다.

"뭐야, 또?"

이번에는 모르는 번호로 와있는 문자였다.

통상 일과 관련된 일이라면 개인 번호보다는 에이전시 측을 통해 연락이 오기 때문에, 개인 번호로 오는 연락들은 극소수이다.

대부분이 지인들의 연락이거나, 혹은 심심할 때 마다 한 번씩 오는 스팸 전화가 대부분이었다.

아무리 유명한 공인의 개인 번호라고 한들 스팸 전화를 피할 수는 없는 듯 했다.

경민은 무심하게 핸드폰의 홀드를 풀어 문자 메시지 내용을 한 번 확인해 보았다.

"어, 뭐야?"

문자를 읽어내리던 경민은 한 번 피식하고 웃음을 흘려 보였다.

"왜 그래? 예쁜 여자한테 연락이라도 왔어?"

신호대기중인 차의 운전석에 앉아있던 매니저가 룸미러를 통해 경민을 바라보며 묻자, 경민은 고개를 한 번 저어보이고는 무던한 목소리로 말했다.

"여자는 아닌데, 여자만큼 호감 가는 사람?"

"어? 무슨 소리야?"

"임경묵이라고 알아, 형?"

이내 다시금 운전대를 붙잡은 매니저가 코웃음을 쳐 보이며 답했다.

"야, 인마! 지금 임경묵 모르는 사람이 어디에 있겠어. 이번 오너 셰프 코리아 우승에, 더군다나 이번에 최태룡 회장까지 등에 업었으니 이제 앞으로는 완전히 날아다니겠…… 잠깐만? 뭐야? 임경묵한테 연락이라도 온 거야?"

이내 경민은 비릿한 미소를 지어보인 후에 고개를 살짝 끄덕여 보였다.

"아, 이거 완전히 손이 근질거리네."

"손? 왜? 모기 물렸어?"

"아니, 임경묵 있잖아. 그 사람 외모며 비율이며 한 번 생각해 봐."

"아아, 임경묵! 하긴, 훈남 셰프로도 유명하지."

매니저가 무던하게 답해보이자, 경민이 다시금 말을 이었다.

"나는 그 사람 볼 때마다 런웨이에 한 번 세워보고 싶더라고."

"근데 유명하잖아, 그 사람. 그 외에 방송출연 제의 거절하고 대한민국 3대 연예기획사 다 깐 걸로도 유명하고, 대중매체 관련해서는 아예 생각 없는 것 같던데?"

그 말을 들은 경민이 사색에 잠긴 듯 턱을 쓸어보이자, 매니저가 다시금 말을 이어나가기 시작했다.

"어쨌든 임경묵한테 연락 온 거면 싸인이라도 좀 받아주라, 와이프가 완전 좋아하거든."

헛기침을 한 번 해보인 매니저는 기어들어가는 소리로 말을 덧붙였다.

"나도 그렇고……."

경민은 한쪽 입 꼬리를 눈에 띄게 말아 올린 채, 고개를 한 번 저어보이고는 경묵에게 온 문자를 다시 한 번 읽어 보았다.

문자에서 느껴지는 경묵의 당돌함에 피식하고 웃음이 나왔다.

[010-7117-xxxx : 안녕하세요? 임경묵입니다. 서은 씨에게 연락처를 받게 되어 이렇게 연락 남깁니다. 시간 되실 때 만족하실만한 식사를 대접해드림과 동시에 만족하실만한 제안을 하고 싶습니다. 생각 있으시면 전화 주시면 감사하겠습니다. 언제든지요.]

경민은 핸드폰을 다시금 주머니에 넣은 채, 시트에 목을 기대었다.

'만족하실만한 식사와 만족하실만한 제안이라……'

제안이 무엇인지는 몰라도, 자신의 요리에 대한 자신감이 느껴지는 대목이었다.

사실 지금 경묵이 근무 중에 착용하고 있는 조리복은 물론, 조리복에 달려있는 배지까지도 오롯이 경민의 작품이었다.

국내 1호 각성자 디자이너인 경민의 1차 직업군은 '제단사'였다.

제단사 직업군 역시 국내에서는 찾아보기가 힘들 만큼 제법 희소가치가 있는 직업군이었고, 그 이전에 경민은 이미 의류업계에서 천재적인 두각을 나타내고 있었다.

또한 각성 후의 특수 능력치 역시 '제단'으로 형성된 덕분에 디자이너로서의 행보에 더욱 더 박차를 가할 수 있었다.

이번 오너 셰프 코리아에서 최후의 5인에게 지급해주었던 조리복 및 배지 모두 경민의 작품이었고, 그런 탓에 경민 역시 오너 셰프 코리아를 꾸준히 챙겨보고 있었다.

그리고 경민은 방송을 통해 경묵을 볼 때마다 경묵을 런웨이에 세워보고 싶다는 생각을 하곤 했었다.

그도 그럴 것이 경묵은 웬만한 모델들 보다 더욱 더 완벽한 몸매와 기럭지, 수려한 외모를 겸비하고 있었다.

디자이너의 시각으로 볼 때, 자신이 직접 만든 옷을 입혀보고 싶다는 생각이 들 만큼 말이다.

창밖을 바라보던 경민이 재미있다는 듯 웃음을 지었다.

"형, 잠깐만 차 좀 세워볼 수 있어?"

"차? 왜?"

"잠깐이면 돼."

경민은 다시금 주머니에 넣어두었던 휴대폰을 꺼내 들어서는 경묵의 연락처로 전화를 걸었다.

우습게도 경묵은 신호음이 한 번 울리기도 전에 전화를 받았다.

수화기 너머에서 경묵의 경쾌한 목소리가 차 안에 울려

퍼졌다.

"여보세요?"

이내 다시금 피식하고 웃음을 지어보인 경민이 다짜고
짜 말을 이었다.

"아, 노경민입니다. 지금 좀 출출해서요."

이내 경묵은 기다렸다는 듯, 또한 마치 미리 약속이라
도 해두었다는 듯 말했다.

"가게 주소를 문자로 보내드리면 와 주실 수 있으시겠
습니까?"

"물론입니다."

"그럼 지금 바로 보내드리겠습니다."

전화를 끊은 경민은 콧노래를 부르며 창밖을 바라보았
다.

이내 고개를 한 번 기웃거려 보인 후에 자신에게만 들
릴 만큼 작은 소리로 나지막이 말해보았다.

"아 이거, 밤에 뭐 먹으면 살찌고 얼굴 붓는데……."

띵-!

손에 쥔 휴대폰에서 경쾌한 메시지 도착 알림음이 울
리자, 환한 미소를 머금은 경민이 다시금 나지막이 말했
다.

"하루쯤이야 괜찮겠지."

귀가 중이던 경묵은 차를 돌려 자신의 가게, 북경각으로 향하고 있었다.

명색이 국내 최고 디자이너를 초대하는 자리인데 푸드트럭 앞에 대충 펼쳐둔 테이블에서 식사를 대접해두는 것은 조금 아니다 싶었기 때문이었다.

사실 갑작스러운 감이 없잖아 있었지만, 애초에 자신의 연락 자체가 더욱 더 갑작스러웠다.

"뭐야 이거?"

신호가 걸렸을 때, 차체에 내장된 CD플레이어가 먹통이 된 것인지 잘 흘러나오던 음악이 멎었다. 경묵은 인상을 살짝 찡그린 채 CD플레이어를 손바닥으로 몇 번 두드려 보았다.

탁-!탁-!

고갯짓을 한 번 해보인 경묵은 회심의 미소를 지어보인 후에 조수석에 잔뜩 놓여있는 라이터를 하나 집어 들어서는 불을 켠 후에 입을 뗐다.

"화동아?"

이내 불 속에 있던 불의 정령, 화동이 모습을 드러냈다.

[앗! 주인님!]

상당히 간만의 호출이라 그런 것인지 화동은 유난히 들뜬 목소리로 경묵의 부름에 답해보였다.

그런데 화동의 모습이 전과는 사뭇 달랐다.

불 속에서 모습을 드러낸 화동은 이전의 작은 알과 같은 형태가 아니라, 마치 붉은 색 털을 가진 병아리의 모습을 하고 있었다.

그 크기도 제법 커져서 정말 병아리만한 크기의 화동이 날갯짓을 해대며 경묵 앞에 모습을 드러낸 것이다.

"어……? 너……?"

[하하! 오랜만이에요 주인님! 못 본 사이에 제가 좀 컸죠? 그러니까 평소에도 관심을 좀 가져달라고요.]

경묵은 입을 쩍 벌린 채 화동의 모습에서 눈을 떼지 못했다.

빠아아앙-!

이내 뒤차가 울린 성난 경적소리에 경묵이 다시금 엑셀 페달을 밟았다.

"와, 이거 뭐야. 완전히 병아리잖아?"

[병아리……. 병아리 같은 제 모습이 마음에 들지 않는 건가요?]

경묵은 말을 아낀 채 연신 앞 유리 너머와 화동을 번갈아 보다가, 이내 떨리는 목소리로 답했다.

"아니, 너무 귀엽잖아."

이내 경묵의 말을 들은 화동은 기분이 좋아진 것인지 부리를 쩍 벌린 채 눈웃음을 지어보였다. 그 모습을 본 경묵은 마치 심장이 떨어지는 것 같은 느낌을 받을 수밖에 없었다.

화동의 모습은 정말 귀여웠다.

그러나 일순 초등학교에 다닐 적 학교 앞에서 구입했던 병아리가 생각났다.

보드라운 노란색 털을 가지고 있는 조막만한 크기의 병아리에게 완전히 매료되었던 어린 날의 경묵은 밤낮 가리지 않고 온갖 정성을 쏟아 키워냈었고, 정성껏 키워낸 병아리는 결국 닭이 되었었다.

"제기랄, 화동아. 너도 닭이 되는 거야?"

[……저도 모르겠어요.]

"닭은 안 된다……."

어두운 표정의 경묵이 핸들을 쥔 손에 힘을 더욱 꽉 쥐었다.

화동이 역변하지 않기만을 바라는 간절한 염원을 안은 채.

아마 화동의 정령 레벨이 10에 이르르며 진화를 거친 듯 했다.

CD플레이어가 갑작스레 고장 나지 않았더라면, 그러니까 운전석에 앉은 경묵이 무료함을 느끼지 않았더라면 아마 한참이 지나서야 화동의 변화를 깨달을 뻔 했다.

북경각 앞에 트럭 주차를 마친 경묵은 화동을 다시금 정령계로 돌려보냈다.

화동은 그저 경묵이 자신을 불러주었다는 사실이 마냥 기분이 좋은 듯 했다.

[종종 불러주세요. 주인님이 저를 잊은 줄 알았어요.]

"내가 너를 잊긴 왜 잊어! 걱정 말고 쉬어!"

[하하, 역시 주인님 밖에 없어요! 정말 고마워요!]

화동이 말을 할 때마다 쩍쩍 벌어지는 작은 부리는 정말 귀엽기 그지없었다.

경묵은 화동의 털을 두 손가락으로 몇 번이고 쓸어내려 준 후에 이마쯤 되는 곳에 입을 한 번 맞춰 주었다.

쪽-

이내 화동은 날갯짓을 하며 제 자리에서 몇 바퀴를 빙빙 돌아보였다.

이렇게 작은 관심에도 크게 기뻐하는 화동을 보고 있자니 내심 미안한 마음이 들었다.

'그래, 바쁘다는 건 핑계지. 화동이 덕도 많이 보고있는데 적적하지 않게 종종 불러줘야겠네.'

화동이 다시금 불안으로 모습을 감춘 후에, 경묵은 북경각의 문을 열고 가게 안에 들어섰다.

가게 안에 들어선 경묵은 주방 불을 켠 후에, 곧장 주방 안으로 향했다.

우선 경민이 도착하기 전에 간단한 준비를 해야 했다.

'어디 보자……'

경묵은 아무것도 없을 것을 알면서도 냉장고를 한 번 열어보았다.

본래 냉장고라는 것이 아무것도 없을 것을 알면서도 열어보게 되는 판도라의 상자가 아니던가?

더군다나 경묵은 이따금씩 집 안에서 물건을 잃어버렸을 때에도 무의식중에 냉장고를 열어보곤 했다.

물론 이유는 본인도 모른다.

북경각 냉장고에는 유통기한이 긴 냉동식품을 제외하고는 구비된 식재료가 없었기에, 인벤토리에 준비된 식재료를 꺼내두었고, 모자라는 식재료들은 GEM을 사용하여 구입해 두었다.

이제 경민이 도착하기만 하면 되는 상황.

경묵은 느긋하게 주방과 가장 가까운 홀 테이블에 자리를 잡고 앉아서는, 사장이 즐겨보던 TV의 전원을 켰다.

노경민과의 만남을 앞두고 살짝 들뜬 마음 때문인지 시시콜콜한 개그맨들의 농담에 마음 편히 웃을 수 없었다.

"하……"

답답함에 한숨을 내쉰 순간, 가게 문 너머로 멈춰선 검정색 밴이 시야에 들어왔다.

　얼마 지나지 않아, 밴의 문이 열리고 검은색 뿔테 안경을 낀 젊은 사내가 밴에서 내렸다.

　북경각 문을 한 번 기웃거리고는 천천히 열고 들어오며 굵직한 목소리로 말했다.

　"임경묵씨?"

　이내 경묵이 자리에서 일어서서 노경민에게 다가서며 오른 손을 건넸다.

　경묵의 손을 맞잡은 디자이너 노경민이 환히 웃어 보이며 말했다.

　"노경민입니다."

　"아, 예. 임경묵입니다. 반갑습니다."

　경묵은 자신의 두터운 손을 꽉 맞잡은 젊은 천재 디자이너를 빠르게 위에서 아래로 한 번 훑어보았다.

　직접 런칭한 브랜드의 티셔츠와, 너덜너덜한 청바지, 깔끔한 흰색 스니커즈에 팔뚝 듬성듬성 새겨진 문신 몇 개까지.

　모르긴 몰라도 디자이너처럼 보이는 패션이었다.

　"우선 앉으시죠."

　경민은 어깻짓을 한 번 해보이고는 경묵의 안내에 따라 주방에서 가장 가까운 자리에 앉았다.

"사실 제가 어떤 이유로 이렇게 먼 길을 오시게끔 만들었는지는 아시리라 믿습니다."

경묵의 말을 들은 노경민은 고개를 두리번거리며 가게 내부 인테리어를 한 번 살펴본 후에 무던한 목소리로 답했다.

"아, 예. 뭐 대충은 알 것 같습니다. 혹시 조리복 제작 때문인가요?"

"네, 조리복 제작도 포함되어 있긴 합니다. 실은 유니폼 때문에 연락 드렸습니다. 우선 시장하실 테니 식사 먼저 내어드리도록 하겠습니다."

노경민은 경묵의 정중한 태도에 미소를 한 번 지어보이고는 한껏 격식을 갖춘 말로 조심스레 입을 뗐다.

"기대하겠습니다. 살다보니 희대의 셰프님께 식사 대접을 받는 기회가 생기네요."

"저야말로 식사를 대접하게 되어 영광입니다."

이내 경묵은 위풍당당한 걸음으로 주방 안으로 천천히 걸음을 옮겼다.

아직 일에 관한 이야기는 제대로 나눠보지 않았다지만 디자이너의 마음을 녹일 음식이 필요했다.

'흠…….'

고민에 빠진 경묵은 노경민의 행색을 한 번 살펴보는 것으로 준비해둔 식재료 몇 가지를 추려냈다. 선반 위에 놓여있던 식재료 몇 가지가 다시금 인벤토리 안으로 돌아 갔다.

한 편 노경민은 선반 위에 잔뜩 놓인 식재료를 내려다 보는 경묵을 바라보며 다시금 깊은 생각에 잠겼다. 가까 이서 보니 더욱 더 수려하다 생각되는 외모며, 우아하기 그지없는 걸음걸이, 길게 뻗은 팔 다리와 넓은 어깨까지.

지금 당장이라도 밀라노의 런웨이를 거니는 모델들 틈 바구니에 섞어 놓아도 단연 부각될 것 같은 예감이 들었 다. 날카로운 눈빛을 뿜어대며 런웨이를 거닐 경묵의 모 습을 상상하다보니 저도 모르게 웃음이 새어나왔다.

우습게도 현재 경묵과 노경민, 두 사람은 서로가 서로 를 뜻대로 움직이기 위해 열심히 머리를 쓰고 있었다.

'어떻게 한다……?'

'어떻게 구워삶아야 하지?'

경묵은 지금의 식사 대접을 통해 조금이라도 노경민의 마음을 사로잡아 유니폼 제작을 성공적으로, 또한 더 나 은 조건으로 마치기 위해.

노경민은 경묵을 잘 구워삶아 추후 파리에서 열릴 패션 위크, 자신의 패션쇼 무대 위에 경묵을 세우기 위해 고뇌 하고 있었다.

지금 경묵의 선반 위에 남은 재료들의 특징은 단순했 다.

291

첫 째로 붉은색을 띄는 재료들이 모두 빠졌고, 그 다음 에는 과도하게 매운 맛을 내거나 마찬가지로 과도하게 매운 향을 내는 재료들이 모두 빠져있었다.

파나 마늘 정도의 알싸함이 아닌, 예를 들자면 청양고 추라든지 꽈리고추라든지 고춧가루라든지 하는 것들 말이다.

이내 재료들을 모두 선별해낸 경묵이 득의의 미소를 한번 지어보였다.

실은 노경민에게 식사를 대접하겠다고 문자를 보내기 전에, 미리 경민에 대해 조사해둔 바가 있었다.

경묵이 영업을 마친 푸드 트럭 앞에 앉아 유심히 살피 던 것은 다름 아닌 웹 사이트에 게시되어있는 경민의 인 터뷰 자료였다.

'그래, 적의 정보가 공개되어있는 상태라면 정보를 활용해야지.'

뭐, 적이라고 표현하는 것은 조금 과장된 것일지도 모르겠지만, 어쨌든 경묵은 지금 경민의 마음을 사로잡기 위해 심혈을 기울이고 있었다.

그도 그럴 것이 노경민은 이미 세계 정상급 반열에 오른 디자이너임과 동시에 각성자이다.

그런 그에게 돈이란, 그러니까 보수란 거의 무의미한 것이나 다름없다.

이내 경묵은 노경민이 일전에 유명 TV쇼에 나와서 했던 말을 소리 내어 말하지 않고 머릿속으로 한 번 곱씹어 보았다.

'사실 저는 억만금을 준다고 해도 하고 싶지 않은 일은 잘 하지 않아요. 저를 자극하는 일이 아니라면 맡질 않아요. 뭐 재미있는 커리어가 되겠다 싶은 생각이 든다거나 하면 보수가 없어도 할 수 있어요. 그런 일이야 드물지만 말이에요.'

우선 경묵은 노경민이 그간 응했던 소소한 인터뷰자료와 출연한 TV프로그램을 간단히 훑어보는 것만으로도 취향을 확실히 할 수 있었다.

사실 지금 경묵은 그렇게 관련 자료들을 몇 번 살펴보는 것만으로 이미 노경민과 친분이 있는 것 마냥 친밀감을 느끼고 있기도 했다.

몇 번 그런 자료들을 훑어본 것이 고작이라지만 조금은 기고만장해져서 자신이 이미 노경민의 식성이라든지, 사소한 기호에 대해서 나름 면밀하게 알고 있다는 생각이 들 정도였으니 말이다.

사실 경묵이 지금 이렇게 자신에 가득 찬 데에는 다른 이유가 하나 더 있었다.

현재 공개되어있는 노경민에 대한 정보들을 한 번 훑어본 결과, 자신과 지극히 유사하다는 느낌을 받았다.

디자이너 노경민과 요리사 임경묵.

거리가 멀다면 한참 멀다고 생각할 수도 있지만, 그 역시 각성 이후로 디자이너로서의 행보에 박차를 가하기 시작했다.

더군다나 당시 소규모 인터넷 의류 쇼핑몰의 오너였던 그의 첫 데뷔 역시 오디션 프로그램.

오너 셰프 코리아로서 자신을 세상에 처음 알렸던 경묵과 매우 흡사한 루트였다.

뿐만 아니라 노경민에게도 많은 고난이 있었다.

서은과 유치원에 다니던 시절부터 친분이 깊었다는 사실을 들은 이후로 유복할 것이라는 견해가 자리 잡았었지만, 아버지이던 노승찬 회장이 이런저런 비리 탓에 몰락한 이후로 굉장히 힘든 유년기를 보냈다고 한다.

아무래도 성장환경이 유사하다면 유사하다보니 얕게나마 느끼고 있던 친밀감이 조금 더 증폭할 수밖에 없는 노릇이었다.

예상대로라면 노경민은 자신과 같은 부류라 할 수 있었다.

한낱 유니폼 제작을 그에게 맡기는 방법은 단 한 가지, 자신의 요리로 그의 가슴을 뜨겁게 데워주면 되는 노릇이었다.

경묵은 천천히 선반위에 남은 재료들을 손질해내기 시

작했다.

이 또한 경묵의 기준에서만 천천하였을 뿐, 이미 다른 요리사들을 아득히 넘어서는 속도라는 사실에서는 변함이 없었다.

탁타다다다다닥-!

경묵의 현란한 손질을 바라보고 있던 노경민의 입이 살짝 벌어졌을 때, 경묵은 허공에서 자신의 강화된 중화 팬을 꺼내어 들었다.

갑작스레 허공에 나타난 중화 팬을 현란하게 잡아든 경묵은 곧장 화구의 불을 강하게 키워냈다.

중화 팬에 기름을 가득 둘러낸 후에, 강한 불로 팬을 데우기 시작했다.

기름에서 매캐한 연기가 피어오르기 시작했고, 노경민의 그 광경을 의아하게 바라보고 있었다.

이내 뜨겁게 달궈진 기름으로 팬을 한 차례 코팅시켜 보인 경묵은 매캐한 연기를 뿜어대는 기름을 모두 버려냈다.

다시금 맑은 새 기름을 팬 위에 한 국자 끼얹은 후에, 다져진 식재료를 단번에 팬 안으로 던져 넣었다.

치지지지지직-!

기름이 닿기가 무섭게 거센 불길이 한 차례 솟구쳐 올랐다.

불의 열기 탓에 화끈거리는 볼을 손등으로 한 번 살짝 눌러 보인 후에 다시금 국자로 식재료를 볶아내기 시작했다.

"오……."

팬에 담긴 재료들은 점차 익어가고 있었다.

고른 정도로 천천히 익어가기 시작하던 재료는 허공에 떠오를 때마다 우아한 곡선을 그려내고 있었고, 상당히 강한 불 위에 올라서있었음에도 불구하고 끄트머리 조금도 타지 않고 있었다.

그런데 이상한 점이 한 가지 있었다.

익으면 익을수록 푸른색으로 변해가는 야채들의 모습이 그러했다.

본래 푸른색을 띠고 있던 재료라면 이해라도 할 것을, 팬 위에 담긴 재료는 하나같이 평범한 야채들뿐이었다.

양배추와 단 호박, 당근 등의 본래 푸른색과는 거리가 먼 야채들.

그런데 지금 그런 야채들이 열기를 머금으면 머금을수록 점점 더 푸른색으로 변해가고 있었던 것이다.

이는 경묵의 스킬 중 하나인 [형형색색 조리] 스킬의 효과였다.

이 스킬은 단순히 조금 더 먹음직스러운 모양새를 갖추게끔 만드는 것 뿐 아니라 더욱 다양한 범주로의 활용이

가능했다.

조리를 가하는 등, 변화를 주는 과정에서 스킬의 이름 그대로 식재료의 색을 마음대로 바꿀 수 있었다.

이내 경묵은 오롯이 푸른색만을 띄고 있는 야채들을 볶아내는 것을 잠시 멈추었다.

이제 완벽히 푸른색을 머금은 야채들은 아직 기름의 열기를 떨쳐내지 못하는 듯 눈에 잘 띄지 않을 정도로 옅은 수축과 팽창을 반복하고 있었다.

경묵이 굳이 식욕을 떨어트리는 색이라는 파란 색으로 조리를 해낸 데는 그럴 만한 이유가 있었다.

열심히 재료들을 볶아내던 경묵은 홀에서 사용한 식기를 회수하는 선반 너머로 보이는 노경민의 얼굴을 한 번 바라보고는 비릿한 미소를 지어보였다.

이윽고 경민이 앉은 테이블 위에 경묵이 순식간에 뚝딱 만들어낸 요리가 놓였다.

접시에 담긴 면 요리에는 푸른색을 내는 야채들이 듬뿍 들어가 있었고, 그 위로 끼얹어진 크림소스에서는 고소한 향기가 물씬 올라오고 있었다.

경묵이 지금 선보인 요리는 이른바 '크림볶음짬뽕'이었다.

노경민은 한쪽 눈을 살짝 찡그려보이고는 물었다.

"꼭 크림 스파게티 같네요, 그런데 야채들이 파란 색이에요? 신기하네. 이계의 식재료인가요?"

경민 역시 이계의 물건에 대한 호기심이 짙었다.

그도 그럴 것이 그 역시 이계의 옷감들을 사용하여 수차례 재단을 했던 바 있었다.

"아닙니다, 현계의 식재료만을 사용하여 조리한 음식입니다."

"하하, 푸른색 야채는 처음 보는데요? 재미있네요."

노경민은 만족스럽다는 듯 웃음을 지어보였다.

사실 경묵이 이처럼 가열조리를 거치는 과정에서 야채를 푸르게 만들어낸 이유는 간단했다.

우선 노경민이 자신의 패션쇼마다 맨 마지막에 선보였던 옷들에는 한 가지 공통적인 특징이 있었다.

바로 '푸른색'의 옷이라는 것.

"푸른색을 좋아하시지 않으십니까?"

경묵의 물음에 노경민이 한 차례 눈썹을 꿈틀거려보이고는 밝은 목소리로 답했다.

"오, 어떻게 아셨습니까?"

"디자이너님께서 패션쇼의 맨 마지막에 선보인 옷들이 하나같이 푸른색이었지 않습니까?"

이내 노경민이 집어 들었던 젓가락을 다시금 살짝 내려놓으며 놀란 기색을 감추지 못한 채로 말했다.

"제법 눈썰미가 있으십니다. 푸른색을 좋아하긴 하는

데, 야채가 푸른 색이다보니까 조금 난해하게 받아들여지네요."

노경민이 어색한 미소를 지어보이며 조심스레 말하자, 경묵 역시 무안한 것인지 뒤통수를 살짝 긁적여 보인 후에 말했다.

"우선 드셔보시지요."

노경민은 고개를 살짝 끄덕여 보이고는 짬뽕 면을 마치 파스타 면을 맛보듯, 젓가락에 면을 돌돌 말아내서는 새하얀 크림소스를 듬뿍 찍었다.

면을 말아내는 그의 손놀림에는 능숙함이 잔뜩 묻어있었다.

경묵이 선반 위에서 매운 식재료를 모두 제한 것과, 메뉴 선정을 이렇게 한 데에는 분명한 이유가 있었다.

우선 첫 째는 노경민의 식성이 상당히 서구적이라는 것.

인터뷰에 의하면 그의 식성은 매운 음식과는 상당히 거리가 있다고 했다.

김치도 물에 헹구어 낸 후에 먹을 정도라고 하니 붉은 색을 내는 식재료들, 즉 매운 맛과 향을 내는 재료를 모두 빼낸 것이다.

두 번째는 노경민이 가장 좋아하는 요리가 화이트소스를 사용한 파스타라는 점.

이 또한 인터뷰를 통해 알게 된 사실인데, 이따금씩 해외 출장에서 맛 본 파스타가 그리워 일이 없을 때도 밀라노 인근의 식당을 찾아가곤 한다고 했다.

현지의 셰프라면 양식조리에 있어서만큼은 경묵보다 능통할 수 있을지도 모르겠다만, 경묵은 자신이 있었다.

지금 이 자리에서 노경민이 여태껏 맛보지 못한 최고의 맛을 느끼게끔 만들어주겠다는 자신.

이내 노경민이 뜨거운 크림소스가 뚝뚝 떨어지는 잘 말린 짬뽕 면을 입 안에 넣었다.

크림소스의 고소한 향과 함께, 소스가 머금고 있던 불내가 물씬 느껴졌다.

뿐 아니라 파스타 면과는 전혀 다른 식감의 짬뽕면의 탱탱함에 흠칫 놀랐다.

"이색적인 맛이군요. 그런데 어째서 매운 짬뽕이 아니라 크림소스를 베이스로 짬뽕 면을 볶아내신 건가요?"

한 차례 맛을 본 노경민이 능청스러운 투로 물어보이자, 경묵이 한 번 옅은 미소를 지어보이고는 답했다.

"디자이너님께서는 매운 요리를 잘 못 드시잖아요."

이내 노경민의 호쾌한 웃음소리가 북경각 안을 가득 매웠다.

"하하하하, 대단하십니다. 사전에 저에 대한 조사를 다 해두신 거군요. 이 크림소스 역시 제 취향을 저격한 것이겠지요?"

"그렇습니다."

이내 노경민은 밝은 미소를 지어보이고는 다시금 젓가락으로 짬뽕 면을 말아냈다.

우선 경묵의 이런 철저함이 마음에 들었지만, 더욱 마음에 드는 것은 음식의 맛이었다.

고소한 크림소스는 기본적인 맛이라 할 수 있었지만, 상당히 견고한 느낌의 맛이었다.

요리의 전문가가 아닌지라 무어라 맛에 대해 제대로 된 평을 할 수는 없겠지만, 적당한 농도와 더불어 절제되어있는 담백한 맛이 노경민의 입맛을 완벽히 사로잡은 것이다.

더군다나 일반적인 크림소스 파스타에서는 느낄 수 없는 은은한 불의 향기와 함께, 약간의 기름진 맛은 매력적이기 그지없었다.

더불어 짬뽕면, 경묵이 사용한 짬뽕 면이야 말로 신의 한수였다.

경묵은 면을 삶아낸 후에 한 번 찬 물에 데쳐냈다.

그 후에 다시금 볶아낸 것인데, 그 과정을 거친 짬뽕면의 탄력은 말 그대로 씹는 맛이 있었다. 지금 면이 지닌 고유의 탄력은 그 과정만이 아니라, 완벽한 반죽의 배합이라든지 수타면이 가지는 강점들을 경묵이 완벽히 살려낸 덕분이었다.

신기하게도 면과 크림소스는 따로노는 것 같은 느낌을 하나도 주지 않았고, 말 그대로 완벽하게 조화를 이루고 있었다.

노경민은 처음 맛보는 이 오묘한 맛에 완벽히 매료되어 젓가락질을 멈추지 못하고 있었다.

"정말 맛있군요."

"맛있으시다니 다행입니다. 밀라노에 있다는 단골 식당과 비교하면 어떻습니까?"

노경민이 놀랍다는 듯, 또한 재미있다는 듯 호기심 가득한 표정으로 되물었다.

"아! 어떻게 그곳 까지 알고 계신 겁니까?"

"사실 디자이너님의 인터뷰를 틈틈이 챙겨보고 있었습니다. 저희가 비슷하다는 생각을 하고 있었거든요."

비슷하다는 느낌을 받은 것은 사실이었지만, 틈틈이 챙겨보고 있다는 것은 새빨간 거짓말이었다. 노경민과 관련된 인터뷰 자료나 TV프로그램들을 살펴본 것은 오늘이 처음이었다.

"저한테 관심이 있으셨다는 말씀이십니까?"

입 발린 말이었음에도 불구하고 노경민은 제법 기분이 좋아진 듯 보였다.

이내 경묵은 살짝 들뜬 듯 보이는 물음에 고개를 끄덕여보이는 것으로 대답을 대신했다.

"영광입니다, 저도 셰프님을 주시하고 있었거든요."

"저를요?"

"네, 주시할 수밖에 없지 않겠습니까?"

이내 경묵이 두 눈을 크게 떠 보이며 되물었다.

"예?"

세계적인 디자이너도 오너 셰프 코리아를 상당히 재미있게 본 것인가 하고 넘겨짚던 때에 노경민이 입가에 묻은 크림소스를 테이블 위에 놓여있던 휴지로 닦아내고는 말했다.

"프로끼리 서론은 빼고 이야기합시다. 유니폼 제작 의뢰를 하실 거라고 하셨죠?"

음식도 음식이지만 경민은 계속해서 경묵의 신체 조건을 면밀히 살피고 있었다.

보면 볼수록 매력적인 몸뚱이가 아닐 수 없었다.

한 편 경묵은 노경민의 말에 크게 동요하고 있었다.

프로라, 듣기 좋은 말임에는 의심의 여지가 없었지만 노경민이 갑작스레 보인 이런 저돌적인 태도는 의심을 살 수밖에 없었다.

경묵이 어색한 미소를 지어보이고는 떨리는 목소리로 대답했다.

"예, 그랬지요."

"해드리겠습니다. 제 조건을 들어주신다면요."

시원시원한 것은 정말 좋은데, 난데없이 귓가에 울린 조건이라는 단어가 상당히 듣기에 거슬렸다. 노경민이 자신에게 제시할 조건이 무엇이 있다는 말인가?

"조건 말입니까?"

경묵의 물음에 노경민은 득의의 미소를 지어보이며 말했다.

"네, 앞으로 일 년에 한 번 제 패션쇼 무대에 서 주세요."

뜬금없는 노경민의 제안에 경묵의 동공이 세차게 흔들렸다.

"매년 말입니까?"

"네, 그럼 저는 게런티 대신 유니폼을 지급해 드리도록 하죠. 몇 벌이든 말입니다."

"허, 매년이라……."

노경민이 건넨 약간은 터무니없는 제안에 경묵이 배시시 웃음을 흘려보였다.

가히 노예계약이라 해도 과언이 아닐 정도의 터무니없는 조건이었다.

매년이라는 말은, 앞으로 노경민이 디자이너로서 활동하는 동안 열릴 메인 패션쇼에 매번 모델로서 걸음해야 된다는 이야기였다.

더군다나 게런티 대신 유니폼을 지급해주겠다는 말인

즉, 1년에 한 번 꼴로 개최되는 메인 패션쇼의 개런티 대신에 유니폼을 제작해주겠다는 말인 듯 했다.

한차례 생각 정리를 마친 경묵이 못마땅하다는 듯 몸을 살짝 뒤로 빼며 팔짱을 껴 보이고는 물었다.

"매년 마다 모델로 서 달라고요?"

"네, 매년 마다요."

노경민은 줄곧 시원시원한 태도로 대화에 응하고 있었다.

이게 염치가 없는 것인지, 아니면 협상이란 본래 이렇게 하는 것이 옳은 것인지 혼란스러움이 일 정도로 뻔뻔스러웠고 자신에 가득 차 있었다.

이내 노경민이 다시금 입가에 묻은 크림소스를 한 번 닦아내고는 천연덕스러운 목소리로 입을 뗐다.

"저는 지금 사실 경묵씨가 무슨 걱정을 하시는 지 잘 모르겠네요."

"아니, 그러니까 일 년에 한 번만 유니폼을 제작해주시겠다는 건가요?"

"네, 그것도 몇 벌만."

이내 경묵이 인상을 잔뜩 찡그린 후에 한 손으로 이마를 감싸 쥐었다.

이건 뭐지? 신종 거절 방식인 건가?

단순히 그렇게만 여기고 생각하기에는 마주앉은 노경

민의 표정이 너무도 밝았다.

이내 경묵이 속는 셈 치고 다시 한 번 물어보였다.

"아니, 아니. 그러니까 딱 몇 벌 만요?"

경묵이 떨리는 목소리로 물어보이자, 노경민은 피식하는 웃음을 지어보이고는 의도적으로 몇몇 단어에 힘을 실어 말해보였다.

"네, 한 여서 일곱 벌 정도? 나머지 물량은 몽땅 외주업체에 맡길 생각이고."

'외주' 라는 단어가 언급되는 순간, 경묵의 표정이 딱딱하게 굳었다.

"외주 업체요? 몇 벌이나 된다고 그걸 외주 업체에……"

외주 업체를 끼겠다는 말인 즉, 유니폼을 직접 만들기는 싫으나 허울은 살려주겠다는 말 이상으로 해석하는 것은 불가능한 듯 했다.

그러니까 유니폼 제작 같은 허드렛일을 손수 하는 것은 아무래도 내키지 않지만, 그래도 '디자이너 노경민이 제작했다' 하는 정도의 허울은 살려주겠다는 말인가?

"네, 제가 유니폼들을 일일이 제작하는 것은 사실상 불가능 하거든요. 지금 당장 몇 벌이 필요하신지는 몰라도, 앞으로는 기하급수적으로 수요량이 늘어날 것 같은데 아닌가요?"

노경민의 말이 옳기야 했는데, 외주 업체는 그때에 가서 필요한 것이었다. 지금이 아니라.

이내 경묵이 이번에는 확신에 가득 찬 목소리로 말을 이어나가기 시작했다.

"단도직입적으로 말씀드리겠습니다. 저는 지금 설령 언급하신 외주 업체에 유니폼 제작 장인이 있다고 해도, 그리고 그 장인이 저희 직원들 입을 조리 복을 비롯한 유니폼을 한 땀, 한 땀 공들여 바느질 했다고 해도 아무런 소용이 없습니다. 지금 저희에게 필요한 것은 오로지 특수한 능력 증가 효과가 붙어있는 유니폼입니다."

노경민은 경묵이 마치 당연한 이야기를 했다는 듯 되물었다.

"서론이 조금 기네, 우리 프로들끼리 그러지 말자니까. 그래서요?"

"일 년에 대여섯 벌이면, 사실상 허울만 살리겠다는 말씀 아니에요?"

경묵이 다소 공격적인 목소리로 묻자, 이번에는 노경민이 상체를 살짝 뒤로 젖혀보였다.

"그래서? 내 손으로 더 만들어 달라?"

"그거죠."

"불가능해요."

예상치 못한 대답에 경묵이 반사적으로 인상을 찡그리자, 그 모습을 바라보던 노경민이 배시시 웃음을 흘려보였다.

"왜요?"

"경묵씨도 그렇겠지만, 나도 되게 바쁜 사람이에요."

장난기 어린 목소리에 경묵이 옅은 미소를 한 번 지어 보였다.

사실 의류제작에 대해서 전무했기에, 자신이 하고 있는 요구가 어떤 요구인지는 잘 모르고 있었다.

'옷 한 벌 만드는데 시간이 오래 걸리나?'

이내 노경민이 자신의 핸드폰으로 시간을 한 번 확인한 후에 천천히 말을 이어나가기 시작했다.

"제가 지금 요리를 폄하하는 게 아니라, 옷이라는 게 요리처럼 뚝딱 하고 나오는 게 아니에요. 우선 원하는 느낌에 대해서 듣고 난 후에 디자인부터 시작해서 원단 선별에 제단까지 거쳐야 하니까요."

그러고 보니 옷에 버프효과를 담아내기 위해서 필요한 것이 무엇일까 싶은 의문이 들었다.

물론 영업기밀에 해당되는 사항이라 쉽사리 알려주지는 않겠지만 말이다.

경묵은 가슴 속에서 일렁이는 의문은 잠시 꾹 눌러둔 채, 다시금 물었다.

"일단 사실 제가 디자이너님께 의뢰를 드린 이유는 말씀드렸듯 능력치 증가 효과가 붙은 유니폼 때문이잖아요. 여섯 벌이 한계인 건가요?"

"한계라, 어떤 의미에서는 한계이기도 하고 어떤 의미에서는 한계가 아니기도 하겠죠? 지금으로서는 여섯 벌이 최대의 호의에요. 그리고 딱 여섯 벌이라고 한 적도 없고, 대여섯 벌 이라고 했었고."

노경민의 목소리는 약간은 상투적이기도 했고, 인위적이기도 했다.

그러니까 우리 사이가 지금 여섯 벌 남짓한 물량만큼을 만들어줄 정도의 사이 밖에 안 된다는 건가?

뭐, 잘못된 사고는 아니었지만 이런 식의 반응이 다소 우습게 여겨지는 감이 없잖아 있었던 터라, 피식하고 웃음을 지어보이고는 천천히 입을 뗐다.

"그럼 제가 다시 조건을 제시해 볼 게요. 경민씨 말씀대로 프로끼리 서론 빼고 요지만 논하도록 하죠, 뭐."

경묵의 태도가 사뭇 달라진 것을 파악한 노경민이 턱을 한 번 쓸어내리고는 고개를 살짝 끄덕여 보였다.

"말씀하세요."

경묵 역시 자신의 속에서 무언가가 끓어오르는 것이 느껴졌다.

뭐, 지금 느끼고 있는 감정에 대해서 솔직하게 언급을

하라면 오기나 억지 내지 심술 비슷한 정도였는데 이 정도 조건으로 상황을 마무리 짓고 싶지는 않았다.

괜스레 손해를 보는 것 같은 기분이 들었다고나 할까?

사실 당장 필요한 유니폼이라고 해보아야 조리 능력치 증과 효과가 붙은 조리복 다섯 개가 고작이었다.

그러니까 이번 세계 대회 참가를 앞두고 있는 동료들을 위함인데, 이미 자신 몫의 조리복이 하나 있으니 사전에 오너 셰프 코리아를 통해 지급받은 조리복과 별반 차이가 없다면 결국 필요한 물량은 4개나 다름이 없었다.

그러나 이번 협상에서 주도권을 잡아 놓는 것이 앞으로도 유용할 것 같다는 생각에 있어서만큼은 절대적으로 변함이 없었다.

"우선 이번 해 만큼은 그 조건으로 가죠."

"이번 해요?"

"그게 서로한테 일거양득이지 않겠어요? 노경민 디자이너께서는 내년 이맘때쯤에도 같은 페이를 받고 일하실 건가요?"

경묵의 다소 날카로운 발언에 노경민이 조소어린 웃음을 흘려보이고는 입을 뗐다.

"물론 그때 가면 제 페이는 더 올라있겠죠."

"그러니 해마다 계약 조건을 갱신 시키는 게 낫지 않겠

310 각성 6
북경각

어요? 둘 중 누구 하나는 분명히 손해를 안고 갈 수밖에 없는 계약 조건이니까 말입니다."

이내 노경민이 아랫입술을 살짝 내민 채 다소 이죽거리는 투로 말을 이었다.

"지금 경묵씨가 착각하고 있는 게 하나 있는데, 경묵씨는 지금 프로 모델이 아니에요. 아마추어도 아니고 일반인이라는 말입니다. 만약 계약 조건을 이렇게 남겨뒀는데 이번 런웨이에서 경묵씨에게 모델로서의 가치가 없다는 사실이 판명되면, 올 해를 끝으로 더 이상 제가 유니폼 지급을 해드릴 수 없을지도 몰라요. 괜찮겠어요?"

경묵의 태도가 괜히 못마땅하게 느껴져 재미삼아 던져본 연막탄 내지 잔꾀였다.

신경을 긁을 수도 있는 말이었지만 경묵은 미동조차 하지 않은 듯 보였다.

"음, 제 걱정은 안 해주셔도 될 것 같습니다. 우선 제가 올해 계약에서 제시할 조건들을 한 번 말씀드려 봐도 되겠습니까?"

노경민은 소리 내어 대답하는 대신 고개만 한 번 끄덕여보였다.

"우선 첫 째로 외주 업체 선정에 대한 권한은 제게 주셨으면 합니다."

"그래요, 좋아요. 어디 다 마음대로 하세요."

노경민이 못마땅하다는 듯 말했지만 경묵은 아랑곳하지 않고 말을 이었다.

"두 번째로 반영을 원하는 사항들에 대해서는 오늘 아침까지 메일로 보내 드리도록 할 테니 내일 저녁까지 샘플 4개를 보내주셨으면 합니다. 홀 직원들 유니폼 샘플 두 개와, 주방 직원들 조리복 샘플 두 개씩 말이에요. 시간이 없거든요."

"일단 더 말해 봐요."

"세 번째로 손수 만드실 조리복 여섯 벌은 3주 안에 만들어주셨으면 합니다."

이내 노경민이 고개를 저어보이고는 잔뜩 이죽거리는 투로 되물었다.

"혹시 네 번째도 있나요? 그럼 그냥 듣기만 하라고 해도 미처 못 들어줄 것 같은데."

경묵은 자극적인 말에도 그저 마냥 무던한 목소리로 답했다.

"다행히 끝이에요."

"날 완전히 노예처럼 부리려고 하는군. 당신 말고도 내 쇼의 런웨이에 설 모델들은 많아요. 그들은 프로 모델들이고, 그런 이들에게도 꿈으로 치부되는 곳이라는 말입니다. 3주 안에 능력치를 올려주는 조리복을 여섯 벌? 부모님이 인질로 잡혀있다고 해도 하기가 망설여지는 조건이군요."

경묵은 고개를 한 번 끄덕여보이고는 답했다.

"그럼 4주?"

"장난하십니까?"

"아니, 진지합니다. 우리는 시간이 없어요."

"나도 그다지 여유 있는 사람은 아니에요."

경묵은 지금까지 오간 대화로서 조금이나마 파악을 마친 상태였다.

우선 외주 업체의 선정에 대해서는 별 반 욕심이 없는 듯 보였다.

그러니까 후에 자신 몫으로 추가적으로 배분될 돈 몇 푼을 중요시 여기는 것은 아닌 듯 했고, 시간을 촉박하게 제시할 때마다 심하게 동요하는 모습을 보였다.

세 번째 조건 역시 마찬가지.

실제로 시간이 없는 것도 사실이었지만, 두 번째 조건에서 워낙 극명한 표정의 변화를 보인 터라 의도적으로 더욱 짧은 시간을 제시한 것이다.

그런데 이상하게 신경 쓰이는 말은 다름 아닌 노예처럼 부리려 한다는 말이었다.

할 수 있는데, 하고자 하지 않는다는 느낌이 강하게 묻어나온 터라 경묵이 다시금 되물었다.

"제가 말한 조건들이 불가능합니까?"

"아니, 맞는 조건이라고 생각합니까? 아마추어도 못되

는 모델이 저를 이렇게 몰아 붙이……."

드르르륵–!

이내 경묵이 의자를 박차고 일어서자, 노경민이 하려던 말을 멈춘 채 경묵을 쏘아보며 물었다.

"지금 뭐하는 겁니까?"

"뭐하자는 거긴요, 같이 일 한 번 해보자는 거지."

"협박이라도 하는 겁니까?"

"자꾸 아마추어도 못 된 다고 하시니 가만히 있을 수가 있어야지요, 해본 적은 없지만 한 번 보여드리려고 합니다."

이내 노경민이 다시금 의아하다는 듯 되물었다.

"뭘요?"

"워킹(walking) 말입니다."

"하, 그래. 좋아요, 해 봐요."

노경민이 우습다는 듯 조소가 잔뜩 어린 목소리로 말해 보이자, 경묵이 손바닥을 들어 보이며 조심스레 입을 뗐다.

"잠깐, 그 전에 확답을 조금 듣고 싶은데요?"

"무슨 확답?"

"제가 제시한 조건들이 할 수 있는 일인지, 아니면 불가능한 일인지 말입니다."

"할 수 있습니다. 나는 마음에 드는 모델을 얻기 위해서

라면 뭐든지 할 수 있어요, 없는 시간을 만들어서라도 뭐
든 다 해요. 됐습니까?"

경묵은 그제야 만족스럽다는 듯 고개를 한 번 끄덕여보
이고는 조리복 맨 위 단추를 풀었다.

그리고는 터벅터벅 힘없는 걸음으로 북경각 출입문 앞
에 섰다.

노경민은 못미덥다는 듯 한쪽 눈썹을 힘껏 찡그린 채로
경묵을 바라보고 있었고, 이내 득의의 미소를 지어보인
경묵이 첫 걸음을 뗐다.

사실 지금 경묵은 그럴싸한 말들을 더 늘어놓는 것으로
하여금 노경민의 마음을 조금 더 움직인다거나 할 수도
있었지만, 조금 더 확실한 방법을 하나 알고 있었다.

바로 자신이 지니고 있는 지속효과 스킬 중 하나인 [우
아한 움직임]을 믿고 있었다.

마음을 먹고 움직임을 취하면 자신도 매료될 만큼 매혹
적인 움직임을 뿜어낼 수 있는 가히 사기적이라고 할 수
있는 스킬이었다.

물론 지금 경묵의 선택은 양날의 검이라 할 수 있는 선
택이기도 했다.

섣불리 보인 워킹이 노경민의 마음에 들지 않는다면,
지금의 협상이 우습게 결렬되고 말테니 말이다.

어쨌든 백문이 불여일견이라 했던가?

지금 이 자리에서 모델로서 자신의 가치를 증명시켜 보이는 것만큼 좋은 수는 없었다.

뭐, 다짜고짜 자리를 박차고 일어서서 워킹을 하려니 낯이 간지럽기는 했지만 이내 고개를 살살 흔들어 보인 경묵이 천천히 걸음을 옮겼다.

어느새 북경각의 출입구에 다다른 경묵이 다리를 꼰 채 앉은 노경민을 바라보자, 노경민이 다소 어이없다는 듯 나지막이 말했다.

"아니, 이게 정말 뭐하는 건지 잘 모르겠군요. 워킹에 그렇게 자신이 있습니까?"

"배워본 적도 없고, 몇 번 본 적도 없습니다."

"그런데 경묵씨가 지금 보이는 자신감은 거의 프로 모델 급 자신감인데요?"

말이야 연신 이죽거리는 투로 해보이고 있었다지만, 사실 노경민은 미미하게나마 경묵에게 기대를 걸고 있었다.

중국집 안에서 갑작스레 워킹을 보여주겠다는 상황이 우습기야 했지만, 경묵의 신체 조건이라면 여태껏 몇 번이고 살펴보지 않았던가?

기대가 가는 것은 어쩔 수 없는 노릇이었다.

더군다나 사실 지금 이미 반 정도는 넘어갔다고 해도 과언이 아니었다.

그도 그럴 것이 노경민은 지금 경묵의 당당한 태도에

살짝 매료되어 있었던 것이다.

"프로 모델은 아니라지만 흉내는 내 볼 수 있을 것 같군요."

알게 모르게 비꼬는 듯 조소어린 말로 몇 번이고 기를 죽였음에도 불구하고 경묵은 전혀 개의치 않는 듯 보였다.

더군다나 지금은 음악 하나 재생되지 않고 있는 와중에 워킹을 선보이겠답시고 중국집 출입문 앞에 서 있는 것이다.

'대체 얼마나 자신이 있기에 저러는 거지?'

경묵이 한 말에만 의거하여 정리해 본다면 경묵은 여태껏 워킹을 제대로 배워본 적도 해본 적도 없다고 했다.

이런 자신 가득한 태도야 마음에 든다지만, 혹시 워킹 자체를 너무 만만하게 보고 있는 건가?

그렇지 않고서는 현 최고의 디자이너로 급부상하고 있는 자신의 앞에서 이처럼 당당한 태도를 고수하며 워킹을 보여주겠다고 나설 수는 없는 노릇이었다.

"본 것처럼 쉬운 일은 아닙니다. 모델들은 정말 신발이 닳을 정도로 걷는 법을 연습하니까요."

경묵은 고개를 한 번 끄덕여보였다.

사실 지금 경묵이 보이고 있는 행동은 어쩌면 모델들의 노력을 폄하시키는 오만한 행동일지도 몰랐다.

어쨌든 주사위는 굴려졌고, 이미 뱉은 말을 다시 담아낼 수는 없는 노릇이었다.

또한 자신도 있었다.

경묵이 약간의 긴장에 도취된 지금, 노경민은 다시금 못마땅하다는 어조로 말을 뱉었다.

"음악도 없습니까?"

"네."

사실 카운터 PC를 이용해서 음악을 켤 수도 있었다.

그러나 이렇게 대답을 한 이유는 따로 있었으니, 음악을 켜지 않는 것이 오히려 더 나을지도 모르겠다는 생각을 한 것이다.

언뜻 듣기로는 배경음악의 박자에 맞추어 걸음을 내딛기도 한다는 이야기를 들었던 것이다.

기본적인 자세도 완성이 되지 않은 와중에, 배경음악의 박자까지 신경 쓸 여유가 없다는 사실쯤은 확신할 수 있었다.

"그래도 무반주에서 시킬 순 없지, 여간 뻘쭘한 일이 아닐 텐데 말이에요."

의외의 대답에 경묵의 표정이 미묘하게 구겨졌다.

"예?"

"내 핸드폰에 넣어둔 음악이 몇 곡 있어요. 물론 모두 이번 패션워크 때 사용할 음악이고."

노경민은 잠시 핸드폰을 살피다가 마음에 드는 음악 한 곡을 재생시켰다.

다소 강렬한 비트의 트랜스 음악 이었다.

"자신 넘치는 것 같은데, 어디 한 번 해 봐요."

쿵-!쿵-!쿵-!

핸드폰에서 흘러나오는 음악인 터라 음량이 작기 그지 없었지만, 청각에 온 신경을 곤두세우고 나니 가슴팍까지 함께 진동하는 것 같은 기분이 들었다.

눈을 지그시 감아보인 경묵은 우선적으로 흘러나오는 음악의 속도를 기계적으로 암기하기 위해 노력했다.

경묵이 감았던 눈을 다시 뜬 데 걸린 시간은 불과 십초 남짓한 시간이었다.

어느 정도 박자에 익숙해졌다는 느낌이 들 무렵에 눈을 번쩍 뜬 것이다.

'모델들 눈빛을 보면 강렬하다는 느낌이 들던데……'

사실 모델들의 워킹 모습이라면 채널을 돌리다가 몇 번, 더군다나 아주 잠깐 본 것이 전부라고 해도 과언이 아니었지만, 지금 경묵은 그런 찰나의 기억에 의지하여 움직이고 있었다.

첫 째로, 인상을 쓰지 않는 선에서 눈에 최대한의 힘을 주었다.

"오?"

갑작스레 변한 경묵의 눈빛 탓에 노경민이 다소 놀랍다는 듯 옅은 탄성을 내질러 보임과 동시에 한 손으로 가볍게 자신의 턱을 쓸어내려 보였다.

미숙함이 군데군데에 묻어있었지만, 눈빛 만큼은 제법 견고하다는 느낌이 들었다.

이내 경묵이 첫 발을 내딛는 순간 노경민은 앉아있던 자리에서 기립을 하기까지 했다.

조금 더 세심하게 경묵의 워킹을 살펴보기 위함이었다.

노련함이라고는 조금도 찾아볼 수 없었다.

경묵의 워킹은 말 그대로 엉성하기 그지없었고, 기본적인 사항들도 지켜지고 있지 못했다.

다리가 길어 보이기 위해 발 앞꿈치 부분이 먼저 닿아야 한다던지, 부드럽게 움직여야한다든지 하는 부분들은 하나도 지켜지고 있지 않았다.

그럼에도 불구하고 경묵의 움직임에서는 뭔가 이색적인 우아함이 느껴지는 듯 했다.

한 발, 한 발 내딛을 때마다 경묵은 점점 더 여유를 찾아가고 있는 듯 보였고, 경민은 그 우아함의 원천을 찾기 위해 눈을 부릅뜨고 경묵의 워킹을 유심히 살폈다.

물론, 그 우아함의 근본을 찾아낼 수는 없었다.

척—!

이내 경묵이 노경민의 앞에 서서 잠시 포즈를 취했을

때, 노경민이 만류하듯 손바닥을 들어보이고는 말했다.

"이제 됐어요. 충분히 봤습니다."

"여기까지만 합니까? 보통 포즈를 취하고 다시 되돌아가던데요?"

경묵의 어수룩한 말투에 노경민이 배시시 웃음을 흘려냈다.

"아니요, 이 정도면 충분합니다."

경묵은 고개를 한 번 끄덕여보이고는 다시금 테이블 앞에 놓인 의자를 빼서 앉았다.

"어땠습니까?"

"엉성하기 그지없더군요. 아주 기본적인 사항들도 안 잡혀있고, 전체적인 감상평은 그저 완전 엉망이라는 것뿐이네요."

의외의 혹평에 경묵이 침을 마치 사약 삼키듯 인상을 구기며 삼켜냈다.

그러나 다음 순간, 노경민이 밝은 목소리로 찰나의 정적을 깼다.

"그런데 욕심은 생기네요. 기본도 안 잡혀있는데 이 정도라면 조금만 다듬어도 현직 모델들과 견주어도 손색없을 정도로 만들 수 있겠어요. 지금 경묵씨 워킹을 보면서 어떤 옷을 입힐지에 대한 그림도 조금 그려지는 것 같고."

이내 경묵이 다시금 밝은 표정을 지어보였다.

"그거 듣기 좋은 말이군요."

"마냥 좋아하시기에는 아직 이릅니다. 저희 협상이 아직 끝이 난 게 아니니까요."

사실 지금 노경민의 마음은 이미 기운 것이나 다름이 없었다.

이내 득의의 미소를 지어보인 경묵이 다시금 말을 이어나가기 시작했다.

"우선 제가 원하는 조건은 아까 말했던 조건 그대로입니다. 필요한 건 능력치 상승효과가 있는 의복 몇 벌이고, 일반 유니폼을 제작할 외주 업체는 저희 측에서 선정할 겁니다."

경묵이 '저희' 라는 말에 유독 힘을 실어서 말해보이자, 노경민이 웃음을 지어보이고는 되물었다.

"저희요?"

경묵은 기다렸다는 듯 지갑에서 자신의 명함을 한 장 꺼내서 드밀었다.

명함은 일전에 보육원에서 원장님께 드렸던 명함과 같은, '경묵푸드컴퍼니' 의 명함이었다.

"제 회사입니다. 본 프로젝트를 맡은 기획팀에서 일괄적으로 진행을 하도록 하겠습니다."

이내 노경민은 의외라는 듯 명함의 앞뒤를 살펴보았다.

사실 프로젝트를 맡은 기획팀이나 인원들이 실제로 존

재하는 것은 아니었다.

그저 이제 막 머릿속으로 구상을 마쳤을 뿐, 그러나 경묵은 최대한 구색이 갖추어진 것처럼 말을 이어나가고 있었다.

"이 정도 권한의 위임이 첫 번째 조건이고, 지금 당장 필요한 유니폼들의 수요는 고작 네다섯 벌이 전부입니다."

"네다섯 벌이요?"

"네, 이번 저희 회사 소속의 요리사들이 세계 대회에 출전합니다."

노경민은 그제야 알았다는 듯 입가에 옅은 미소를 머금은 채 고개를 끄덕여보였다.

"저를 포함해서 다섯입니다."

"무슨 말인지 잘 알겠군요."

"앞으로는 디자이너님께서 말씀하였듯 수요가 기하급수적으로 증가할 수도 있습니다. 저희는 단순한 요리사들의 모임이나 동아리가 아니라 요리사들을 품고 있는 하나의 기업입니다. 앞으로 수개월 안에 개장될 매장의 수를 간단하게만 헤아리더라도 수십 개 혹은 백 개 이상이 될 수도 있습니다. 확정되어 공사를 진행하고 있는 곳만 하더라도 서른 두 개니까요. 저희 기업은 황금알을 낳는 거위가 될 겁니다."

이내 노경민이 의아하다는 듯 되물었다.

"황금알을 낳는 거위요?"

"네. 말씀드린 그대로 능력치 상승효과가 있는 유니폼에 대한 수요가 기하급수적으로 늘어날 테니까요. 매장의 캡틴, 즉 주방장이나 홀을 총괄하는 관리직들에 한해서는 한 벌씩이라도 필히 지급할 의사가 있습니다. 끊어지지 않는 일거리라는 이야기지요."

"그래서?"

노경민이 떨리는 눈으로 경묵을 바라보았다.

이야기를 듣다보니 제법 구미가 당기는 이야기가 아닐 수 없었다.

임경묵이 유니언컴퍼니 출신의 최태룡 회장을 투자자로 삼았다는 이야기를 방송을 통해서 얼핏 들었던 기억이 있었는데, 아무래도 뜬구름 같은 단돈 투자는 아닌 듯 했다.

"서로에게 이득이 되는 일일 겁니다. 저는 디자이너님의 이름을 빌려서 회사의 복리후생에 관한 부분을 부풀려 언론에 보도할 수 있을 겁니다. 디자이너님은 회사가 규모를 키워감에 따라 앞으로 더욱 더 유리하게 이 사실을 이용하실 수 있으실 테고요."

이내 노경민이 입가에 미소를 잔뜩 머금은 채 고개를 끄덕여 보였다.

"오호, 그러니까 서로 이름값을 조금 빌리자는 이야기 입니까?"

"네, 그게 제가 굳이 한국인 디자이너를 섭외하려는 이 유입니다. 사실 비행기 잠깐 타고 건너가면 이 조건에 계 약을 체결할 각성자 디자이너들이 있습니다. 대중들은 젊 은 두 CEO의 화합에 대해서 마치 본인들의 일 마냥 기뻐 할 것이 분명하거든요."

확신에 가득 찬 경묵의 눈빛을 바라보던 노경민이 이내 호쾌한 웃음을 지어보였다.

"미처 계산하지 못한 부분이군요. 그럼 외주 업체를 선 점하려는 이유는 뭡니까?"

"지금 디자이너님이 주로 일을 함께 진행하시는 외주 업체 몇 곳이라면 언론을 통해 몇 번 접한 사실이 있습니 다만, 대부분이 대기업 계열사더군요. 유니언컴퍼니의 계 열사와도 수차례 일을 진행했던 것 같고요."

노경민은 대답대신 고개를 끄덕여보이자, 경묵은 다 시금 자신에 가득찬 목소리로 말을 이어나가기 시작했 다.

"저는 이번 유니폼 제작을 중소기업에 맡길 생각입니 다. 신중히 해야 하는 일임에는 변함이 없지만, 명실상부 한국 최고의 디자이너라 일컬어지는 디자이너님의 손이 닿은 도안이라면 문제가 없다고 생각하거든요."

"굳이 중소기업에 일을 맡기시려는 의도는 무엇입니까?"

"기업의 이미지를 위해서죠. 중소기업과 공생하는 기업이라는 이미지 말입니다."

이내 노경민이 헛웃음을 흘려보였다.

"그런데 사실 지금 경묵씨가 휘하에 두고 계시는 식품 회사가 대기업은 못되지 않습니까?"

노경민의 핵심을 찌르는 물음에 돌아온 경묵의 대답은 묵직한 돌직구와 같았다.

그것도 몸쪽으로 확 당긴 아주 투박하고 묵직한 돌직구.

"대기업이 될 겁니다. 언론과 최태룡 회장님을 이용해서요."

함부로 거론할 수 없는 이름이 경묵의 입에서 나오자, 노경민이 웃음을 지었다.

"패기가 넘치는 군요."

"이 또한 이미 협의가 끝난 사안입니다."

"좋습니다. 그래서 한 달 안에 샘플과 유니폼 다섯 벌을 제작해 달라는 겁니까? 외주 업체야 어떻게 하시든 문제 될 건 없지만 시간이 촉박한 것이 사실입니다."

이내 경묵은 마치 본인이 선심을 쓰는 양, 이 이상은 더 어쩔 수 없다는 투로 대답했다.

"그럼 좋습니다. 유니폼은 한 달 안에, 그리고 샘플은 두 달 안에 마무리 지어 주십시오."

이는 협상의 기본적인 원칙인 '극단적 흥정 원칙'이었다.

애초에 조금 불합리한 조건을 말하다가, 평균에 미치는 제안을 건네게 되면 더욱 더 긍정적으로 검토하게 되는 기본적인 원칙인데, 예를 들어 사과 5개를 5000원에 파는 상인에게 5개를 1000원에 사겠다고 한 후, 천천히 가격을 올리는 것이다.

2000원에서 3000원으로 그 다음은 4000원으로 말이다.

효과가 좋은 경우엔 절반의 가격에 물건을 구입할 수 있는 방법이었지만, 문제점이 하나 있다.

바로 판매자가 적대적인 태도를 취할 수 있다는 것.

경묵은 미연에 이 사태를 방지하기 위하여 워킹을 선보인 것이다.

물론 겉보기에는 계산적으로 보이는 이런 움직임이, 말 그대로 계산에 의한 움직임은 아니었다.

더군다나 경묵은 지속적으로 자신이 '디자이너 노경민'을 어떻게 생각하는지에 대한 단어를 섞어서 말을 해 보이고 있었다.

거부감을 느낄 정도의 아부와 극찬이 아니라 불현 듯

그런 단어를 섞어내는 것으로, 또한 신중한 태도를 고수하는 동시에, 조사를 많이 했다는 티를 내는 것만으로 일말의 감정적인 유대를 쌓은 것이다.

이내 노경민에게 돌아온 대답은 간단했다.

"좋아요, 한 달 내로 다시 오겠습니다."

"오케이 사인이라고 생각해도 되겠습니까?"

"그럼요, 끝내주는 조리복 다섯 벌이랑 함께 올 테니까요."

노경민의 말을 들은 경묵이 그윽한 미소를 지어보였다.

노경민 역시 길게 뻗은 반들반들한 손을 건네 보였고, 이내 경묵의 투박한 손이 그의 손을 맞잡았다.

언론을 다시금 뜨겁게 달굴 두 천재의 계약이 채결된 역사적인 순간이었다.

34. 우와, 나 비행기 처음 타봐 (1)
MODERN FANTASY STORY

각성!
북경각

한편 정혁은 하루하루가 지옥 같은 일상을 보내고 있었다.

다름 아닌 남광민의 주방에서 푸른 색 스카프를 두르고 일하는 부주방장 때문이었다.

군에 복무하던 시절 가장 혐오하던 이와 말투가 몹시 유사했는데, 그의 화법에는 분명 문제가 있었다.

그의 화법이 부각되는 시점이 있었는데, 그 시간이야말로 생지옥이나 다름이 없었다.

남광민이 지휘하고 있는 이 주방의 장점을 꼽자면, 일하는 요리사들의 발전을 항상 염두에 두고 있다는 것 이었다.

일하고 있는 요리사들이 정해진 순번에 맞추어 기존의

레시피대로 조리한 요리의 맛을 검증받거나, 새로운 요리를 선보이는 시간을 갖고 있었다.

이 자리에서 합격점을 받게 되면 다시금 새로운 레시피를 전수해준다거나, 어느 정도 수준에 이르면 남광민이 운영하고 있는 다른 업장에 발령을 받게 된다.

더욱 '높은 직급'을 맡아서 말이다.

그렇다보니 이러한 제도는 상당히 유익한 제도가 아니라고 할 수 없었다.

우선 요리사들의 의지를 북돋아 줄 수도 있음은 물론이고, 실제로 실력 증진에도 크게 기여를 할 수 있었고, 이러한 제도 덕분에 중식에 종사하는 요리사들에게 있어서 남광민의 식당은 꿈의 직장이기도 했다.

물론 평가는 부주방장과 남광민이 맡아서 하고 있었고, 부주방장의 독설은 이 시간이면 더욱 더 빛을 발하곤 했다.

"오, 좋아. 아주 참신한 요리로군. 이런 말이 있어 중국 사람들은 네 발 달린 건 의자 빼고 다 먹는다는 말말이야."

부주방장의 칭찬을 들은 막내 급의 요리사가 밝게 웃음을 지어보이자, 그가 막내 급 요리사의 요리를 접시 채 쓰레기통에 던져 넣으며 말했다.

"그런데 계산 착오가 있는 것 같군, 중국 사람들이 네 발 달린 거라면 의자 빼고 다 먹는다고 해도 쓰레기를 먹지는 않는다는 거지. 한 주방에서 일하고 있다는 사실이 수치스럽군."

이내 울상이 된 막내급 요리사가 고개를 푹 숙여보였다.

주방은 쥐죽은 듯 고요해졌고, 이럴 때면 고된 업무 강도 때문에 지친 심신은 부주방장의 눈치를 보느라 더욱더 녹초가 되곤 했다.

'저렇게까지 해야 하나……'

그러나 선뜻 나설 수는 없는 것이, 사실 이곳은 정혁의 주방이 아니었다.

그렇다보니 선뜻 나설 수 없는 것도 있었지만, 괜히 나섰다가 어떤 비수의 말이 날아와 가슴팍에 꽂힐 지도 모르는 노릇이었다.

그의 거침없는, 또 신랄한 비판은 주방장이자 이 업장의 오너인 남광민이 주방에 있는 순간에도 별 반 변화가 없었다.

다만 의아한 점은 남광민에게 있어서만큼은 눈에 띄게 순종적인 모습을 보인다는 것이었다.

남광민이 분위기를 환기시키려는 듯 손뼉을 쳐보이고는 밝은 목소리로 말했다.

"자! 됐어. 우선 너는 내일 아침까지 이 레시피를 조금 더 보안시켜봐. 일단 나는 되게 재미있는 요리라고 생각했어. 그렇게 참신한 시도 속에서 좋은 요리가 나오는 거니까, 너무 기죽지는 마."

남광민의 말을 들은 막내 급 요리사가 다시금 고개를 들고는 옅은 미소를 지어보였다.

이내 다른 요리사들 역시 참던 숨을 다시금 내쉬었다.

그리고 다음 순간, 남광민의 시선이 향한 곳은 정혁의 미간이었다.

"다음, 정혁이."

이내 정혁이 떨떠름한 표정으로 접시에 자신이 조리한 요리를 담아내기 시작했다.

정혁이 받은 주제가 난이도 있는 주제는 아니었다.

기존의 중식 튀김 요리의 맛을 조금 더 서구화 시켜보라는 것이 전 주에 남광민을 통해서 전달받은 주제였다.

이내 다들 기대감 어린 표정으로 접시에 음식을 담아내는 정혁을 바라보기 시작했다.

등 뒤로 느껴지는 시선 탓에 괜스레 긴장감이 배가되었다.

'아, 이거 생각보다 엄청 떨리네.'

주방 식구들이 이렇게 기대 어린 눈빛으로 정혁을 바라보는 것이 이상한 일은 아니었다.

사실 등장부터 시작하여 지금까지 쭉 의혹이 불거질 수밖에 없었던 것이 남광민의 입김으로 부주방장 칭호를 달고 주방에 나타났다는 것 때문이었다.

우선 이런 일이 단연 처음이라 할 수 있었고, 지금의 부주방장 역시 중국 현지에서 이름을 날리고 있던 당시 남광민이 직접 초빙해온 인물이었다.

그렇다보니 증폭된 기대감이, 더욱 배가 되는 소문이 떠돌기 시작했다.

다름 아닌 혜성처럼 나타난 부주방장의 정체가 이번 오너 셰프 코리아의 우승자 임경묵의 스승이라는 소문 때문이었다.

사실은 사실이었지만, 그 소문 덕분에 정혁은 매일 매일 더욱 더 큰 부담을 느낄 수밖에 없었다.

불행 중 다행인 사실은 성격이 드센 부주방장에게 밑보일 일 없이 맡은 일을 잘 해냈다는 것.

나름 탄탄하게 잡힌 기본기덕분에 그의 질책은 피할 수 있었지만, 매 순간 순간이 고비고 역경이나 다름이 없었다.

꿀꺽-

정혁이 침을 한 번 삼켜내고는 접시에 담긴 튀김 요리를 손으로 살짝 살짝 건드려 모양을 내 보였다.

"새우튀김인가?"

"아, 예. 그렇습니다."

아니나 다를까 부주방장이 인상을 살짝 찡그린 채 말을 받아냈다.

"난 우리 낙하산 부주방장님께 더 고상한 요리를 기대했는데, 조금 큰 기대였나 봅니다?"

처음에는 저런 말에 신경이 긁힐 때마다 속으로 불을

뿜어댔지만, 이제는 익숙해진 것인지 배시시 웃음을 지어
보이고 말곤 했다.

'그래, 저 자식은 저렇게 말하는 법 밖에 모르는 거야.
참자, 참아.'

한 차례 마음을 가다듬어 보인 정혁이 이번에도 웃음으
로 대답을 대신해 보인 후에, 반대쪽 화구에 놓여있던
'웍'(중화 팬) 쪽으로 다가섰다.

접시에 담아진 튀김 요리가 김을 뿜어내고 있었고, 화
구 위에 올려져있던 중화 팬 안에 담긴 의문의 소스에서도
김이 모락모락 올라오고 있었다.

정혁은 다시금 침을 삼켜낸 이후에, 붉은 빛을 내는 걸
쭉한 소스를 새우튀김 위에 끼얹었다.

"토마토소스인가? 진부하군."

이번에도 부주방장의 말 한 마디에 장내가 찬물을 끼얹
은 듯 고요해졌다.

정혁은 부주방장을 다독이듯 눈웃음을 지어보이며 말
을 이었다.

"일단 먹어보자고, 매력 있는 음식 같은데 말이야."

이내 정혁이 소스를 한 국자 크게 떴을 때 부주방장의
눈이 커졌다.

토마토 향을 내는 소스가 마치 탕수육 소스처럼 끈끈한
농도를 보이고 있었던 것이다.

"미쳤군, 탕수육 소스같잖아?"

그 말을 들은 정혁이 한 차례 득의의 미소를 지어보였고, 광민은 재미있다는 듯 연신 소스를 살피고 있었다.

"튀김 옷 무늬도 굉장히 이쁜데? 거기다가 소스도 재미있고, 맛까지 제법 쓸만하다면야······."

남광민이 말을 마치기도 전에 부주방장이 젓가락을 들어 소스가 끼얹어진 새우튀김을 입 안에 넣고는 오물오물 씹기 시작했다.

바사사삭―

튀김옷이 으스러지는 소리가 귓가를 간질였다.

남광민 역시 소스가 골고루 묻은 새우튀김 하나를 입 안에 넣고는 오물오물 씹어대기 시작했다. 또한, 맛을 보면 볼수록 표정이 점점 더 밝아지고 있었다.

이내 입가를 한 번 닦아내 보인 부주방장이 고개를 몇 번 끄덕여 보이고는 무던한 목소리로 말했다.

"깔끔하군."

몇 주간 함께하다보니 깨달은 사실인데, 깔끔하다는 말이야말로 부주방장이 할 줄 아는 최고의 호평이었다.

정혁이 옅은 미소를 지어보이자, 부주방장은 다시금 접시를 눈높이에 맞추어 들어올린 후 유심히 살펴본 후에 곧장 말을 이었다.

"음, 전분으로 농도를 맞춘 건가? 평범한 토마토소스는 아닌 것 같은데? 알싸하고 매콤한 맛도 나는 것 같고 말이야."

이런 점이 정혁이 부주방장을 미워할 수 없는 이유였다.

그는 비평을 할 만한 확실한 실력을 지니고 있었다.

정혁이 선보인 요리에서 중점적으로 도드라지는 모든 특징들을 단번에 집어낸 것이다.

"맞습니다. 알싸한 맛은 할라피뇨로 낸 것입니다. 서양인들에게 조금 더 익숙한 향신료를 사용하고자 했거든요. 탕수육 소스처럼 걸쭉한 농도를 맞춘 것은 칠리소스와 유사한 느낌을 주기 위해서입니다."

이내 남광민이 만족스럽다는 듯 고개를 한 번 끄덕여보였다.

"오, 그래 칠리소스랑 조금 비슷하네. 훨씬 더 풍미가 좋은 것 같은데?"

"할라피뇨로 매운 맛을 낸 토마토소스에 부드러운 맛을 가미시키기 위하여 크림소스를 섞었습니다. 그 다음 탕수육 소스처럼 전분으로 농도를 조절했고요."

부주방장은 만족스럽다는 듯 고개를 끄덕여보였고, 광민 역시 선반 위에 접시를 내려놓고는 말했다.

"봤지? 이런 참신한 시도가 중요한 거야. 먹는 이의 식성과 입맛을 제대로 고려한 요리라고 할 수 있는 거지. 과연 청양고추의 매운 맛을 익숙하게 받아들일 수 있는 이들이 한국 땅에는 수두룩할지 몰라도 바다 건너에는 얼마나 있겠냐는 거야. 이렇게 중식의 고유한 특성을 살리되 최대한 친숙하게 접근할 수 있는 방향에 대해서 고려해봐야 한다고. 다들 알겠지?"

그의 부드러운 중저음의 목소리가 울려 퍼지기 무섭게, 수많은 요리사들이 마치 한 사람인양 맞추어 대답했다.

"예, 셰프!"

정혁 역시 이마에 맺힌 땀을 한 번 닦아내고는 새우튀김 한 조각을 입 안에 넣었다.

바사사삭-

기름기를 살짝 머금어 감칠맛이 나는 튀김옷 안에 자리한 탱글탱글한 새우에서 짭조름한 육즙이 터져나왔다.

그와 동시에 콕콕 찌르는 것 같은 매콤한 맛이 혀를 살짝 자극했고, 부드러운 토마토소스와 크림소스가 잘 융화되어 오묘한 맛을 내고 있었다.

남광민의 주방은 확실히 배울 곳이 많은 곳이었다.

아니 남광민이 매일같이 배울 점을 조달해 주고 있었다.

그는 많은 요리사들과 소통했고, 자신의 견해를 밝히고 다른 요리사들의 견해를 들었다.

또한 그에 알맞은 개별적인 숙제를 내어주거나, 고민을 동반해야하는 난제들을 던지곤 했다.

광민의 마무리 멘트와 함께 요리사 여럿이 제 자리로 돌아가 장사 준비를 시작했고, 광민 역시 주방 밖으로 나섰다.

이내 정혁 역시 제 자리로 돌아가려던 찰나, 자신의 뒤를 지나쳐 가던 부주방장이 정혁의 어깨를 가볍게 툭 쳐보였다.

정혁이 돌아보자 부주방장이 한 손을 들어 올려 담배를 쥔 것 같은 손 모양새를 해 보이고는, 바깥을 향하여 턱짓을 한 번 해보였다.

이내 정혁이 의아하다는 듯 고개를 살짝 갸웃거린 후에 부주방장을 따라 밖으로 나섰다.

'뭐야, 끌고 가서 때리기라도 하려는 건가?'

주방 뒷문을 통해 나가면 바로 보이는 음식물 쓰레기통 몇 개.

썩은 내를 뿜어대는 음식물 쓰레기통의 옆자리가 주방 식구들의 흡연 장소였다.

부주방장이 본 적 없는 유한 미소를 지어보이며 정혁에게 말을 건넸다.

"우리 낙하산 부주방장님, 담배 태우죠?"

"아, 예. 그럼요."

어색한 미소를 한 번 지어보인 정혁이 주머니에서 담배갑을 꺼내 들어서는 익숙하게 한 가치를 입에 물어 보였다.

탁ㅡ

이내 독설의 대표주자 부주방장이 정혁에게 불을 건네어 보였다.

"아, 감사합니다."

둘 사이에 상당히 어색한 기류가 흐르기도 잠시, 부주방장이 뜬금없는 말로 정적을 깨 보였다.

"자꾸 험악한 분위기나 조성하고, 따끔한 말만 하니까 제가 참 싫죠?"

"아, 아닙니다."

정혁이 마치 자기 싫냐고 묻는 군대 선임에게 대답하듯 빠릿빠릿한 동작으로 손사래를 쳐보이며 대답하자, 부주방장이 피식하고 웃음을 터트렸다.

"아마 다들 많이 싫어할 겁니다. 듣기로는 다음 주에 다시 돌아간다면서요?"

"아, 예. 그렇죠."

"정 많이 들었는데, 참 아쉽습니다."

난데없이 튀어나온 감성적인 말에 정혁이 어색한 미소만을 지어보였다.

무어라 말을 하고 싶기는 했는데, 아무리 머릿속을 휘저어보아도 목 언저리에 걸리는 말이 없었다.

"정혁씨도 주방 가면 캡틴(주방장)이라면서요. 여기서 저한테 찬밥신세 당하다 보니까 이래저래 고생 많으셨을 텐데 미안한 마음뿐이네요."

담배 끄트머리에 남은 재를 한 번 털어내보인 부주방장이 다시금 말을 이어가기 시작했다.

"그래도 어쩔 수 없는 거 알죠? 정혁씨도 캡틴이니까 아시겠지만 분위기라는 게 참 중요하잖아요. 사실 정혁씨 온다고 소문 돌 때부터 이래저래 말이 많았어요. 그렇다 보니까 최대한 차등대우를 안하려고 노력할 수밖에 없었고, 정혁씨한테도 모질게 군 점도 있었고."

"아닙니다, 괜찮습니다."

이내 부주방장이 다시금 유한 미소를 지어보이고는 말했다.

"광민이 형이 성격이 참 그렇잖아요, 사람이 쓴 소리 잘 못하고 정 많고."

크게 공감되는 부분이었다.

정혁이 동조하듯 연신 고개를 끄덕여보이자, 부주방장이 담배를 빗물이 고여 만들어진 물웅덩이 안에 대충 던 져 넣어 꺼보이고는 말했다.

"그 형이 워낙 스타일이 그렇다보니까 제가 더 그럴 수 밖에 없는 것 같아요. 사실 채찍질을 안 해주다 보면 애들 이 고무되거든요. 칭찬에 인색해지고, 모진 소리를 버릇 처럼 뱉기도 하고. 사실 해서는 안 되는 게 맛없는 거 맛 있다고 해주는 거고, 열심히 안하는 녀석 열심히 한다고 칭찬해주는 것 아니겠어요?"

이내 정혁이 부주방장의 눈을 지그시 바라보았다.

한 번 한숨을 내뱉어보인 부주방장이 다소 슬퍼보이는

눈으로 말을 이었다.

"애들이 뒤에서 어떤 말 할지도 대충 아는데, 그래도 다 잘되라고 하는 소리거든 이게. 다독여주는 사람이 있으면 화내야 되는 사람도 있어야 되는 거고 혼내야 되는 사람도 있어야 되는 거고. 내가 무작정 칭찬만 해주면서 얘네 인생 책임져 줄 것도 아니니까 말이에요. 뭐, 광형 행동거지가 잘못됐다는 건 아니고, 그래도 나중에 제일 기억에 남는 선임 아니겠어요? 쓰레기라든지 개자식이라든지 욕해도 기억에 남으니까 욕도 할 거 아녜요. 걔들도 캡틴 돼서 한 두 마디 쓴 소리 하다보면 지금 제 심정도 이해해주지 않을까 생각해보기도 하고……."

이내 정혁이 미소를 지어보였다.

역시 세상에 마냥 나쁜 사람은 없는 것 같다는 생각이 들었다.

먼저 자리에서 일어난 부주방장이 다시금 말을 이었다.

"아, 이거 두서없이 얘기하다보니 푸념만 했네. 쨌든 남은 시간 더 열심히 해서 유종의 미를 거두고 가요. 이런저런 거 다 미안하게 생각하고 있는 것도 알아주시고."

"예, 감사합니다."

정혁이 고개를 숙여보이며 인사하자, 부주방장이 어깨를 살짝 다독이고는 나지막이 말했다.

"감사는 무슨, 다 피고 천천히 들어와요."

"예, 알겠습니다."

먼저 주방 안으로 들어서는 부주방장의 뒷모습을 바라보던 정혁이 깊은 고민에 빠졌다.

과연 주방 규모가 커지고 아래로 따르는 요리사들의 수가 늘었을 때에도 지금과 같은 선임으로서의 태도를 유지하는 것이 마냥 옳을까?

"에라~ 모르겠다."

담배를 몇 번 튕겨내서 불똥을 빼 보인 후에 꽁초를 저 멀리로 튕겨냈다.

자리에서 일어선 후에 기지개를 한 번 펴보이고는, 주방으로 들어서는 뒷문을 한 번 바라보았다.

떠날 날이 얼마 남지 않았다고 생각하다보니 괜스레 아쉬움이 남는 것 같았다.

세계대회를 위한 출국일까지 이제 채 10일도 남지 않았다.

이내 뺨을 살짝살짝 간질이는 햇빛을 한 번 올려다 본 정혁이 인상을 살짝 찡그린 채 혼자 중얼거렸다.

"다들 잘 하고 있으려나……."

이내 피식하고 웃음을 지어보인 후에 다시금 주방 안으로 쓸쓸한 걸음을 옮기기 시작했다.

〈7권에서 계속〉